NÃO PERTURBE A FLORESTA

CG DREWS

NÃO PERTURBE A FLORESTA

Tradução
CARLOS CÉSAR DA SILVA

PLATA
FORMA21

TÍTULO ORIGINAL *Don't Let the Forest In*

Copyright © 2024 by CG Drews (texto)
Copyright © 2024 by Jana Heidersdorf (ilustrações)
Publicado mediante acordo com Macmillan Publishing Group,
LLC, d/b/a Feiwel & Friends. Todos os direitos reservados.
© 2025 VR Editora S.A.

Plataforma21 é o selo jovem da VR Editora

Aviso de conteúdo:
Violência, ataques de pânico, distúrbio alimentar, bullying e automutilação.

GERENTE EDITORIAL Tamires von Atzingen
EDITORES Antonio Castro e Marina Constantino
ASSISTENTE EDITORIAL Michelle Oshiro
PREPARAÇÃO Matheus Souza
REVISÃO João Lucas Z. Kosce e Luana Negraes
DESIGN DE CAPA E MIOLO Meg Sayre
ILUSTRAÇÕES DE CAPA E MIOLO Jana Heidersdorf
ADAPTAÇÃO DE CAPA E DIAGRAMAÇÃO Pamella Destefi
PRODUÇÃO GRÁFICA Alexandre Magno

Dados Internacionais de Catalogação na Publicação (CIP)
(Câmara Brasileira do Livro, SP, Brasil)

Drews, CG
Não perturbe a floresta / CG Drews; tradução Carlos César da
Silva. – 1. ed. – São Paulo: Plataforma21, 2025.

Título original: *Don't Let the Forest In*
ISBN 978-65-5008-043-3

1. Ficção de suspense I. Título.

25-253674   CDD-813

Índice para catálogo sistemático:
1. Ficção de suspense: Literatura norte-americana   813
Aline Graziele Benitez – Bibliotecária – CRB-1/3129

Todos os direitos desta edição reservados à
VR Editora S.A.
Av. Paulista, 1337 – Conj. 11 | Bela Vista
CEP 01311-200 | São Paulo | SP
plataforma21.com.br | plataforma21@vreditoras.com.br

Para os monstros da sua cabeça

UM

Não doeu, no dia em que ele arrancou o próprio coração.

Andrew registrou aquilo no papel mais tarde, em linhas garranchentas e com uma caneta afiada – a história de um garoto que tinha enfiado uma faca no peito e se dilacerado de dentro para fora, deixando à mostra as costelas como raízes de árvore cobertas de musgo; seu coração não era nada além de uma coisa machucada e miserável. Ninguém ia querer um coração como o dele, mas ainda assim ele o tirara para dar a outra pessoa.

Ser deixado ferido e oco era uma sensação familiar. Uma dor confortável.

Andrew sempre fora um garoto vazio.

Era mais fácil contar uma história do que dizer como se sentia, então ele arrancara a página do caderno e a enfiara no bolso traseiro de Thomas no último dia de aula antes das férias. Em seguida, Andrew se enfiara no carro do pai e Thomas fora engolido pelo ônibus, e pronto. Eles ficariam separados um do outro até retornarem à Academia Wickwood.

Não importava se Thomas tinha lido a verdade na história, a forma como ele estava em plena posse do coração de Andrew. A emoção da confissão havia sido terrível e bela – e retrátil. Só para garantir.

Havia palavras para pessoas como Andrew Perrault. "Desesperado", talvez. "Estranho" também servia. "Covarde" doía, mas não era mentira.

Andrew provavelmente era a única pessoa que não ansiava pelas férias, mas se sentia melhor na escola, sólido e mais real. Entrara na Wickwood aos doze anos, e as paredes cobertas de hera, as mansões de pedra antigas e até mesmo os jardins de rosas e as florestas que cercavam o campus eram como um lar para ele. Era lá que deixava tudo – seus livros, suas lembranças, seus materiais escolares. Também era lá que ele deixava Thomas Rye.

Andrew era voraz. Quando lhe tiravam Thomas, ele morria de fome.

Mas o verão tinha chegado ao fim, e a sensação de completude ainda não preenchera seu peito enquanto seu pai o levava de volta à Wickwood. Só conseguia pensar em como aquele seria o último ano dos dois. O pavor já ameaçava sufocá-lo.

Andrew pressionou a bochecha no vidro frio da janela à medida que a BMW serpenteava pelas estradas tortuosas. A floresta era tão densa ao redor do carro que a impressão era a de atravessar um túnel verde escuro e lupino. O trajeto da zona urbana até a escola deveria durar uma hora, mas seu pai estava dirigindo em um ritmo glacial. Ele costumava dirigir rápido e de modo confiante, atendendo a chamadas e ditando e-mails para o celular, segurando o volante com a mão leve enquanto seu relógio de ouro tilintava ao bater nas abotoaduras que combinavam.

Naquele dia, o pai de Andrew estava com uma postura rígida, a mandíbula tensa. Não parava de olhar para Andrew pelo retrovisor, que fingia não perceber. O garoto colocou fones de ouvido para abafar o silêncio. Seu caderno estava aberto sobre o colo, com duas linhas de uma nova história iniciada.

Era isso o que Andrew fazia – escrevia histórias. Algumas com molduras obscuras, amargas, e mágica escondida entre espinhos. Outras sobre monstros com dentes elegantes e afiados como lâminas. Ele escrevia contos de fadas, só que cruéis.

Thomas amava aquelas histórias.

Era uma vez um príncipe que usava uma coroa de tramazeira para se proteger do infortúnio, mas uma donzela meiga e graciosa pediu que ele tirasse o adorno em troca de um beijo. Depois de beijá-lo, ela cortou os seus olhos.

Suas histórias são incríveis, dissera Thomas um dia. *Elas me fazem querer desenhar. Tem algum significado por trás delas?*

Em resposta, Andrew só deu de ombros, mas uma febre incendiou sua pele diante do elogio. *A única intenção é machucar.*

Como um corte de papel – uma picadinha que não significava nada mais do que *estou vivo estou vivo estou vivo*.

Thomas era o único que entendia. As histórias passavam batido pelo pai. Nem Dove as entendia, algo que Andrew via como traição, já que os dois eram irmãos gêmeos.

A irmã estava sentada no banco da frente da BMW, com os braços cruzados e a postura rígida. Ela estava travando uma guerra gélida de silêncio com o pai. O motivo Andrew desconhecia, mas ambos agiam como se o outro não existisse.

Eles pareciam mesmo gêmeos, Andrew e Dove. Pele pálida, cabelos cor de mel, olhos castanhos e quase nenhuma diferença de altura. Dove, no entanto, era uma estátua de gelo reluzente, bela e perigosa, impossível de moldar, enquanto Andrew estava mais para um esqueleto de folhas, frágil e em ruínas. Dove era quem todo mundo via, e Andrew era de quem se esqueciam.

Ela estava usando o uniforme da Wickwood com a camisa branca de gola, a gravata, o blazer verde-escuro e a saia xadrez, nem um botão ou fio de cabelo fora do lugar. Dove tinha o ar gracioso de alguém pronto para assumir o palco de um auditório e dar um discurso de formatura em meio a flashes de câmeras que a imortalizariam como um exemplo de perfeição. Ela se daria bem naquele último ano; tiraria de letra. Por outro lado, Andrew suspeitava que o ano o espancaria em um beco escuro e o deixaria para morrer.

Ele já sentia o embrulho no estômago, mas disse a si mesmo que se acalmaria quando chegassem. Thomas estaria à espera, com as maçãs do rosto salpicadas de sardas e a carranca encrenqueira, eternamente irritado com todo mundo exceto os gêmeos Perrault.

Ele era deles, e eles eram dele. Os três sempre tinham sido assim.

Os pneus do carro saíram da estrada lisa para a trilha de cascalho. Andrew chegou ainda mais perto da janela, e seu coração acelerou. Ali estava Wickwood, brotada do meio das florestas e dos espinhos do fim do mundo na Virgínia. Carros e ônibus lotavam a entrada circular de veículos, e os alunos abarrotavam a escada de mármore em meio a malas e mães e pais aflitos.

Conforme o carro avançava em busca de um lugar para estacionar, Andrew procurou Thomas. Nada.

Ele olhou para o celular. Seu coração ainda disparava brevemente ao ver as cicatrizes que ziguezagueavam por sua pele, finas como teia de aranha, começando nos dedos e seguindo até o pulso. Não doíam mais. Ele mal se lembrava de como elas tinham ido parar ali.

Andrew checou suas mensagens de texto, sabendo que não encontraria nada novo, pois o celular de Thomas se quebrara uma semana depois de começarem as férias.

O garoto abriu a última conversa e mordiscou o lábio.

meu clular ja era n liga pros erros a gnt se ve qnd as aulas viltarem

Andrew levara um tempo agonizante para pensar em uma resposta que não soasse aterrorizada. Um verão inteiro. Sem conversar. Thomas poderia até mandar e-mails, mas não o fez.

Andrew respondera: *Como que você quebrou dessa vez??*

foi meu pai na vdd. bateu com ele na minha cabça dps tacou na parede. a bateria vai acaabr. pfvr n surta.

Como Andrew *não* surtaria? Não era a primeira vez que Thomas mencionava abruptamente algo do tipo – embora parecesse que a violência só era chocante para Andrew. Ele não conseguia parar de pensar em quanto devia ter doído. Ou se o pai de Thomas tinha causado uma concussão batendo no filho daquela maneira. Ou nas longas semanas em que coisas muito piores poderiam acontecer a um garoto de língua afiada e que nunca sabia quando fechar a boca.

Era algo em comum entre Thomas e Dove – quando se tratava dos dois, amansar um leão seria uma tarefa mais fácil.

O pai de Andrew parou o carro atrás de um ônibus que despejava alunos e deixou o motor ligado. O caos de centenas de vozes tamborilava na janela. Andrew hesitou com os dedos na maçaneta. Por mais intensas que as coisas estivessem do lado de fora, seria melhor do que a tensão sufocante ali dentro.

– Filho. – Seu pai olhava para as próprias mãos como se tivessem sido soldadas ao volante. – A gente pode procurar outra escola.

Andrew abriu a porta.

– *Andrew.*

O tom era de frustração, mas também de cansaço, e fez Andrew se sentar de volta e deixar a porta do carro bater. Eles já tinham tido fragmentos daquela mesma conversa, e Andrew odiava todas as versões. O último ano tinha sido... não importava. Já tinha ficado para trás.

Andrew não ia mudar de escola. Sua vida estava *ali*.

Ele olhou de novo para a janela, procurando Thomas.

– Está bem, então escute. – O maxilar do pai tensionou novamente. – Se as coisas ficarem pesadas demais, me ligue e eu venho. Podemos pedir transferência para outro lugar, onde você quiser. E converse com a psicóloga da escola se você... Bem, só fale com ela.

Andrew conferiu se Dove estava fulminando o pai por deixá-la de fora da conversa, mas ela deve ter saído do carro enquanto ele estava distraído. Que maravilha. Não haveria reconciliação alguma naquele dia.

– Você vai entrar? – perguntou Andrew.

O pai respondeu com a voz apertada:

– Preciso pegar um voo.

Andrew não perguntou para onde, e o pai não falou. Ele era um investidor e desenvolvedor internacional de imóveis, dono de redes de hotéis e restaurantes, com charme o suficiente para convencer qualquer um a fazer qualquer coisa. Vender, comprar, investir. Era o sotaque australiano, dissera Dove uma vez, e depois acrescentou: *Olha, Andrew, ainda somos novidade nos Estados Unidos. Se você usar o sotaque a seu favor, até o final do ensino médio vai ter a garota que quiser.*

Andrew decidiu então falar o mínimo possível até o fim da eternidade.

Ser invisível era melhor. Era mais fácil falar menos e esconder suas partes mais sensíveis para que pudesse se misturar às sombras dos alunos ricos da escola particular, com suas expressões de tédio e garras afiadas. Eles atacavam suas presas por diversão, e só as deixavam em paz quando elas entendiam que o melhor a fazer era não reagir. Ele entendia as regras.

– Só não vá para a floresta, tá? – pediu o pai. – Andrew? Me prometa isso, pelo menos.

– Está bem – concedeu Andrew, mas só da boca para fora, porque a floresta era o lugar favorito de Thomas.

Desta vez, quando o garoto tentou sair do carro, seu pai não o deteve.

Andrew colocou a mala no chão e apoiou a bolsa nela. Dove não esperara por ele. Aquilo o machucou. Ele enfiou o caderno na mala e lutou com o zíper emperrado enquanto o carro do pai ia embora.

Em seguida, Andrew ficou sozinho, as palmas das mãos suadas e o estômago estrangulado pela ansiedade. Àquela altura, Thomas já deveria tê-lo visto e descido. Os três parariam nos degraus, formando um furacão instantâneo no reencontro. Thomas colocaria o braço ao redor do pescoço de Andrew enquanto provocava Dove por já ter começado a planejar as atividades extracurriculares que eles fariam naquele ano.

Amigos, melhores quando juntos. Eles eram tudo de que precisavam uns dos outros, e isso bastava. Fora assim desde que começaram a estudar na Wickwood.

Andrew repetiu isso algumas vezes até que a ideia lhe parecesse sólida.

Mas e se Thomas não estivesse ali? E se suas notas não tivessem garantido sua permanência, ou seus pais o tivessem tirado da escola ou *o assassinado*...

Uma movimentação na escada fez Andrew se virar. Tudo era de pedra na Wickwood, envelopada por gramados bem aparados e rosas do fim do verão, e havia um certo aspecto de tradição confortável no ar. Exceto que, em vez de acadêmicos respeitosos, a Wickwood tinha um considerável bando de abutres odiosos, prontos para um banquete com os ossos dos mais fracos. Um grupo de alunos do último ano causava alvoroço nos degraus, seus tapinhas nas costas e uivos de cumprimento se sobrepondo aos ruídos dos demais. No entanto, foi o tapa de uma mão contra um caderno, a explosão de papéis que veio em seguida e um brado agressivo o que chamou a atenção de Andrew.

Thomas estava com os punhos cerrados, um agarrando o corrimão como se estivesse se segurando para não socar a escada. Seu caderno de desenhos parecia um pássaro que tinha levado um tiro no céu, as folhas espalhadas ao redor de seus pés.

Os abutres diriam que tudo não passara de um acidente. Ninguém questionaria, porque eles eram a mais pura nata da Wickwood. De boa criação e cheios de grana; dentes brancos e cabelos perfeitos; sobrenomes que ostentavam riqueza, prestígio e associação a políticos, advogados e CEOS.

Thomas, por sua vez, não se encaixava em nenhuma dessas categorias, nem tinha o bom senso de não agredir alguém e acabar sendo expulso antes mesmo da primeira aula do dia.

Andrew curvou as mãos ao redor da boca.

— THOMAS.

Dezenas de cabeças se viraram.

Apenas uma importava.

O corpo todo de Thomas se inclinou em direção ao som, como se, saído dos lábios de Andrew, seu nome sempre pudesse ser ouvido, mesmo em meio à multidão. Ele lançou um último olhar furioso para os abutres e atravessou as massas até chegar ofegante ao lado de Andrew.

Um segundo se estendeu entre eles, longo a ponto de a ansiedade de Andrew bater asas como mariposas frenéticas atrás de suas costelas. Tudo já tinha dado errado com o sumiço de Dove e o atraso de Thomas. Afinal de contas, amizades eram para sempre até não serem mais. Meses sem contato poderiam mudar a dinâmica entre as pessoas. Enfraquecer conexões. Quebrá-las...

– Tá tudo bem? – perguntou Thomas.

Andrew titubeou antes de assentir, porque não era assim que eles geralmente se cumprimentavam. Mas Thomas avançou em sua direção, e a forma como apertou os braços ao redor dos ombros dele disse tudo.

Só durou um segundo, depois Thomas se afastou e bateu no ombro de Andrew, seu sorriso como uma estrela incandescente.

– Não sobrou nada de você. Parou de comer durante o verão?

– Esse não é o tipo de coisa que avós falam? – Andrew abriu um sorriso sarcástico que não esmaeceu quando Thomas lhe deu um empurrão.

– É o que as pessoas com o estômago roncando falam quando estão pensando em comida. Eu tô *varado de fome*. – Ele pegou a bolsa de Andrew e a botou no ombro. – Não dá nem pra acreditar que não dão café da manhã no primeiro dia. Vem, vamos deixar suas coisas antes da assembleia de boas--vindas. Como foi seu verão? Um inferno?

– Sempre. E como foi... – Andrew hesitou, dando uma olhada geral em Thomas por precaução. Para se certificar de que ele estava inteiro.

Para ter certeza de que ele era real.

Tudo parecia normal – o cabelo castanho-avermelhado, o maxilar quadrado e o rosto que levava a crer que alguém tinha despejado uma jarra cheia de sardas nele. Thomas era pelo menos uma cabeça mais baixo que a maioria dos garotos de sua idade, e usava o uniforme como se tivesse acabado de brigar – a camisa branca amarrotada e para fora da calça, o nó da gravata frouxo no pescoço. Nada de blazer. Nem colete. Dedos sujos de tinta, assim como as manchas embaixo do queixo...

Não, aquilo não era tinta, era um machucado. Andrew resistiu à tentação de esticar o braço e tocá-lo com o polegar.

– Eu, a propósito – disse Thomas –, quero socar o Bryce Kane e a corja dele, mas isso não é novidade nenhuma.

– Aquele caderno de desenhos era...

– Não tinha muita coisa nele. Deixa isso pra lá. – Thomas pegou uma folha do chão e a enfiou no bolso. – Quer alguma coisa? Precisa que eu... sei lá. Eu só... – Ele coçou a cabeça e virou-se na direção de Andrew.

Thomas não deveria estar exaltado daquela forma. Ele não tinha nem perguntado o motivo do mau humor de Dove ou por que os irmãos haviam chegado tão tarde. Nem mesmo soltara os cachorros reclamando de Bryce Kane e seus abutres, seus inimigos pessoais, a quem antagonizava na mesma medida em que implicavam com ele. Muito pelo contrário, ele estava agitado como se tivesse tomado café demais, e não conseguia manter contato visual.

– Tô de boa – falou Andrew, mas não acrescentou: *Por que eu não estaria?*

– Depois de tudo que aconteceu no ano passado... – Thomas fez uma careta hesitante, depois se sacudiu de leve.

– E você? – perguntou Andrew. – Sobreviveu? Mas seu celular... Seus pais por acaso, hum...

Thomas enrijeceu, seu corpo todo contraindo. Ele mexeu em uma das mangas antes de enfiar as mãos nos bolsos.

– Não quero falar deles – balbuciou e, a contragosto, foi em direção à multidão.

Ele sempre era fechado em relação aos pais, mas aquilo era diferente.

Andrew pegou a mala e foi atrás. Não tinha mais nada a fazer a não ser confiar que eles voltariam ao seu ritmo habitual, mas ele se preocupava verdadeira e profundamente com a armadura que Thomas usava ao falar da própria família. Ninguém olhava para os alunos da Wickwood, com as mensalidades extravagantes e as exigências de notas altíssimas, e questionava que tipo de pessoa eram seus pais.

Ele alcançou Thomas e os dois subiram as escadas em sincronia. Dois degraus de cada vez. Os nós dos dedos se encostaram de leve quando chegaram ao patamar.

Andrew abaixou a cabeça em um reflexo, sem saber ao certo se o toque tinha sido acidental. Foi então que viu a manga de Thomas – a que ele tinha tentado esconder antes.

Podia ser tinta. Thomas era uma bagunça crônica de pontas rebeldes, líquido derramado, cabelo bagunçado e a própria arte marcada nos pulsos.

Aquela mancha, no entanto, era vermelha como vinho derramado. Parecia ter sido esfregada com papel-toalha.

Thomas se virou, e a mancha foi escondida. Ele começou a falar sobre as reformas no dormitório, mas seu tom estava leve demais, forçado demais, e não passou despercebido por Andrew o jeito como seus dedos tremiam ao mexer novamente na manga.

A primeira pergunta que surgiu na mente de Andrew foi: *De quem era aquele sangue?*

A segunda foi: como conseguiria atenuar o calor que pulsava atrás de seus olhos, espalhava-se por seu maxilar e continuava descendo até o queimar por inteiro? Se alguém tivesse machucado Thomas...

Respira. Não deixe sua expressão entregar nada.

Ele acompanhou os passos de Thomas, mas em sua cabeça rugia um estático ruído branco.

Porque esta era a verdade sobre sua amizade com Thomas Rye:

Era uma vez Andrew, que arrancara o próprio coração e o dera àquele garoto. Tinha certeza de que Thomas não imaginava que Andrew faria qualquer coisa por ele. O protegeria. Mentiria por ele.

Mataria por ele.

DOIS

Andrew deveria ser esquecido. Era isso que acontecia aos quietos, aos invisíveis. Quando pessoas como ele tinham amigos como Thomas, não deveria haver espaço no rastro de glória e caos que o outro deixava para trás.

Mas Thomas sempre olhava por cima do ombro antes de virar em uma esquina, sempre voltava para puxar Andrew. Parecia ser tão natural para ele quanto respirar, aquela necessidade de conferir se Andrew não tinha sido deixado para trás. Andrew temia o dia em que Thomas perderia esse hábito, mas isso ainda não acontecera. Mesmo depois de terem saído da rota, passando nos dormitórios para largar a bagagem e depois se juntando ao fluxo de alunos nos corredores da Academia Wickwood, Thomas ainda se virou para impedir que os dois se separassem em meio à aglomeração.

Andrew estava embriagado de alívio. *Que ao menos isto aqui nunca mude.*

Dove já estava mudando todo o resto. Ela deveria estar ali com eles, discutindo com Thomas por qualquer coisa boba até que ele fizesse alguma gracinha que desarmasse a compostura dela, fazendo-a gargalhar.

No entanto, a guerra fria de Dove devia abranger Thomas também. Andrew sabia que eles tinham se desentendido antes do final do ano letivo anterior – por uma vez na vida ele tinha decidido não se meter –, mas os dois geralmente se acertavam aos poucos depois de fingir que nada tinha acontecido. Andrew não conseguia viver daquela maneira; se algo desse errado, a frustração o carcomia até ele não aguentar mais, e então alguém precisaria consertar as coisas para ele antes que entrasse em uma espiral.

Dove podia estar apenas botando o papo em dia com outros amigos. Ela nutria uma rivalidade acadêmica dramática com sua colega de quarto, Lana Lang. Era o tipo de rixa em que as duas competiam pelas notas mais altas da turma o dia inteiro, mas, assim que dava quatro da tarde, iam comer porcarias

juntas e rir de piadas internas. Porém, Dove-e-Lana não colidia com Dove-e-
-Thomas-e-Andrew. As duas combinações orbitavam ao redor de sóis distin-
tos. Provavelmente porque Thomas não tinha tempo, interesse ou tolerância
pela maioria das pessoas, fazendo questão de demostrar sua apatia.

Os outros existiam apenas na periferia de Thomas, mas os gêmeos
Perrault eclipsavam toda a sua galáxia.

Era inebriante significar tanto para uma pessoa.

Viciante.

Mas Andrew jamais admitiria isso em voz alta.

– Preciso te contar uma coisa – falou Thomas, suas palavras quase se
perdendo no vozerio cada vez mais alto dos outros alunos. – À noite, quando sairmos de fininho pra observar as estrelas... Espera. Será que a gente devia continuar fazendo isso? – Ele lançou um olhar preocupado para
Andrew. – Melhor não, né?

Por quê? Só porque agora estavam no último ano? Thomas tinha uma
necessidade crônica de combater todas as regras existentes, então a preocupação não lhe cabia.

– Eu ainda quero – respondeu Andrew.

As linhas na testa de Thomas se suavizaram.

– Então mais tarde eu te conto tudo, mas você precisa jurar que vai acreditar em mim.

– Nossa, quanto mistério... – começou Andrew, mas os dedos de
Thomas apertaram a manga de sua camisa com tanta força que ele esqueceu
o que estava dizendo.

Thomas viu algo por cima do ombro de Andrew, seus olhos se arrega-
lando de medo. Nada nunca o assustava. Confuso, Andrew se virou para
olhar, mas tudo o que viu foram uniformes da Wickwood e rostos animados.

Em seguida, um amontoado de alunos se dissipou e Andrew entendeu.

A diretora Adelaide Grant estava no hall de entrada com os braços cruzados e uma expressão fria. Parecia ter saído de uma foto em preto e branco
– terno impecável, pele branca contrastando com o cabelo mais branco ainda, olhos cortantes que reparavam em cada detalhe. Suas broncas e suspen-
sões choviam sobre Thomas como confete.

Isso significa que os dois se conheciam bem, Thomas e a diretora. Eles fizeram contato visual, um de cada ponta, e uma carranca sombria assumiu o rosto dela.

– Não está cedo demais para você já ter arrumado problemas? – perguntou Andrew, mas então percebeu com quem a diretora falava.

Ela estava ladeada por dois policiais, que observavam os arredores com uma postura despretensiosa. Levava um tempo para absorver Wickwood: as cortinas vitorianas pesadas e os tapetes escuros, os lustres e as pinturas a óleo e as cornijas douradas, o cheiro de naftalina, de livros antigos, de ambição e de tradições atemporais. Um dos agentes, uma mulher, usava um sobretudo creme e tinha acabado de mostrar o distintivo. Ela seguiu o olhar da diretora.

Thomas se virou e saiu puxando Andrew, abrindo caminho para dentro do auditório com cotoveladas e uma cara de poucos amigos.

– O que *foi* que você fez? – sibilou Andrew.

– Nada. Eu acabei de chegar, que nem você.

Eles precisavam encontrar três lugares; Dove com certeza chegaria antes do início dos anúncios. Mas Andrew não teve tempo para dizer isso em voz altas antes que Thomas o empurrasse para uma das fileiras mais ao fundo. Todas as apresentações e noites de premiações aconteciam ali, e o espaço tinha o ar de um teatro antigo, com cadeiras de veludo vermelho e luz ambiente.

– A gente tá *se escondendo*? – sussurrou Andrew.

Thomas olhou para a fileira de rabos de cavalo brilhantes à frente deles – meninas do terceiro ano, todas conversando com o celular na mão.

– Tô te falando, ela me odeia mais do que a qualquer outro aluno. – Thomas se remexeu, tentando achar uma posição confortável. – Aqueles policiais devem estar aqui pra dar uma palestrinha sobre drogas.

– Presta atenção, então – balbuciou Andrew.

– Aquilo aconteceu só *uma vez*. Eu preciso te corromper de verdade esse ano, pra você parar de ser tão inocente.

– Eu quebro as regras às vezes.

– Só se eu te arrastar. – Thomas bateu seu joelho no de Andrew. – Você nem sequer roubaria um lápis. Sabe do que a gente precisa? Eu, você, o céu e vodca. Estou muito interessado no que você diria sem filtro.

Andrew estava muito interessado em que isso jamais acontecesse. Não podia arriscar que a boca dissesse o que ele só ousava gritar mentalmente.

O garoto sabia que tinha ficado vermelho porque Thomas deu um sorriso malicioso.

Uma das meninas mais novas olhou feio por cima do ombro.

– Licença, vocês estão falando sobre atividades ilícitas? – sussurrou ela, a voz alta o bastante para que todas as amigas ouvissem.

– Isso, a gente vai roubar todos os lápis da escola – rebateu Thomas.

– Eu posso te denunciar – chiou ela. – Vão começar uma caça às bruxas esse ano, e a pessoa que estava vendendo anfetamina vai ser descoberta. O mesmo serve para quem fugir do campus para a floresta. Você, de todas as pessoas, deveria respeitar isso.

Várias outras meninas de rabo de cavalo se viraram com os lábios franzidos. Algumas olharam com pena para Andrew.

– Meu Deus, foi com eles que aconteceu aquele negócio semestre passado? – sussurrou uma delas para a amiga. – Tô abismada que eles voltaram.

Thomas fez menção de levantar um dedo, mas Andrew pegou a mão dele e a abaixou de volta.

Ele manteve uma expressão neutra até que as garotas se virassem, mas seu coração estava disparado. Não fazia ideia do que elas estavam falando. Talvez do que tinha feito com a própria mão? Mas aquilo não tinha sido nada que valesse fofoca entre os alunos. Ele não era tão digno de interesse.

Andrew viu a parte de trás do blazer de Dove algumas fileiras à frente, onde ela se sentava com seus amigos das disciplinas avançadas. Ela riu de alguma coisa que um deles disse antes de olhar de relance para trás. Provavelmente viu Thomas, porque fechou a cara, e em resposta a carranca dele ficou ainda mais séria. Os dois desviaram o olhar ao mesmo tempo.

Um microfone crepitou quando um professor se aproximou do pódio para dar início aos anúncios matinais. E lá vinha um lenga-lenga cheio de entusiasmo sobre se dedicar plenamente à Wickwood, seguido por um lembrete de todos os alunos de ouro que tinham entrado nas universidades de maior prestígio do país. Todo mundo ali era escolhido a dedo por excelência. Era hora de correr atrás das conquistas! Do sucesso!

Só que a realidade era que a maioria dos adolescentes ali só estava na Wickwood graças às contas bancárias dos pais. Dove tinha tirado ótimas notas nas provas de admissão por seu próprio brilhantismo, mas Andrew segurava a vaga por pura sorte – e pelo fato de seu pai pagar a mensalidade salgada, com o acréscimo de pequenas doações extras sempre que pressionado.

Thomas estava bem no meio do caminho. Seus pais eram artistas que usavam riqueza como plástico descartável, vendendo uma obra de centenas de milhares de dólares num dia e gastando dinheiro a torto e a direito no outro. Isso significava que Thomas estudava em uma escola incrivelmente cara, mas usava os uniformes até virarem trapos antes de comprar peças novas. Suas notas eram ainda piores que as de Andrew, mas pelo menos ele tinha a arte.

O garoto era desumanamente talentoso. Andrew escrevia contos de fadas belos e cruéis, e Thomas podia ilustrá-los com alguns traços de caneta e uma elegância tão macabra que seus professores até ignoravam seus infindáveis problemas de comportamento.

Andrew tentou ouvir a ladainha do professor, mas só conseguia pensar nos policiais. Não podia ter nada a ver com Thomas. Não tinha como – era impossível.

No entanto, bastava um olhar para ver que a boca de Thomas estava repleta de espinhos e mentiras. Se Dove tivesse se sentado com eles, àquela altura ela já teria removido cirurgicamente toda aquela marra e extraído a verdade.

Andrew falou em voz baixa:

– Você e a Dove brigaram antes das férias, né? Não se resolveram?

Thomas mordiscou a unha do polegar.

– Não.

Estava explicado, então. Um dos dois teria que ceder primeiro, e, pelo andar da carruagem, a teimosia de ambos estava levando a melhor.

A diretora pegou o microfone em seguida para fazer um discurso motivacional a respeito de provas e excelência – além de ameaças sutis sobre a tolerância zero da academia pelo uso de substâncias e trocas bélicas de pegadinhas. Não havia mais nenhum policial por perto. Talvez os dois tivessem ido embora.

Andrew percebeu que continuava prendendo a mão de Thomas à

cadeira, a teia de cicatrizes delicadas de seus dedos sobre as manchas de carvão nos de Thomas.

Ele tirou a mão.

Thomas não olhou para ele, apenas cruzou os braços e curvou os ombros ainda mais.

Andrew precisava forçar Thomas e Dove a fazerem as pazes... mas isso teria que ficar para depois. Estava cansado demais. Passar o verão na casa do pai na Austrália o esgotara, e o voo de volta aos Estados Unidos era sempre brutal, a diferença de fuso-horário deixando seus olhos injetados. Ele fantasiou estar no dormitório, dissolvendo-se na cama enquanto Thomas defendia com veemência que matemática era uma disciplina ofensiva ou que seu lugar era na floresta, como se ele fosse algum tipo de criança feérica que planejava fugir para um bosque sem nunca olhar para trás.

Quando a assembleia terminou e os corredores ficaram abarrotados com alunos indo para a aula, Thomas estava cinza de tanto engolir os próprios segredos. Também não ajudava que a diretora parecia caminhar até eles.

– Aposto que ela vai passar reto – garantiu Thomas.

Não passou.

– Olá, rapazes – cumprimentou a diretora Grant. – Espero que estejam bem. Sr. Perrault, fez uma boa viagem? E sr. Rye, vejo que se esqueceu do blazer. Que bom que terá tempo de corrigir isso antes da aula. Mas primeiro preciso te roubar por um instante.

Os policiais não tinham ido embora, percebeu Andrew naquele momento. Estavam nas escadas que levavam às salas dos docentes. Os alunos passavam por eles, sussurrando por trás da mão.

– Eu não fiz nada – disse Thomas com a voz aguda demais.

A preocupação suavizou o semblante da diretora, o que foi mais assustador que uma repreensão.

– Infelizmente, isso diz respeito a seus pais. Aqueles policiais ali precisam fazer algumas perguntas.

Andrew olhou para Thomas, mas o rosto do outro garoto tinha ficado vazio. Ele parecia mesmo mais baixo do que o normal? Mais desgrenhado? Tufos de cabelo castanho-avermelhado apontavam em diferentes direções.

21

E havia também o sangue da manga.

A diretora Grant se virou para as escadas, mas Thomas permaneceu imóvel.

Andrew retirou o próprio blazer.

– Toma. – *Vê se cobre a mancha*, ele não acrescentou.

Thomas o vestiu, e as mangas ficaram um pouco compridas demais.

– Vem comigo?

A diretora seguiu para as escadas e lançou um olhar severo.

– Pode encontrar seus amigos na aula, sr. Rye. Venha.

Thomas subiu os degraus com os policiais em seu encalço. Uma marcha para a forca.

Andrew sentiu um aperto no peito, e de repente ficou tonto. Voltar para a Wickwood e reencontrar Thomas devia melhorar as coisas. Não era para tudo estar acontecendo naquela velocidade.

Andrew não podia segui-los, mas...

Dane-se. Era preciso.

Esperou um tempo, mordendo o lado de dentro da bochecha, depois subiu as escadas. O acesso ao andar dos professores era proibido sem um passe, mas Thomas havia sussurrado "vem comigo", então nada mais importava.

Sem fazer barulho, Andrew seguiu pelos corredores de tapetes cor de vinho antiquados e portas de mogno que intermeavam o papel de parede marrom. Obras de arte de valor inestimável adornavam as paredes em molduras douradas. Era difícil não se sentir sufocado pela decadência daquele lugar.

Ele encostou o ouvido à porta da sala da diretora e tentou não respirar.

Vozes abafadas. O barulho de pés no tapete. Andrew sabia que havia duas poltronas de couro dispostas à frente da mesa intimidadora, e atrás ficavam estantes de livros que iam até o teto, repletas de clássicos e tomos antigos. Não parecia que alguém tinha se dado ao trabalho de se sentar.

– ... explicar a situação, garoto.

– Eu sou a detetive Stephanie Bell. Por que não se senta?

– Estou bem de pé. – Isso foi Thomas e sua fúria sufocada.

– Primeiramente, pode nos contar quando chegou à escola? – A voz de Bell era fria e eficiente, um gelo que queimaria sem dó nem piedade qualquer broto novo e verde.

Ninguém fazia perguntas do tipo "onde é que você estava?" sem mais nem menos.

Andrew sentiu a pele apertada demais.

– Hoje de manhã – respondeu Thomas, comedido.

– Você mora na zona urbana? Fica a uma hora de carro daqui, não?

– Eu peguei o primeiro ônibus do dia.

– Guardou a passagem? Tem o horário marcado nela?

– Pessoal. – A diretora falou com uma entonação inesperada. – Me disseram que o propósito desta convocação era divulgar informações sensíveis, não fazer um interrogatório. Por acaso eu preciso chamar os guardiões do aluno?

– Infelizmente, é por esse motivo que estamos aqui, senhora…

– Dra. Grant.

– Pedimos desculpas. Viemos por causa de uma denúncia que recebemos. Alguns vizinhos disseram ter ouvido barulhos altos vindo da sua casa ontem à noite, sr. Rye. Gritos.

Andrew esqueceu como respirar. O momento não parecia real: ele estava ajoelhado e encolhido próximo de um buraco de fechadura, ouvindo seu melhor amigo, seu *coração*, ser dissecado.

– Não tinha ninguém na casa hoje de manhã – continuou a detetive. – O local estava uma bagunça. Parecia que um animal tinha destruído tudo. E havia… sangue. Devido à quantidade, presumimos que o sangue não seja seu, então viemos perguntar se sabe algo a respeito disso.

– Com licença. – Andrew teve a impressão de que a diretora estava saindo de trás da mesa. – Thomas vai precisar de um advogado? O que exatamente vocês estão insinuando?

– Não estamos insinuando nada, senhora. Só estamos tentando localizar os pais do garoto, mas ninguém atende às nossas ligações. Eles disseram se iam viajar, Thomas?

Silêncio. Longo demais, até que Thomas por fim balbuciou:

– Não sei. Pode ser.

– Era bastante sangue.

– Vocês ligaram para os hospitais da região? – indagou a diretora.

– Certamente, senhora. Então, Thomas, teve alguma briga ontem à noite? Uma festa, talvez? Qualquer coisa que pudesse ter sido intensa demais?

– Não. – Thomas soltou a palavra como se quisesse eviscerar a detetive. – Não sei de nada. Eu já tinha saído.

A voz de Bell ficou mais afiada.

– Você tinha dito que só saiu hoje de manhã.

– Sim... bem cedinho. Ainda estava escuro. Foi isso que eu quis dizer.

– Certo, não precisa se exaltar. Temos certeza de que você está preocupado com seus pais.

Thomas não parecia preocupado – foi a primeira coisa que Andrew notou. Mas talvez ele fosse o único que conseguia ler Thomas tão bem. Podia imaginar a linguagem corporal do garoto naquele exato momento, rígida e defensiva, os dedos cutucando o lábio inferior ou alguma linha solta da roupa.

Ou a manga cheia de sangue escondida sob o blazer emprestado.

– Aposto que seus pais estão bem, mas vamos examinar o sangue e continuar tentando descobrir o paradeiro deles. Dra. Grant, pode ligar para os contatos de emergência de Thomas e alertá-los da situação?

As vozes continuaram por um minuto durante a troca de informações, depois a maçaneta girou.

Andrew deu por si um milésimo de segundo atrasado, quando a porta do escritório já estava sendo aberta. E então se lembrou de correr.

Chegou no topo da escada antes de perceber que sumir dali seria ainda mais suspeito. Ele era tão ruim em inventar desculpas. Fingiu observar uma das obras de arte vagamente impressionistas na parede enquanto os policiais passavam atrás dele.

– ...você achou?

– O menino está mentindo – falou a detetive com determinação. – E eu quero descobrir o porquê.

Ela olhou para Andrew e se calou na mesma hora. Deu um sorriso fino, ligeiramente educado, e desceu as escadas atrás do colega de trabalho.

Atrás dele, a diretora deu um pigarro.

Andrew se virou devagar, as bochechas queimando.

– Psiu, sr. Perrault – disse a diretora Grant, nada impressionada –, acho que está perdendo a primeira aula.

– Eu… perdi uma coisa. – falou Andrew. – Eu… hum, um lápis.

Ao lado dela, Thomas estava tentando controlar a cara feia, mas ao ouvir aquilo arqueou uma sobrancelha para Andrew. Era uma mentira ruim, ele admitia, mas Andrew não tinha lá muita prática em sair escondido por aí.

– Indo contra a minha própria intuição, vou preferir acreditar que o senhor não estava se metendo onde não foi chamado. A conversa tratava de informações confidenciais, e eu não quero fofocas nos meus corredores, sr. Perrault.

Andrew assentiu rápido demais.

A diretora se voltou para Thomas.

– Vou ligar para sua tia, mas tenho certeza de que não há motivo para se preocupar. Seus pais são… excêntricos, como todos sabemos. Aposto que antes do fim do dia teremos notícias.

Thomas não respondeu nada.

A diretora indicou que ele descesse antes de olhar séria para Andrew.

– Pode ir embora.

A disposição sombria de sua boca dizia *suma daqui ou te mando para a detenção*, então Andrew disparou atrás de Thomas.

Eles entraram no mesmo ritmo ao seguir para a aula de inglês, mas Andrew estava se sentindo tão abalado que não conseguia nem se lembrar de onde ficava a sala. Thomas ainda não tinha olhado para ele.

O menino está mentindo…

– O que tá acontecendo? – A voz de Andrew mal passava de um sussurro. – Era sobre isso que você queria falar comigo?

– Nada. Você ouviu. Meus pais são estranhos com a arte deles. Não deve nem ser sangue o que encontraram lá em casa. E-eu não sei. Eu não… – Ele parou de falar e puxou o lábio inferior.

Andrew quase tropeçou. Thomas nunca se embananava com as palavras. E também nunca mentia para o melhor amigo.

O corredor estava vazio, as portas das salas de aula fechadas. Eles levariam uma advertência por atraso antes mesmo do primeiro suspiro do ano letivo. Andrew começou a dizer isso, mas Thomas agarrou seu pulso e o arrastou para uma pequena alcova.

Eles ficaram grudados às cortinas grossas de veludo próximas a uma janela imensa, partículas de poeira dançando contra o vidro. O mundo pareceu quieto demais. Pesado demais.

Era como se cada respiração vibrasse os pulmões de Thomas.

– Não vai ser como no ano passado. – Algo desesperado brilhou em seus olhos. – Nada de mau vai te acontecer. Eu prometo.

Era Thomas que estava enfrentando coisas ruins, não Andrew. *Ele* era quem estava precisando de proteção dessa vez. Não passou despercebido a Andrew como nenhum dos adultos tinha perguntado a Thomas se ele estava bem.

– Vou resolver esta situação – afirmou Thomas. – Não quero você esquentando a cabeça com isso. Eu vou dar um jeito. Acredita em mim?

Se eles se aproximassem um pouquinho mais, conseguiriam se encaixar dentro da pele um do outro.

– Quero ouvir você dizer. – A voz de Thomas ficou estável. Formou aquelas palavras de maneira tão afiada que poderia usá-las para prender Andrew à parede.

– Eu acredito em você – sussurrou Andrew.

TRÊS

O dia não terminava nunca.

Os sussurros incomodavam sobretudo a Andrew. Os olhares furtivos. Uma conversa foi interrompida quando ele se sentou à carteira. Aquela sensação subindo por sua nuca como um alerta de que alguém o estava encarando.

Thomas ignorou tudo com um estoicismo deliberado que Andrew não conseguia bancar, e os cronogramas lotados não deixavam tempo para conversarem. As aulas avançadas de Dove a mantinham longe dos dois, então Andrew continuava sem saber o porquê de ela estar evitando Thomas.

Na hora do jantar, estava enjoado demais para sentir fome.

Entrar no refeitório era ser bombardeado por uma onda de caos. Cada canto de Wickwood era absolutamente antiquado e imponente, mas o refeitório poucas vezes ficava sob o mesmo controle. Centenas de vozes se misturavam ao barulho de pratos e talheres batendo. As refeições eram divididas em dois turnos, e os alunos do último ano faziam parte do segundo horário. Isso significava menos supervisão – pois supostamente eram "responsáveis" – e, por consequência, muito mais barulho.

O salão em si parecia saído da corte de um rei medieval: três longas mesas de carvalho com bancos de cada lado ocupavam a maior parte do espaço, e uma lareira enorme que tinha cheiro de sempre-vivas e castanhas cobria metade de uma parede. A disposição dos assentos era para "prevenir panelinhas" e "encorajar a socialização entre colegas", mas Andrew suspeitava de que tinha sido feita sob medida para atormentar os introvertidos.

Thomas tinha ido para o banheiro, então Andrew decidiu encontrar Dove na fila para se servir. Ele entrou atrás dela, resistindo à vontade de apoiar a testa no ombro da irmã e soltar um grunhido.

– Eu odeio tudo. – Ele apertou as têmporas. – Você falou com o Thomas?

– Não vi ele. – Dove cruzou os braços sobre a barriga. – Hoje é frango assado e folhado de maçã. Estão nos dando falsas esperanças antes de começarem as semanas de bolo de carne.

Ela chegou mais perto da mesa com pratos empilhados e deu um ao irmão.

– Mas e aí – falou Andrew –, você e o Thomas vão passar o ano inteiro brigando, ou...?

Dove bufou. Ela parecia cansada depois do longo dia, tinha mechas de cabelo escapando do rabo de cavalo.

– *Ele* pode muito bem vir falar comigo.

Às vezes Andrew pensava que Dove e Thomas estavam no meio de uma peça de três atos: primeiro amigos, depois inimigos e por fim...

Namorados. Isso inevitavelmente viria em seguida.

Andrew estava certo de uma verdade amarga: ele preferiria ter os pulmões perfurados a assistir a Dove e Thomas se apaixonando.

Às vezes ele passava a madrugada acordado analisando todos os seus sentimentos pelo furacão em formato de garoto chamado Thomas Rye. Ele não sabia se queria *ser* Thomas – imprudente e indomável – ou se queria beijá-lo. Podia imaginar os lábios macios de Thomas nos dele por cerca de cinco segundos antes de toda a construção se desmantelar feito papel molhado. Porque sempre tinha o *depois*. Sempre tinha *mais*. As pessoas não se beijavam e simplesmente deixavam por isso mesmo. Elas abriam botões, roçavam a boca na pele quente e se perdiam umas nas outras.

E Andrew não queria pensar em nada disso. Nem um pouco. Nunca. Ele não tinha paixões platônicas, nem sentia atração por nenhuma celebridade, e, para ser sincero, a coisa toda era estressante e sufocante – muito melhor deixar encaixotada bem no fundo da mente. Ele era apenas um... um *caos* que sentia coisas por Thomas mas não conseguia dar a elas a forma de frases coerentes. E ele tinha quase certeza de que Thomas gostava de Dove.

Dove chegou à frente da fila e tentou conversar com alguns funcionários, mas eles a ignoraram, interessados em fazer a fila andar mais rápido. Alguns alunos começaram a encarar Andrew, que manteve o olhar grudado no chão enquanto andava atrás da irmã e lhe serviam uma farta porção de frango assado, ervilhas e um folhado.

Na mesa de condimentos, Andrew se atrapalhou com a manteiga enquanto Hyder, que se sentava atrás dele na aula de história, pegava molho vermelho.

– Oi – cumprimentou ele. – Que bom que você voltou. Sinto muito por... tudo. Como você tá?

Andrew apertou o prato com os dedos cheios de cicatrizes.

– Tô bem.

Se ele tivesse de aguentar mais um pouco daquilo, pediria às paredes que o devorassem.

Ele passou o olhar pelo refeitório procurando onde se sentar enquanto Dove pegava talheres, depois a seguiu até as mesas tumultuadas.

– É só que eu não sei por que você e Thomas brigaram. Nem por que todo mundo fica olhando pra gente.

Dove suspirou.

– E às vezes eu não sei em que realidade você vive.

Ele franziu o cenho.

– O que isso quer dizer?

Porém, Dove acenou com a cabeça na direção do garoto com o cabelo castanho-avermelhado e bagunçado, que estava saindo do refeitório em uma fuga ilegal.

– Quer que eu fique aqui com você ou que eu vá atrás dele? – perguntou Dove.

Aquilo soava como uma pegadinha. Comer sozinho seria infernal, mas é claro que ela precisava ir atrás de Thomas. Consertar as coisas. Andrew precisava parar de ser tão covarde diante da ideia de ser deixado sozinho.

– Vai lá fazer as pazes. – Ele torcia para que ela não interpretasse o que disse como *se peguem* também.

Dove sumiu, e Andrew andou devagar pelas fileiras de bancos que haviam se tornado um território hostil. Ninguém perceberia se ele jogasse a comida no lixo e desse o fora dali. No entanto, quando se virou, Lana Lang estava parada atrás dele com uma mão no quadril.

Ela tinha ascendência chinesa e usava coturnos cor de malva, apesar das normas da escola. Seu cabelo estava preso em um rabo de cavalo apertado, e seu semblante era da mesma apatia de um coração inerte. Ter medo de Lana era senso comum: sorrisos fingidos e tratamentos falsos se desfaziam diante dela. Você precisava ser autêntico, do contrário ela te destroçava.

Ela mediu Andrew de cima a baixo, sua boca em uma linha fina.

– Você tá andando sem rumo igual a um cachorro perdido. O Thomas por acaso esqueceu onde te deixou?

Andrew nunca sabia se o melhor era responder Lana de uma maneira dócil ou defensiva. Seus caminhos raramente se cruzavam – ela era amiga de Dove, não dele.

– Ele tá ocupado.

– E olha que a presença no jantar é obrigatória para todos os alunos do último ano. Eu juro, aquele menino tem uma compulsão por fazer o oposto do que mandam. Vem. Senta comigo.

Andrew entrou em pânico.

– Não precisa. Eu posso...

Lana marchou até a seção mais vazia possível na mesa mais distante.

– Não vou te fazer sentar com meus amigos barulhentos, Perrault. Vai ser só nós dois.

Ele estava cansado, e era mais fácil só obedecer.

Eles se sentaram de frente um para o outro. Lana tinha afogado o próprio prato no molho vermelho e estava determinada a executar o frango como se a galinha ainda não estivesse morta o suficiente.

– Para referência futura – disse a garota –, você pode sentar comigo quando quiser.

Dove provavelmente havia mandado ela fazer isso. Pelo visto, Andrew era tão patético e perdido quando ficava sozinho que até sua irmã gêmea tinha vergonha dele.

Andrew fez menção de perguntar a Lana o que Dove tinha dito a ela, mas a garota olhou para trás dele e estalou a língua em reprovação.

Ele seguiu o olhar dela e quase foi jogado para dentro do prato com um tapa nas costas que poderia ser considerado um cumprimento jovial. Ou agressão.

Bryce Kane se inclinava entre os dois, uma mão apertando Andrew. O gesto parecia amigável, mas Lana agarrou o garfo como se fosse uma arma, e Andrew achou que seu ombro estava prestes a quebrar. A academia tinha uma política de tolerância zero para bullying, então Bryce moldara a própria imagem para ser descrita como *encantadora* e *enérgica*. Ele era um dos melhores jogadores de tênis na Wickwood e "era um prazer tê-lo nas aulas". Seus pais ricos faziam parte do comitê da escola, e os alunos se uniam em bando para prestar homenagem à sua corte – Bryce amava fazê-los se humilhar. Ele sabia como ser terrível sem parecer estar sendo terrível.

– Olha só, a gótica e o cara que curte Vegemite – falou. – Que casal improvável. Como foi o verão, Andy? Muito camarão pra comer no churrasco e cangurus pra comer atrás da moita?

– Sou gótica só porque uso coturno? – indagou Lana. – Uau. Que criativo.

Andrew se desvencilhou da mão de Bryce. Não adiantava nada relembrá-lo de que julho era inverno na Austrália.

– Foi de boa.

– Que estranho te ver sem a Dove. – Bryce bagunçou o cabelo de Andrew. – E sem sua namoradinha. Por onde anda Thomas Rye, o Psicopata? Ouvi dizer que ele já chegou recebendo visita da polícia.

Lana levantou um pouco do banco, seu rosto pálido de fúria.

– *Sai daqui.*

O nível de veneno na voz dela surpreendeu até a Andrew.

Bryce ergueu as mãos no ar fingindo estar com medo.

– Não precisa ficar histérica. Só tô tentando brincar, dar uma aliviada no clima, sabe?

– Você tem é sorte de o Thomas não estar aqui – rebateu Lana. – A essa altura ele já teria partido seu rosto no meio.

Bryce teve a pachorra de fazer cara de irritado.

– E é por isso que não me surpreendeu nada que os policiais já estejam em cima dele. Não sei nem por que a Wickwood permitiu que ele voltasse depois de tudo que rolou no semestre passado.

E então foi embora, gritando para um amigo do outro lado do refeitório, que berrou um cumprimento de volta.

Lana levou um tempo até parar de fulminá-lo e voltar a se sentar. Proteger Andrew era tarefa de Thomas e Dove, então Lana assumir o papel deve ter tido um gosto de condescendência. Era para Andrew ter ficado bravo, mas ao menos ela não tinha perguntado se ele estava bem, nem disse nada enigmático a respeito do ano letivo anterior ou comentou sobre a mão arrebentada dele.

Andrew comeu metade de seu folhado antes de perceber que Lana o observava.

Por impulso, ele coçou a bochecha com a mão curada.

– As cicatrizes nem são tão feias assim. Não sei por que todo mundo fica me olhando.

– O problema não é que você tem cicatrizes – respondeu Lana com uma precisão hostil. – É que você socou um espelho.

Ele queria que ela não tivesse dito aquilo em voz alta. Soava curto, grosso e feio.

Lana voltou a atacar a comida.

– Uma hora ou outra vão parar de encarar. Logo alguém do último ano se mete em um escândalo e pronto, lá se vai a atenção. Esse povo não passa de um bando de moscas sem nada na cabeça. – Ela mastigou com deliberação e raiva. – Mas qual foi a dos policiais? É *o primeiro* dia de aula. Juro, o Thomas é inacreditável.

– O que as pessoas estão comentando? – perguntou Andrew baixinho.

– Vai por mim, você não quer saber. – A voz dela virou aço. – O que você precisa fazer esse ano é ficar de cabeça baixa e se formar. Sobreviver. – Ela apontou o garfo para ele. – Não deixe o Thomas entrar em brigas por sua causa. A escola *quer* um motivo para expulsar ele. Se as fofocas ficarem insuportáveis, me procura. Eu te ajudo. Combinado?

Andrew se sentiu meio tonto. Lana e Thomas deveriam ser amigos, do jeito que cuspiam farpas e lançavam cortes para lá e para cá. Só que Lana era um bisturi frio, e Thomas era um facão bruto com emoções incendiárias que ele nunca aprendera a moderar.

O repentino interesse de Lana por Andrew ainda não fazia sentido. Ele estava bem.

Foi só um espelho.

Só um minuto em que ele perdeu o controle.

Andrew, uma corda esticada, retesada...

p a f t

Sangue por toda a camisa de Thomas ao levar Andrew para longe dos estilhaços...

– Tem mais uma coisa que você deveria saber. – A voz de Lana saiu estranha. – Instalaram uma cerca entre a escola e a floresta.

Andrew desmembrou o resto do folhado em pedacinhos.

– Tá bem.

– Acabaram as caminhadas nas aulas. As explorações. Vai ser expulsão imediata se alguém for pego escalando a cerca.

Ela devia o estar alertando pelo bem de Thomas.

Thomas, que respirava melhor com a bochecha encostada em uma árvore e nunca perdia a oportunidade de sair escondido para ser tão selvagem quanto sua alma exigia.

– Tá tudo uma merda. – Lana apoiou o queixo no punho e soltou o ar. – Sem ofensa, mas eu não faço a mínima ideia de por que você quis voltar.

O motivo era óbvio; não precisava ser verbalizado.

– É melhor eu ir encontrar o Thomas. – Andrew deslizou do banco. Esticou os dedos marcados e depois enfiou a mão no bolso. Sentiu papel se amassando e franziu o cenho com o achado inesperado. Ele se afastou de Lana antes de tirá-lo de dentro da calça e alisar as bordas.

Era obra de Thomas, sem dúvida. Uma floresta tomada pelo inverno, cada árvore pintada de branco pela geada. Um garoto com chifres e rosas florescendo dos olhos segurava uma faca, entalhando o coração de outro garoto com asas de mariposa, ajoelhado nas folhas com o rosto erguido em súplica. Videiras serpenteavam ao redor deles, entrelaçadas e rebeldes.

Thomas sempre desenhava daquele jeito – um estilo assassino e sombrio, com florestas sencientes que tinham dentes e garras, garotos feitos de espinhos, retratos de mãos com flores nascendo de cortes. Beleza e horror mesclados.

Ele desenhava assim porque era como Andrew escrevia. Os dois se alimentavam um do outro incansavelmente, seus sonhos febris sangrando pelos olhos muito depois de despertarem.

Andrew saiu apressado do refeitório. Ele mal tinha comido, mas isso não parecia importante. Thomas havia ilustrado a história de Andrew, o que devia significar alguma coisa. Ou talvez não. Thomas desenhava o trabalho de Andrew o tempo todo – como é que ele ia saber que a última história tinha sido uma confissão do que Andrew sentia por ele?

Andrew odiava como seu cérebro fazia esse tipo de coisa. Destruía coisas belas. Era como se ele não conseguisse apenas segurar uma flor; precisava esmagar as pétalas no punho até a mão ficar manchada de cor assassinada.

Os corredores continuavam vazios. Nem sinal de Thomas e Dove. Provavelmente estavam na área externa, alimentando o crepúsculo com suas palavras raivosas.

O barulho do refeitório foi ficando abafado conforme Andrew andava, e ele continuou esperando esbarrar em outros alunos. Monitores apresentando o campus aos novatos. Grupinhos de amigos matando a saudade de jogar conversa fora. Professores entrando e saindo de suas salas. Era para a escola estar movimentada.

Andrew parou no hall de entrada escuro. Era raro estar tão perfeitamente sozinho. Suspirou devagar e tentou se desvencilhar da ansiedade que ficava cada vez mais densa na boca do estômago, mas o único cheiro que sentia era o da floresta. Folhas úmidas, lama e o aroma fresco de gravetos recém-partidos.

Não deveria sentir o cheiro da floresta dali, do alto do campus.

Alguém se mexeu atrás dele. Andrew não se virou porque era óbvio que a pessoa estava tentando pegá-lo de surpresa, os pés pesados demais e a respiração sufocada como se estivesse à beira do riso. Ele sabia que era Thomas prestes a atacá-lo por trás, então relaxou um pouco. A briga com Dove devia enfim estar resolvida. Tudo voltaria ao normal.

– Eu tô te ouvindo – falou Andrew, um sorrisinho se formando.

Thomas lançou os braços ao redor das costas de Andrew, e os dois cambalearam alguns passos à frente. Andrew grunhiu, mas secretamente tinha gostado. Ele começou a dar uma cotovelada nas costelas de Thomas.

Porém, algo macio e quente tocou sua nuca. Boca na pele.

Por um minuto, Andrew não se moveu. O frio em sua barriga foi tão avassalador que ele não soube como continuou de pé.

O hall de entrada estava tão quieto, escuro nos cantos.

Ele ouviu Thomas parar de respirar.

O peso nas costas de Andrew de repente parecia maior, impossível de aguentar. Ele precisava dizer alguma coisa. Ele estava *arruinando* tudo. O que Thomas queria dele?

Mais uma vez uma respiração quente roçou sua nuca, e então, inexplicavelmente, uma língua deslizou até a orelha de Andrew, macia e úmida. Ela traçou uma linha de calor, sensual, terrível e confusa. O que é que Thomas estava fazendo? Aquilo não era… não…

Andrew se virou, afastando Thomas com um empurrão, mas a força do impacto com outro corpo o fez perder o equilíbrio e cair de joelhos. Quando ele se levantou com dificuldade, ofegante, o hall estava vazio.

O silêncio se estendeu diante dele. Ele tocou a nuca.

Molhada.

Foi quando Andrew se deu conta de que a sensação de um corpo encostado ao seu consistia apenas em braços. Ele não tinha sentido pernas.

Para. Não foi nada. Obviamente.

– Você tá enlouquecendo – sussurrou Andrew, sem saber se sentia vergonha ou pavor do que tinha imaginado.

Tudo parecera tão real. Ainda conseguia sentir a língua lambendo-o até a orelha.

Ele enfiou as mãos trêmulas nos bolsos e seguiu apressado para fora.

Fica calmo, tá tudo bem.

Mas ele não sabia mais se podia confiar em si mesmo.

QUATRO

A história deles começou na floresta, uma colisão ao mesmo tempo violenta e bela.

Era o primeiro ano de Andrew e Dove na Wickwood, ambos com doze anos, andar desajeitado e personalidades amorfas. Quando o pai dos Perrault não estava viajando, ele estava acorrentado a escritórios e reuniões nos Estados Unidos enquanto seu negócio crescia mais rápido do que podia manejar. Era inviável deixar os filhos na Austrália, e seus horários imprevisíveis tornavam o internato a escolha mais lógica. Por consequência, os gêmeos chegaram à escola no meio do ano letivo, quando os demais alunos já haviam formado suas panelinhas.

Era doloroso o quanto Andrew e Dove chamavam atenção por causa do sotaque, das construções de frases estranhas e da forma como pareciam ser uma pessoa só. Eles não estavam acostumados à riqueza, a ouvir os alunos falando de seus lares opulentos, férias extravagantes e pais famosos. A questão era que Dove podia ser lançada em qualquer quadra que conseguia quicar de volta. Andrew, por sua vez, era uma estatueta de vidro. Soltá-lo era fazê-lo estilhaçar.

Enquanto a irmã criava planilhas das amizades que tinha feito e começava a planejar como tirar as melhores notas em todas as disciplinas, Andrew passou a ter dores de estômago horríveis. A pior parte era que Dove amava aquele lugar. Andrew estava arruinando tudo, como sempre.

– A gente só precisa fazer amigos – determinou Dove.

– Então vai. Para de andar comigo. – Andrew estava chorando, mas se manteve firme. Ela não precisava afundar com ele.

No entanto, ela sempre o escolhia. Sentava-se com ele em vez de com outras meninas, levava-o para assistir a partidas e fazia suas lições quando ele estava estressado demais para se concentrar.

Do lado de fora, pelo menos, era mais fácil de respirar. A Academia Wickwood florescia em meio à natureza e se orgulhava de seu currículo esportivo animador, que incluía trilhas supervisionadas e passeios pela floresta que cercava o campus.

A turma seguia pelo chão de terra batida com um professor à frente e outro na retaguarda para tocar o rebanho de atrasadinhos, e todos tinham que finalizar um desenho da natureza ou traçar o contorno de uma folha enquanto ouviam uma explicação sobre ecossistemas. Os outros alunos aproveitavam para fazer baderna, mas Andrew se apaixonou pela floresta. Era mais quieto ali, e as árvores pareciam guardar segredos.

Havia, porém, um garoto que obviamente amava a floresta mais do que Andrew – um menino sardento com uma boca imprudente e cabelos beijados pelo diabo. Quando Andrew começava a observá-lo, não conseguia mais desviar o olhar.

Thomas Rye era uma coisa selvagem. Ele estava em todo lugar ao mesmo tempo, subindo em árvores e lançando pedras, correndo à frente dos demais e explorando cantos fora da trilha. A floresta toda zunia com seu nome porque um professor ou outro sempre gritava por ele. Só Andrew viu Thomas beijando a árvore. Não foi um ato performativo. Aquele menino fazia o que queria por puro impulso, e nunca se arrependia.

Era o que Andrew queria – esbanjar vitalidade a ponto de a vida transbordar dele.

O que ele fazia, no entanto, era andar ao lado de Dove, que já tinha concluído sete páginas de contornos de folhas, perfeitamente categorizados e coloridos, e não parava de levantar a mão para fazer perguntas complexas. Seu entusiasmo só era perturbado pelos garotos atrás deles, que tiravam sarro de seu sotaque.

– Ensina aí alguns palavrões da Austrália. – Bryce Kane tinha um brilho nos olhos e no sorriso, um garoto de ouro irrefutavelmente estadunidense.

– São os mesmos que usam aqui – falou Dove, exasperada. – Dá pra parar de pisar no nosso calcanhar?

Eles não pararam; estavam achando hilário. Em seguida, descobriram que era ainda mais engraçado fazer Andrew tropeçar.

Da primeira vez, podia ter sido um acidente. Na segunda, os joelhos de Andrew encontraram a terra e ele ficou machucado e sujo. Dove surtou com os meninos, mas eles não deram a mínima. Os professores nunca davam bronca em Bryce Kane, e sua pequena patrulha desfrutava da mesma imunidade.

Na terceira vez, Bryce colocou o pé ao redor do tornozelo de Andrew e ele caiu tão feio que esfolou os joelhos. Logo se levantou, ensanguentado e com as pernas bambas, desejando que um professor fizesse algo, mas também com vergonha de ainda precisar disso. Ele era velho demais para ser tão delicado.

– Ops! – debochou Bryce. Os outros fingiram choramingos entre risadinhas perversas, porque era óbvio que Andrew estava à beira das lágrimas.

Foi aí que Thomas Rye apareceu.

Ele surgiu do nada, o rosto sujo e os bolsos inflados de tanto catar cascas de sementes e pedras. O menino enfiou o caderno de desenhos embaixo do braço e se posicionou entre Andrew e Dove sem precisar de convite. Os três mal cabiam lado a lado na trilha estreita. Ele era mais baixo que os gêmeos, o que surpreendeu Andrew, porque de longe tinha a impressão de que Thomas podia preencher o mundo inteiro.

Thomas não pareceu se importar com os braços dos três se esbarrando.

– Vocês são os australianos, né?

– Quem é você? – rebateu Dove na defensiva, para o caso de ele ser um dos abutres de Bryce.

– Meu nome é Thomas. Sempre que eu encho o saco, minha mãe me chama de pentelho e diz que vai me mandar pra Austrália. – Ele falou com indiferença. – Parece ser legal lá. Do que vocês gostam?

Bryce Kane e os demais se afastaram, como se precisassem tomar cuidado com Thomas, e Dove relaxou.

– Eu gosto de correr – falou. Nos últimos tempos tinha acrescentado "conquistar o atletismo" à sua planilha. – Eu leio muito também, *livros adultos*.

Thomas pegou um graveto e o raspou no chão enquanto caminhavam.

– A gente devia apostar corrida pra ver quem é mais rápido. Acho que sou eu, mas – ele assumiu uma seriedade de quem aponta fatos – talvez seja você, por ser mais alta. – Em seguida, virou-se para Andrew. – E você? Do que você gosta?

Andrew arregalou os olhos. As pessoas sempre viam Dove como a amigável e presumiam que ele era grosseiro, não tímido. Ninguém falava com ele.

– Gosto de escrever – respondeu baixinho.

– Ele escreve livros *incríveis* – acrescentou Dove, para sempre a única membra do fã-clube do irmão. – Andei fazendo umas pesquisas de como podemos publicar as histórias dele e ficar milionários, mas tô empacada no design da capa.

– Eu posso desenhar uma capa pra você – ofereceu Thomas. – Mas só desenho monstros, não acho que você aguentaria.

Ele olhou para Andrew ao dizer isso, sua boca em uma linha séria, mas com um ar desafiador repuxando o canto.

– Eu aguento você – afirmou Andrew.

Ele quis dizer que aguentaria *os desenhos*.

Um sorriso se abriu no rosto de Thomas, pontudo e sagaz. Andrew adorou.

Em seguida, uma mão empurrou o ombro de Andrew e ele tropeçou.

– Licença, tô tentando passar! – gritou Bryce, arrancando uma risada dos amigos, porque estava nítido que não era o caso.

Ele esticou o braço para empurrar Andrew de novo, e Dove se virou tomada pela fúria. Porém, Thomas foi mais rápido – apontou o graveto bem para o meio do peito de Bryce.

– Se tocar nele assim de novo – ameaçou suavemente –, vai desejar nunca ter feito isso.

Bryce o encarou de cima com um sorriso zombeteiro.

– O que você tá fazendo nessa aula, hein, nanico? Acho que a pré-escola fica do outro lado. – Ele fez menção de bater em Andrew mais uma vez. – A gente tá só brincando. Não queríamos fazer o Andy chorar feito um...

Thomas deu um golpe tão forte com o graveto que a floresta ecoou com o baque da madeira na pele. O grito de Bryce carregava ao mesmo tempo surpresa e raiva enquanto ele tombava o corpo para a frente. Havia um ferimento vermelho feio em sua mão.

Uma sensação terrivelmente deliciosa preencheu o peito de Andrew. Ele sentia o gosto de dor na atmosfera, e por uma vez na vida não era a dor dele – *ele amou aquela sensação.*

O professor foi pisando duro até eles.

Thomas lançou o graveto no meio das árvores com naturalidade e não ficou com cara de preocupado.

– Ele não vai mais encostar em você – garantiu.

Andrew mal conseguia respirar.

– Vão te dar uma punição.

A luz nos olhos de Thomas brilhou com ousadia e coragem.

– Mas ele não vai mais encostar em você.

CINCO

Em vez de esperar até a "hora das bruxas" para fugir e observar as estrelas, Andrew acabou dormindo. Encontrara Thomas no dormitório depois do jantar, e juntos deram início à rotina costumeira do primeiro dia de aula, desfazendo as malas casualmente até Andrew pegar no sono na cama ainda arrumada. Sonhou que arbustos se enrolavam em seu pescoço, uma rosa pousando sobre sua língua. Dove não parava de bater na porta, implorando que ele fosse para a floresta com ela, mas ele não conseguia falar com os espinhos na boca. Ela foi sem ele.

O maior talento de Andrew sempre fora decepcionar os outros. Até dormindo, pelo visto.

Quando acordou, estava escuro e ele se sentia febril. Sua mão direita pinicava de dor, e ele soltou um grunhido sonolento antes de olhar para ela.

Havia sangue nos nós dos dedos, as cicatrizes abertas de novo. Quando ele cerrou o punho, a pele descascou, exibindo ossos brancos e tendões.

Andrew se ergueu com um grito. Uma luz se acendeu, e ele se virou com um braço no ar para se defender do brilho – ou de um ataque. No entanto, era só Thomas acendendo a luminária, com apenas uma bota calçada e o cenho franzido.

– Tá tudo certo?

Andrew olhou mais uma vez para a mão.

Não tinha sangue nenhum. Só uma teia de cicatrizes brancas e finas.

Thomas se sentou no colchão ao lado de Andrew, e os dois observaram a mão por um instante. Em seguida, Thomas traçou o toque desde a ponta dos dedos de Andrew até o pulso.

Um arrepio desceu pela espinha de Andrew. Ele precisou respirar fundo para disfarçar.

– Sarou bem – comentou Thomas. – As cicatrizes já quase parecem uma renda. Ainda quer sair escondido? A gente não precisa.

Andrew afastou a mão e pegou o suéter.

– Você tá me devendo umas setecentas respostas.

– Vai ser estranho ir sem a Dove. – Thomas falou suavemente, e Andrew parou com o suéter só meio enfiado no corpo.

Quando se virou de novo, Thomas ainda estava sentado na cama de Andrew, a cabeça baixa e os dedos cutucando a tinta seca velha na calça jeans. Sem o uniforme da escola ele sempre parecia desregrado, como se a ausência das linhas rígidas o transformassem numa pintura apaixonada derramada sobre uma folha de papel.

Bem, então Thomas e Dove não tinham se resolvido. Mas, se eles estavam brigados, quer dizer que pelo menos não estavam se beijando. Andrew se odiou por sentir aquele alívio egoísta.

– Eu ainda quero ir, sim.

Os dois escaparam pela janela, os pés apoiando nos intervalos entre um tijolo e outro, as mãos agarrando molduras das janelas e treliças no caminho até lá embaixo. Thomas primeiro, depois Andrew, caíram agachados na grama úmida de sereno. A noite estava gelada demais para o mês de setembro, mas Andrew sempre sentia frio. Tudo era mais vivo do lado de fora. Uma energia vibrava entre os arbustos de rosas e escalava as paredes cobertas de hera.

As sombras pareciam um tanto grudentas. A noite estava tão escura que encará-la fez Andrew se sentir inquieto. Uma sombra se moveu com um suave roçar de escamas no cascalho antes de serpentear para fora de vista na lateral nos dormitórios. Os pelos da nuca de Andrew eriçaram, mas ele esfregou os olhos e sacudiu a cabeça. Ele ainda não estava totalmente desperto, era só isso. Não tinha nada respirando ali além deles.

Os dois partiram, acobertados pela escuridão aveludada. Ambos tinham um caderno em mãos, e Andrew enfiara de última hora um pacote no suéter. O plástico fazia barulho conforme se movimentava, e Thomas várias vezes fez sinal para que fizesse silêncio antes de desistir de vez e abafar o riso. Eles seguiram pelos jardins desertos até os galpões e usaram uma pilha de lenha para subir no teto baixo. O suéter de Thomas subiu, fazendo sua barriga raspar nas telhas.

Um sibilo escapou de seus lábios antes que ele rolasse para abrir espaço para Andrew, que subiu logo em seguida.

– Para de fazer isso com tanta facilidade – balbuciou Thomas.

– Começa a crescer. – Andrew tirou um pacote de Tim Tams de debaixo da camisa. – Surpresa.

– *Agora sim*. Você é um *santo* enviado dos céus.

Andrew conteve uma risada. Thomas arrancou os doces de sua mão e depois engatinhou apressado pelo telhado feito um duende. Eles tinham descoberto aquele lugar no primeiro ano do ensino médio, quando Thomas se deu conta de que nenhuma janela dos dormitórios ou da mansão da escola tinha vista para os pequenos galpões do jardim. Era uma rebeldia, mas era seguro. Até Dove permitia esse desvio em vez de dar seus sermões costumeiros a respeito de como Thomas sempre quebrava as regras.

A forma como ela sempre se apegava a regras e Thomas debochava delas provocava a maior parte das guerras dos dois, mas Andrew suspeitava que eles brigavam só porque gostavam disso. Ou porque Dove se sentia aliviada com uma desculpa para ser menos perfeita por um segundo que fosse. Ou porque Thomas só sabia implicar com as pessoas para receber atenção.

Andrew se deitou de costas ao lado de Thomas. O declive era singelo, as telhas almofadadas por décadas de musgo e cobertas de folhas velhas.

– Comprei o sabor original porque seu gosto não é a coisa mais refinada do mundo – comentou ele.

– É verdade. – Thomas atacou o pacote. Tim Tams eram apenas biscoitos maltados com um recheio cremoso, mergulhados no chocolate e em seguida abençoados com um nome de marca australiano, mas por algum motivo Thomas os idolatrava.

– Isso nem é tão gostoso – retrucou Andrew.

– Ah, vai ser desrespeitoso longe daqui. Se eu comer o suficiente, vou virar australiano. Quem sabe um coala.

Andrew deu uma cotovelada nas costelas de Thomas.

– Vou pegar de volta.

– Se eu lamber todos, você não vai, não. Na verdade, espera aí, eu te dou um e você me dá seu caderno.

– Um só, nossa. – Mas Andrew entregou o caderno mesmo assim.

Aquela era a tradição deles, uma chance de fazer um intensivo do que perderam da vida um do outro durante as férias. Não ter Dove junto era de fato estranho, mas e daí se por uma vez na vida Andrew tivesse Thomas só para ele? Era uma desculpa para os dois ficarem deitados lado a lado, os corpos se encostando de leve no escuro. Somente as estrelas poderiam julgar.

Thomas se sentou e colocou o caderno de Andrew no colo, entregando seu próprio caderno de desenhos para ele.

– Liga uma luz pra gente.

Andrew obedeceu, apoiando o celular nos joelhos e fazendo um brilho suave banhar os cadernos trocados.

Havia uma quantidade extraordinária de intimidade no ato de trocar arte com outra pessoa. Não para crítica, nem para aula. Só para apreciar. Sentir. Entender um ao outro.

Andrew avançou devagar pelas páginas, mordiscando o lábio ao ver os desenhos que Thomas tinha feito no verão. Tudo ali tinha sido tirado do mais cruel conto de fadas.

Torres envoltas em espinhos, com monstros pendurados pelo pescoço nos portões.

Fadas de cardo com as asas cortadas, seus dentes cravados na pele de uma presa.

Uma princesa com dedos enxertados em um tronco de árvore.

No último retrato, Andrew se demorou. Um garoto com orelhas pontudas feito flechas, o rosto uma constelação de sardas e olhos cortados com rosas saindo dos buracos. Sua boca tinha sido rabiscada com uma caneta escura.

Andrew amou o desenho. Ele amava todos eles. Dava para ver que muitos tinham sido baseados em suas histórias, o que significava que ele tinha estado na mente de Thomas durante as férias.

Thomas folheou as páginas no caderno de Andrew, deixando farelo cair e sujando tudo de chocolate enquanto soltava sons de admiração.

– Você devia escrever um livro um dia. Suas histórias são muito curtas e eu sempre quero mais.

– É para serem cortes de papel. – Andrew virou para a última página do caderno. – Esse aqui foi inspirado na minha história, né?

Um garoto, feito com carvão, inclinava-se sobre a beirada de um poço dos desejos com os dedos estendidos para a água prateada. Atrás dele, um monstro com mãos humanas elegantes e uma cabeça de lobo no lugar do rosto devorava os pais do menino.

Thomas arrancou o caderno da mão de Andrew.

Andrew engoliu o susto e precisou pegar o celular antes que o aparelho deslizasse até cair do telhado. Ele olhou confuso para Thomas.

Thomas tirou a página e a amassou.

– Eu odeio esse aqui. É... o sombreamento está todo errado.

O celular de Andrew piscou com um alerta de bateria fraca. Ele o desligou. A verdade parecia mais segura no escuro.

– Me conta o que rolou com os seus pais.

Thomas suspirou e enfiou o último Tim Tam na boca.

– *Ou* a gente podia procurar estrelas cadentes enquanto eu te encho a paciência.

Ele entregou o caderno de Andrew de volta.

– Você já faz isso naturalmente. Não precisa de nenhum esforço extra.

Thomas franziu o nariz.

A leveza escapou da voz de Andrew.

– Você tá bem, Thomas?

Eles nunca faziam aquele tipo de coisa – nunca confrontavam um ao outro, não perguntavam o que tinha de errado e nem pediam para que o sentimento fosse explicado em palavras que fizessem sentido. Andrew era o pior dos dois, o que mais se fechava ou mentia descaradamente para que as pessoas parassem de tentar dissecar seus ossos e ver por que ele era entremeado em tantas agonias peculiares. Ele não podia se explicar, o que significava que não podia perguntar a Dove por que ela estava entrando em espirais maníacas de estudo, nem a Thomas por que ele tinha uma cicatriz cor de vinho na escápula. Portanto, Andrew engavetava seus problemas – os ataques de pânico, a timidez sufocante, a forma como ele se dissipava em devaneios.

Thomas tampou os olhos com o braço.

– Tô bem. E você? Você parecia meio atormentado depois do jantar.

Não tinha a menor chance de Andrew confessar... o que quer que tenha sido a *coisa* que lhe lambeu a nuca. Não tinha sido nada. Um sonho acordado. Violento. E não pertencente a ele.

– Não foi nada – falou Andrew. – Por que você mentiu para a detetive?

Thomas ficou imóvel.

Mesmo sussurrando, as vozes pareciam altas demais na madrugada. Quando Thomas tirou o braço do rosto, uma intensidade vivaz brilhou em seus olhos. O medo não combinava com ele. Era para ele ser invencível.

– Porque a coisa tá feia. – A voz de Thomas saiu baixa. – E-eu não posso explicar. Não quero que você se preocupe, tá bem? Eu sabia que a casa estava... que estava uma bagunça lá dentro antes de eu sair. Fui embora mesmo assim.

– Seus pais te machucaram? – Andrew odiou a elevação em sua voz. Pensou no desenho que Thomas tinha arrancado.

– O quê? Não. Já te falei, às vezes eles ficam meio chapados e bêbados e se deixam levar pela arte. Todas as famílias são problemáticas. Para de imaginar histórias me fazendo de donzela em perigo.

– Thomas...

Ele se ergueu sobre o ombro e enfiou os dedos na camisa de Andrew.

– Para de insistir.

Andrew ficou quieto.

Thomas o puxou para que os dois ficassem deitados lado a lado de novo. Bilhões de estrelas reluzentes salpicavam o mundo acima deles, ocultando a escuridão.

– Me conta um segredo – propôs Thomas – e eu também te conto um.

Estou feliz que minha irmã não veio com a gente hoje. Andrew engoliu em seco, sua pele fervendo de repente.

– Tenho medo de tudo, exceto do escuro.

Thomas abafou um riso fraco.

– Eu sabia disso. Você escreve as coisas mais obscuras possíveis, e isso nunca te tira a paz.

– Sua vez.

– Acho que um dia você vai me odiar. – A voz de Thomas se estendeu com uma solidão que Andrew nunca tinha ouvido antes. – Que você vai me dilacerar e encontrar um jardim de podridão no lugar do meu coração.

Andrew deixou o silêncio se tornar mais aguçado entre os dois, esperando até que a respiração de Thomas ficasse ofegante pela angústia abafada da impaciência.

– Quando eu te dissecar – disse, por fim –, a única coisa que vou descobrir é que nós dois combinamos.

Abaixo deles, algo se arrastava de leve pelo caminho de pedras. O mundo cheirava a algo doce e decadente, folhas apodrecidas e terra.

– Ouviu isso? – Andrew se esgueirou em direção à beirada, mas Thomas segurou seu braço.

As sombras furtivas mascaravam seu rosto quase inteiro, exceto pela linha firme de seus lábios.

– Deve ser uma raposa ou algo assim. Mas é melhor a gente ir embora, de qualquer forma.

Juntos, eles desceram em silêncio, os dedos frios e os pulmões doloridos. Era estranho, pensou Andrew, como quando algo se mexia no escuro o instinto de todo mundo era se esconder debaixo das cobertas.

Como se monstros não pudessem abrir portas e se aninhar na cama com você.

Era uma vez uma rainha impiedosa e um rei amargurado que tinham sete filhos. Eles amavam todos, exceto o caçula, que era feito de salsaparrilha e tinha um temperamento hostil e dentes lindamente pontudos.

O casal presenteou os primeiros seis filhos com coroas feitas de galhos surrados de salgueiro, mas ordenaram que o sétimo levasse uma surra com os galhos restantes.

O casal presenteou os primeiros seis filhos com maçãs de ouro, mas colocaram minhocas na língua do sétimo e o mandaram engolir.

O casal presenteou os primeiros seis filhos com um poço dos desejos, mas ao sétimo deram a cabeça decepada de um filhote de lobo.

Os anos se passaram e a pele do sétimo filho se tornou mais resistente com os açoites, ele criara um apetite por seres vivos e fizera amizade com o filhote de lobo assassinado, para quem contou todos os seus segredos.

Quando o lobo decidiu que era necessário fazer justiça e arrancou o coração da rainha impiedosa e do rei amargurado, devorando por fim os seis filhos perfeitos, o sétimo filho nem se deu conta. Ele havia encontrado o próprio reflexo no poço dos desejos e gostava de admirar seus dentes pontudos.

SEIS

Na quarta-feira, Thomas foi tirado da aula.

Ele guardou o material e foi embora em silêncio, apenas apoiando a ponta dos dedos na superfície da carteira de Andrew ao passar. Não olhou para trás. Pela porta aberta da sala, Andrew viu a bainha do sobretudo creme da detetive Bell antes de ela sumir de vista no corredor.

Andrew ficou sentado imóvel pelo resto da aula e tentou fazer cada respiro ser mais breve que o anterior. Se pudesse, desapareceria. Só até que Thomas voltasse.

Assim que a aula acabou e todo mundo se preparou para partir, os sussurros começaram.

– Não me surpreende nem um pouco…

– Ele é sempre tão grosseiro.

– … uma tendência à violência que…

– Aposto que ele matou os pais.

Não era para ninguém saber que a coisa toda tinha a ver com os pais de Thomas. Ou algum aluno ouvira algo ou Dove fora vingativa pela briga mais recente dos dois e espalhara o boato. Andrew acabou enfrentando as aulas com a sensação de que alfinetes estavam sendo fincados em sua pele, um a um, até ele mal conseguir falar, tamanho o gosto de metal em sua boca.

Seu lábio inferior sangrava. Ele precisava parar de mordê-lo.

Thomas não apareceu no almoço, nem no fim da última aula do dia. Por que a polícia precisava dele por tanto tempo?

Porque a coisa tá feia, dissera ele na primeira noite de volta à Wickwood.

O que foi que você fez, Thomas?

Se Andrew seguisse a trilha de possibilidades e dúvidas, entraria em uma espiral negativa. Precisava parar de pensar.

Cabulou a aula de reforço e foi caçar Dove. Sabia exatamente onde ela estaria.

A biblioteca da Wickwood era conhecida por devorar seus alunos por inteiro. Ela ficava em um pavilhão atrás da mansão da escola – menor, mas também feito de pedra e coberto de hera – e era repleta de estantes e cantinhos de estudo aconchegantes. A contragosto, os estúdios no piso superior haviam sido cedidos a alunos de artes e clubes extracurriculares, então o edifício todo sempre cheirava a livros e tinta, e às vezes era possível ouvir monólogos shakespearianos pelas paredes.

Como Dove vivia para estudar, Thomas respirava arte e Andrew ansiava por histórias, os três haviam jurado o coração àquela biblioteca.

Andrew perambulou por entre as estantes estreitas, passando os dedos pelas lombadas dos livros de suas seções favoritas. Nos armários superiores havia fileiras de primeiras edições, em capa de couro, e todos os livros de referência imagináveis podiam ser requisitados, porque a Wickwood era feita para mentes que ardiam com a vontade de saber *tudo*. Era uma escola para o brilhantismo, para quem mirava as estrelas até crescer o bastante para alcançá-las.

Andrew encontrou Dove e suas melhores amigas – as atividades de crédito extra – enfurnadas em um canto de estudo próximo à janela, com vista direta para o estacionamento. Perfeito, dali ele conseguiria ver quando Thomas voltasse.

Andrew colocou a mochila na mesa dela.

– É muita lição de casa para a primeira semana de aula.

– Esse nome não é muito apropriado, né? – Dove estava com um lápis preso na orelha e outro enfiado no rabo de cavalo. – A gente mora aqui. Era para ser lição de escola mesmo. Tô começando minha redação para analisar os estereótipos de papéis de gênero em contos de fadas. Você escreveria isso bem melhor que eu.

Andrew folheou suas anotações do dia, mas estava agitado demais para se concentrar. Ele pegou o caderno.

– Eu não mostro minhas histórias para as pessoas, você sabe disso. Ninguém entenderia.

Eles já tinham tido aquela discussão antes, mas ainda assim Dove testava o irmão.

– Os professores têm que aguentar as artes do Thomas, e olha que ele é o rei do macabro. Você conseguiria créditos extras escrevendo para a aula. Ou, só uma ideia, você podia escrever algo *agradável*.

Para escrever algo agradável, ele precisaria ter algo agradável a dizer. No entanto, seu peito era uma jaula de monstros que praticavam a mordida nos ossos de suas costelas.

– Já teve notícias do Thomas? – Andrew brincou com a capa do caderno enquanto olhava para a janela. – Será que a gente devia se preocupar?

Dove reorganizou suas pilhas de lição já perfeitamente ajeitadas, depois endireitou o suporte de marcadores de texto.

– Ainda não. Espera até o jantar.

– Se ele não der as caras até lá você vai perguntar dele? – Andrew odiava o quanto sua voz transparecia fragilidade. Era patético.

Mas Dove falou:

– Sim, pode deixar que eu pergunto. – Com firmeza e sem julgamento.

E não era assim mesmo que gêmeos deveriam ser? Um gritando e o outro sussurrando?

Ela começou a perguntar a respeito da lição de matemática dele – era uma das disciplinas em que Andrew tinha mais dificuldade, e o professor Clemens era venerado por suas estratégias de intimidação –, mas as portas da biblioteca se abriram e um bando de adolescentes entrou. Eles estavam no meio de uma conversa, mas começaram a chiar uns para os outros, provocando risinhos entre o grupo. Andrew apoiou o cotovelo na mesa e cobriu uma orelha com a mão para bloquear um pouco do barulho.

Dove de repente se pôs de pé.

– Preciso ir.

Ela amassou um monte de papéis entre os livros, e a confusão de Andrew se transformou em espanto. Era inacreditável ver Dove bagunçar a própria perfeição daquele jeito.

– Quem estamos evitando? – Ele se virou para olhar o grupo que chegava.

Lana Lang vagava pelas estantes. Seus coturnos roxos apareceram primeiro, depois sua expressão fechada, e ela carregava um saco de bandeiras sobre o ombro, as pontas saindo e mostrando listras de diferentes combinações de cores. A procissão mesclada atrás dela parecia ter acabado de ser dispensada da aula de teatro – todos de diferentes idades, alguns ainda fantasiados ou brilhando com os resíduos dos ensaios, outros com cortes de cabelo que por pouco não transgrediam as normas da escola. Eles sussurraram ou deram os braços ao subir as escadas.

Lana foi a única que parou. Colocou uma mão no quadril e olhou com uma sobrancelha arqueada para a lição que ele tinha deixado de lado.

– Tá estudando sozinho, é?

– Não, tô com... – Ele olhou para trás, mas Dove sumira feito fumaça.

Será que ela também estava brigada com Lana?

A menina observou o resto do grupo desaparecendo escada acima, depois ajeitou o saco de bandeiras.

– Quer vir com a gente? – O tom brusco rotineiro de sua voz apresentou uma entonação hesitante.

– Você abriu um clube de artes? – perguntou Andrew.

Lana semicerrou os olhos, e ele sentiu um choque de pânico com receio de ter falado alguma abobrinha. Como odiava falar com as pessoas.

– O coletivo LGBT é da sra. Poppy, mas a gente chega mais cedo pra ficar conversando.

Andrew quis se virar do avesso.

– Ah, não é muito... a minha praia.

Aquilo era irritação no olhar de Lana? Ela devia estar achando que ele era um babaca intolerante em vez de uma pessoa completamente confusa com a própria sexualidade e que evitava tocar no assunto a todo custo com quem quer que fosse.

– Como quiser. – Lana colocou o pé na cadeira vazia ao lado dele para amarrar o cadarço. – Mas saiba que acolhemos todo mundo. Pessoas queer, heterossexuais, confusas... – Ela deixou aquilo pairando no ar. – Só pensei que talvez fosse melhor do que ficar sozinho.

Mas não era incomum alguém fazer lição sozinho... a não ser que ela pensasse que ele era instável demais para isso.

Embaixo da mesa, Andrew massageou as cicatrizes da mão.

– Você chamou a Dove alguma vez?

Lana riu de deboche, mas seu sorriso era amigável.

– Mais de uma. Ela arrumou todas as bandeiras LGBT que a gente tinha pendurado meio tortas. E também se ofereceu pra passar o ferro nelas.

Andrew olhou de relance para a janela bem quando um carro chegava. Daquela distância ele mal conseguia distinguir as feições, mas um garoto com cachos castanho-avermelhados desgrenhados saiu do banco de trás e bateu a porta com tanta força que deu para sentir a força do impacto lá da biblioteca. Um dos professores deu a volta no carro ainda com a chave na mão, guiando Thomas até a mansão. No entanto, ele saiu correndo direto para os dormitórios. O professor não tentou ir atrás.

– Vou nessa – balbuciou Andrew, ciente de que evitar Lana para correr atrás de Thomas tinha se tornado um hábito.

E ciente de que ela tinha reparado nisso.

Ele pegou a lição e saiu às pressas da biblioteca.

De qualquer forma, Lana estava errada em fazer o convite. Andrew não tinha nada a ver com aquelas pessoas, porque ele só tinha a ver com Thomas e Dove. Além disso, ele nem sabia se era gay o bastante, considerando que havia apenas um garoto que desejava. Uma parte pequena e reservada de si sabia que ele provavelmente era assexual, e que isso de ser *gay o bastante* não existia. Porém, ele olhava para outros garotos e não sentia nada, então talvez o único motivo pelo qual não queria que Thomas e Dove se beijassem era para que o trio não mudasse – não porque *ele* queria beijar Thomas.

Ou será que... ele queria?

Mas era melhor assim; Thomas estava apaixonado por Dove, e não era mesmo do tipo que se contentava só com beijos. Andrew não sobreviveria a uma rejeição delicada e cheia de pena. Não tinha a menor chance de ele sair vivo disso.

O menino seguiu para os dormitórios, mas seu quarto estava vazio. Jogou a bolsa na cama e foi dar uma olhada nos banheiros, depois no salão. Nada. Fez uma rápida busca no jardim e também nos campos de atletismo, e nem sinal de Thomas.

A tarde se inclinou ao crepúsculo. Ele tinha um último lugar para procurar.

Além do imenso mar verde de grama domada, a floresta se estendia em uma linha forte e escura. Ela sempre demarcara o limiar do campus, mas era comum que um chute impreciso jogasse uma bola para lá ou que alunos se embrenhassem sem permissão em meio às árvores. Agora, tinham colocado uma cerca.

Como se isso fosse deter Thomas. A floresta era imensa, monstruosa e impossível de mapear – e sempre pertencera ao garoto. Suas invasões sorrateiras nunca eram detectadas.

Atravessar o campo aberto sem ser visto de uma das muitas janelas da escola seria complicado, então Andrew disparou. *Por favor, que ninguém me veja.*

De perto, a cerca parecia uma fera. Uns dois metros e meio de altura? Talvez chegasse a três. A grade facilitavam a escalada, mas os fios no topo tinham pontas afiadas. Andrew passou por cima e esperou que algum alarme fosse disparado A punição a qualquer um que cruzasse a cerca seria expulsão instantânea.

Não tinha sido assim sempre, mas talvez alunos demais tivessem fugido para a floresta para se pegar ou beber à noite, e a diretora enfim decidiu dar um basta.

Andrew machucou o braço e chiou de dor ao pousar sobre as folhas macias do outro lado.

Seus sapatos pisotearam a trilha lamacenta da floresta, e ele tentou acalmar o pânico que crescia. Não importava a razão pela qual os policiais tinham chamado Thomas. Eles o tinham devolvido. Era impossível que ele estivesse encrencado de verdade.

Porque a coisa tá feia...

Os pinheiros suspiraram à medida que Andrew avançava por eles. Já havia lugares escuros na floresta, e a promessa da noite ficava cada vez mais densa nas árvores. Ele abandonou a trilha e seguiu um caminho estreito cheio de arbustos e flores azuis com pintinhas. O chão estava coberto de musgo. As samambaias lambiam seus calcanhares.

A relva baixa foi ficando mais rala à medida que seu destino se apresentava diante dele – um carvalho branco grande o suficiente para sustentar metade do céu. Era antigo e adorável, com galhos que se curvavam feito mãos estendidas para recebê-lo. Eles chamavam aquela árvore de Wildwood e a escalavam desde que eram crianças. Costumavam sussurrar seus anseios para que o tronco devorasse suas palavras.

Thomas tinha de estar ali.

Andrew parou à base do pinheiro e inclinou a cabeça para o alto.

– Thomas?

A princípio, não houve movimento algum. Um vazio se alongou diante de Andrew, e ele ouviu seu coração bater alto demais conforme os pés afundavam na terra macia e cheia de folhas. Ele tinha plena noção do quanto estava sozinho – de como, caso gritasse, ninguém da escola o escutaria. Por que estava pensando isso? Não ia acontecer nada. Era o lugar deles, onde ficavam melhor juntos e onde mais se sentiam confortáveis.

Um arrepio lento escorreu por sua nuca como melaço frio, e ele chacoalhou o corpo para se desvencilhar da inquietação. O lugar não deveria estar tão parado, nem o chão tão macio. Ele levou os dedos à têmpora, ao pulsar de uma enxaqueca ganhando vida.

Alguém respirou fundo atrás dele. Ele se obrigou a virar devagar, mas não encontrou nada. O vento, era só o vento.

Andrew se recusou a surtar a troco de nada. Porém, quando chegou mais perto da árvore para ver se Thomas estava lá em cima, o chão pareceu sugar seus sapatos. Não era para estar tão úmido – não tinha chovido. Quando olhou para baixo, a terra estava empapada como um pântano. A luz da tarde minguante brilhava nas folhas molhadas, e por um segundo elas quase pareceram... vermelhas.

Andrew se ajoelhou com cautela e tocou o canto da folha apodrecida.

Seus dedos ficaram manchados de sangue.

Algo se mexeu na árvore Wildwood e Andrew levantou, o coração pulsando freneticamente contra as costelas.

No entanto, tudo o que se sucedeu foi Thomas descendo dos galhos, com a expressão esgotada e a boca em um ângulo que quase se assemelhava a raiva.

– Você não deveria estar aqui – disse.

SETE

Andrew não sabia como reagir. Nunca tinha sido adepto da transgressão de regras – ao menos não sozinho –, mas obviamente tinha ido parar ali por causa de Thomas. Tentando restaurar o ritmo do coração, ele olhou para os dedos. Só havia terra molhada sujando as pontas. Nada de sangue. É claro que não havia sangue, o que é que ele estava pensando?

Andrew engoliu em seco.

– Eu estava te procurando? – Ele odiava que a resposta tivesse saído como uma pergunta.

Thomas deixou a sombra escura do carvalho, o caderno suspenso na mão, manchas de carvão próximas à boca. Chegava a ser dolorosa a forma como Andrew reparava tanto na boca de Thomas. O brilho do fim da tarde fazia as pontas de seus cabelos parecerem brasa – e, ah, quanta selvageria havia naquele garoto feito de carrancas rígidas e palavras espinhosas. Ele era brilhante, terrível e incontrolável.

O estranho lampejo de raiva em Thomas esmaeceu, e a culpa passou como um fantasma em seus olhos. Ele seguiu pelo caminho de raízes cheias de musgo até Andrew. Seu pé escorregou uma vez, e ele estendeu os braços para restabelecer o equilíbrio, fazendo as páginas do caderno balançarem em sua mão. Quando pulou da última raiz e quase caiu ao aterrissar, foi inevitável para Andrew agarrar a frente da camisa de Thomas para firmar os dois.

No entanto, foi Thomas quem prendeu os ombros de Andrew e o afastou do carvalho. Ele o tocou com cuidado, como se Andrew fosse uma coisa frágil, fácil de machucar, sobretudo ali fora, longe das paredes da escola e das cercas protetoras.

Thomas falou rápido demais:

– Não faz isso de novo, tá bem? Não é pra você vir aqui.

– Você também não deveria estar aqui – rebateu Andrew. – E geralmente você quer que eu quebre regras com você.

Um vazio estranho assumiu o rosto de Thomas.

– Vamos voltar.

– O que é que você estava fazendo?

– Nada.

Eles começaram a caminhar no mesmo ritmo até a cerca. Thomas ainda estava com os dedos presos na camisa de Andrew, como se fosse ele afastando Andrew de decisões perigosas.

– O que rolou hoje? – indagou Andrew. – Por que você precisou passar tanto tempo na delegacia?

Thomas não respondeu. A luz tinha desaparecido completamente do céu, e o chão ficava irregular e traiçoeiro nas sombras. Andrew esperou encontrar poças de sangue seco, mas não havia nada ali. Ele tinha mesmo imaginado tudo. Só que de fato parecia que algo os observava indo embora, olhos famintos registrando cada passo dos dois e traçando o formato de suas escápulas. Ele quase pensou ter ouvido o raspar de pele num tronco de árvore e uma respiração pesada e laboriosa. Um olhar furtivo sobre o ombro só revelou a floresta observando a partida com desinteresse.

Quando enfim chegaram à cerca, ambos estavam suados e ofegantes. A floresta tinha deixado manchas verdes no uniforme branco de Thomas, e ele estava todo amarrotado, com o colarinho em pé e as calças sujas de lama. Seria difícil esconder aonde eles tinham ido.

– Sobe. – A voz de Thomas tinha uma nuance ríspida.

Andrew obedeceu. Mas merecia respostas. Ainda que não tivesse um pingo de teimosia própria, ele podia fingir ter um pouco da obstinação de Dove.

Ele esperou até depois de terem atravessado correndo os campos de atletismo e entrado nos jardins de rosas para falar de novo. As janelas brilhavam com uma luz quente suave, e o sinal provavelmente já tinha tocado. Fariam uma chamada para marcar os nomes que não tivessem aparecido.

Porém, Andrew não podia deixar aquela oportunidade passar.

Ele parou.

Thomas agachou por baixo de um arco de vime antes de se dar conta de que Andrew não o estava seguindo. Então se virou e encontrou o menino plantado com os braços cruzados, a boca rígida no mesmo ângulo tenso que tinha visto em Dove.

A forma como Thomas o olhava era um misto de desespero e frustração.

– Me fala o que tá acontecendo – disse Andrew.

Thomas deu uma olhada no jardim, mas não havia mais ninguém ali. Andrew, no entanto, não conseguia se desvencilhar da sensação da floresta – a de estar sendo observado por alguma coisa que ainda não tinha se alimentado.

Thomas suspirou, voltou atrás e se apoiou na mureta do jardim.

– Meus pais estão oficialmente estrelando um caso de desaparecimento.

– Ok – comentou Andrew.

– E eu – emendou Thomas, com o crepúsculo pintando seus olhos de preto – sou considerado um suspeito.

Andrew o encarou.

– O-o quê?! Por quê?

Thomas deu de ombros e atirou o caderno na mureta. Depois pegou impulso e se sentou nela, batendo os calcanhares.

– Examinaram o sangue e confirmaram que pertence a duas pessoas. Disseram que ao menos uma delas não poderia ter escapado sangrando tanto. – Seu relato não tinha emoção. – Lembra que minha casa fica no fim de uma rua sem saída? Pois bem, os vizinhos fofoqueiros conseguem ver dentro dos cômodos da frente. Um cara ouviu… gritos. Viu a gente discutindo. E me viu… – Ele chutou a parede com força antes de completar. – Me viu com "uma faca". Mas não tem evidências concretas; é a minha palavra contra a dele.

A boca do estômago de Andrew estava tão apertada que ele precisou se esforçar para que as palavras saíssem.

– Então o que aconteceu de verdade?

– Nada. Uma típica briga de família. Depois eu fui embora… fui embora pra vir pra escola.

Ele não conseguia olhar para Andrew.

Era mentira.

Ele estava *mentindo*.

Os ombros de Thomas se curvaram para a frente e ele balançou o corpo antes de bater na mureta com a mão aberta. Uma, duas vezes. Com força.

Andrew pensou nas cicatrizes que Thomas escondia, nas histórias brutais que ele contava como se fossem piadas, no modo como não era preciso muito esforço para convencê-lo a consumir álcool, em como a desconfiança enjaulava seu coração e em quando ele comentou que todos os pais batiam nos filhos às vezes. Andrew respondeu que não era verdade. Thomas fez cara de surpresa, e aquilo deixara Andrew arrasado.

Os pais de Thomas tinham muitas explicações para dar.

Uma tranquilidade estranha descarrilhou sobre Andrew. Ele soltou um suspiro longo e lento.

– Sabe que eu não me importo – falou. – Se tiver mesmo sido você.

Thomas ficou imóvel.

O tempo desacelerou, engrenagens enferrujadas travando e estremecendo. De repente, as palavras de Andrew pareceram erradas no ar.

A voz de Thomas saiu tão baixa que tremia.

– Que porra você tá falando?

Os pés de Andrew tinham criado raízes no chão, e seu coração se transformara em madeira petrificada dentro do peito.

Thomas pulou devagar da parede.

– Você me conhece melhor do que ninguém. E ainda assim acha… acha a mesma coisa que eles? Você acha que eu sou um *assassino*? – A última palavra saiu em uma fúria sibilante tão peçonhenta que poderia apodrecer os ossos.

Andrew não sabia o que dizer.

– Você acha que eu matei meus pais e enterrei os corpos no quintal? – Thomas apontou um dedo acusatório para a escola antes de continuar: – Porque é isso que *eles* estão pensando. Eles não têm justificativas nem provas pra me acusar, mas ainda assim acham isso.

Tinha sangue na camisa dele no primeiro dia de aula. E nenhum ferimento.

– Desculpa – sussurrou Andrew.

– Se tá mesmo arrependido, retira o que você disse. – Thomas catou o caderno do chão e ficou parado irradiando mais ódio. Mesmo no escuro, ele ruborizou até as pontas das orelhas. Acontecia quando ficava envergonhado. Ou furioso.

Mas principalmente quando ele mentia.

A atmosfera entre os dois ficou vazia por tempo demais. Andrew não se apressou a preenchê-la porque tinha falado sério, e não achava que tinha dito nada de errado. Ele só queria tranquilizar Thomas.

Andrew estendeu a mão, inutilmente.

Thomas se esquivou.

– É por isso que eu não consigo falar com você sobre nada sério. Ou você surta até ficar desgraçado da cabeça ou responde da maneira mais filha da puta possível.

As palavras atingiram Andrew como um soco. Aquilo não podia estar acontecendo. Era impossível. Eles nunca brigavam.

Chega.

Aquilo precisava parar.

– É em momentos assim que eu preciso da Dove. – Os olhos de Thomas estavam claros, um temporal se dando por vencer.

Andrew mal reconheceu a própria voz, impregnada de uma amargura que ele nunca externalizava.

– Vai lá ficar com a Dove, então.

Thomas ficou perplexo. Estava se despedaçando – ou quem sabe fosse Andrew. Andrew, que estava indo em direção a um penhasco diante de um abismo infindável. Ele não tinha asas. Cairia e morreria, e faria isso em silêncio.

Ele nunca fizera Thomas olhar para ele daquela maneira, sentindo-se enfurecido, ofendido ou... algo pior.

Traído.

Quando Thomas enfim falou, foi com a voz calma e terrível.

– Vou me afastar de você agora. E não vou voltar.

O mundo estava derretendo ao redor de Andrew, como se uma espada tivesse sido cravada até o punho em suas entranhas. Ele queria sussurrar "Espera!". Não sobreviveria àquilo, não podia ser deixado sozinho ali fora quando a floresta estava tão assustadoramente perto, como se a ferocidade faminta que os observara fosse atraída por aquela briga.

Thomas se virou, uma mão no bolso e a outra segurando o caderno de desenhos como se fosse algo morto que desejava ter enterrado na floresta. Ele foi embora.

Dentro de Andrew, o mundo estava colapsando. Ele estava ofegante, e ao mesmo tempo não respirava. Era melhor não ter aberto a boca, ainda que falasse a verdade.

Mas ninguém inocente teria motivo para reagir com uma postura tão defensiva e violenta.

OITO

Quando Andrew acordou, Thomas já tinha saído para o café da manhã. Ele sabia como dizer "vai se ferrar" de maneiras muito específicas, um aprendizado decorrente de ter sido colega de quarto de Andrew pela maior parte do tempo deles na Wickwood e conhecê-lo bem demais.

Começara assim, com a escapulida silenciosa do quarto, para que Andrew acordasse tarde.

Saía para comer mais cedo, para que Andrew corresse o risco de ter que tomar o café da manhã sozinho caso não encontrasse Dove.

Havia também a forma como ele passara a amontoar a própria bagunça para seu lado do quarto, traçando um limite bastante definido. Antes, seus materiais de arte, calças jeans amarrotadas e bolas de papel amassado perambulavam pelo cômodo todo.

O pior de tudo foi a volta de um caderno gasto que Andrew escrevera anos antes e Thomas tinha confiscado como fonte de inspiração. O objeto reapareceu jogado na cama de Andrew, as folhas pesadas com a rejeição.

Andrew sentiu um mal-estar ao se vestir, seus dedos trêmulos nos botões de sua camisa branca de gola. Ele levou tempo demais ajeitando a gravata, sem conseguir deixá-la reta. Cobriu a tentativa falha com um colete em vez do blazer verde-floresta da Wickwood. Ainda estava quente demais para usar lã e sobreposições, mas ele merecia sofrer.

Ele sempre arruinava tudo.

Os dois nunca brigavam daquela forma. Thomas podia trocar farpas com Dove o dia todo, mas tomava mais cuidado com Andrew. Se discutissem, Thomas acabava o dia deitado na cama de Andrew exigindo um debate sobre contos de fadas e a melhor maneira de descrever um monstro, só para que os dois fizessem as pazes.

Andrew precisava disso e odiava esse fato. Ele nunca deixava de se sentir pequeno com a forma como Thomas tinha de manejar sua ansiedade. Era algo vivo entre os dois, esse conhecimento de que Andrew não lidava bem com os próprios sentimentos e então Thomas precisava cuidar dele.

Até decidir jogar tudo para o alto.

Andrew pulou o café da manhã e assistiu às primeiras aulas do dia com a pele virada do avesso. Ele se debruçou sobre a carteira sem conseguir se concentrar na matéria ou fazer anotações. Todos os demais também pareciam desinteressados. Estavam muito ocupados olhando para Thomas.

Você ouviu aquilo sobre o Rye?

Ele com certeza matou os pais.

A escola se infectou com um horror alegre à medida que a fofoca suculenta era passada de um ouvido a outro. Não era para os alunos saberem nada a respeito do assunto, mas muitos tinham pais no corpo docente para xeretar, e bastava uma rápida pesquisa no Google para confirmar que os Rye estavam mesmo desaparecidos. A fama seguiu os pais de Thomas em um vislumbre glamouroso, seu trabalho passou a ser visto como excêntrico e cobiçado, e seu desaparecimento provocou uma comoção palpável.

Thomas não parecia nada bem. Seu rosto sardento se tornara pálido, e ele se desligava em todas as aulas; nem mesmo fazia desenhos espontâneos, como de costume. Era o fim dos dedos sujos de tinta, das lascas de lápis presas às roupas, dos cadernos de desenho que ele sempre tinha em mãos – como se tivesse perdido todo o interesse em fazer o que mais amava. Ele precisava do melhor amigo, não daquele silêncio glacial entre os dois, ainda mais considerando que Andrew aceitaria numa boa qualquer coisa que ele fizesse, jamais o criticaria ou o odiaria.

Mas tudo o que Thomas ouviu foi...

Eu também acho que você é um assassino.

Andrew não devia ter dito nada. Ele precisava de Thomas, mas sempre soube que Thomas não precisava dele da mesma maneira.

Andrew lavou o rosto durante o almoço e disse a si mesmo para se recompor. Esperar a poeira baixar. As acusações sobre os pais de Thomas sumiriam com o tempo, já que ninguém tinha provas de que ele tinha feito algo de errado.

No entanto, só por garantia, Andrew usou a estreita janela de tempo que tinha durante o almoço para voltar ao dormitório e fuçar a roupa suja até encontrar a camisa manchada de sangue que Thomas usara no primeiro dia de aula. Ficou agachado no chão do quarto, os dedos traçando as manchas marrons, e disse a si mesmo que aquilo não significava nada. Mas se os policiais executassem um mandado de busca atrás de...

Andrew amassou a camisa e correu pelas escadas com a peça abraçada ao corpo como um animal ferido, um ser vivo. Ele saiu às pressas e deu a volta no prédio dos dormitórios.

Não demorou muito para cavar um buraco na terra úmida dos arbustos de rosas. A sujeira se enfiava em suas unhas e manchava suas palmas, mas ele cavou um pouco mais fundo. Só por segurança. Minhocas contorciam seus corpos rosados na terra até se enrolarem nos dedos de Andrew, que as sacudia da própria pele tomado pelo nojo. Ele enfiou a mão no buraco para tirar mais um punhado de terra – e sentiu dentes fincando na palma.

Andrew gritou e tentou tirar a mão, mas ela não saía. Por um instante de pânico ele não conseguiu pensar em nada além da dor se espalhando por sua carne e daquela sensação claustrofóbica de prisão, de precisar se soltar, *me solta não consigo me mexer não consigo me mexer não consigo me...*

Os dentes deslizavam por sua pele com a mesma facilidade de uma agulha de sutura. Andrew libertou a mão do buraco, a palma suja de lama e besouros andando por ele como se procurassem uma ferida aberta para se enfiar. Bateu os dedos na calça para se limpar, o coração disparado e a respiração quebrada em arquejos irregulares. Então olhou para a pele intacta e depois para o buraco.

Vazio. Não havia animal nenhum escondido ali. Nada com dentes.

– Calma – chiou para si mesmo, com firmeza e vergonha. Ele massageou a palma, uma dor fantasma ainda atormentando seus nervos, enquanto sua mente engavetava aqueles segundos angustiantes de terror enclausurado como se não tivessem acontecido. Era impossível que algo o tivesse mordido. Não havia nem uma marca.

Ele enfiou a camisa no buraco e jogou a terra úmida e macia por cima.

Logo tudo voltaria ao normal.

Na semana seguinte, não parou de chover.

Thomas saía da biblioteca toda vez que Andrew chegava. Nunca ficava no dormitório. Durante a tarde, sumia de vez. Dava até um jeito de ir ao banheiro assim que começavam a separar duplas no laboratório de química, e assim Andrew acabava com alguém que não conhecia, se esforçando para fazer palavras saírem de sua garganta fechada.

A semana continuou do mesmo jeito. Thomas passava o horário do almoço na detenção por ter desrespeitado algum professor, enquanto Andrew se enfurnava na biblioteca com Dove e ouvia as divagações da irmã sobre o livro que estava analisando para a aula de inglês, como se não tivesse nada de errado acontecendo. Na educação física, a turma se dividia entre natação e corrida. Andrew ia correr. Thomas desaparecia na piscina.

As lições e atividades extracurriculares devoraram o final de semana à medida que a intensidade do último ano do ensino médio aumentava. Os olhos de Andrew já pareciam cheios de pó de papel e frases desconexas, seus trabalhos todos riscados de tinta vermelha. O buraco deixado por Thomas foi preenchido com uma quantidade absurda de horas de estudo com Dove, o que não era a ideia que Andrew tinha de diversão, ainda mais com ela se deixando levar por seus fervores de estudo e esmiuçando tudo o que o irmão escrevia. Ele não conseguia nem contar a ela a respeito da briga com Thomas, porque as palavras se acumulavam feito lâminas em sua boca.

Talvez Thomas tivesse razão e Andrew fosse mesmo um caos ambulante. Só tinha levado cinco anos para ele se dar conta disso, e, agora que sabia a verdade, Thomas não queria nem mais dormir no mesmo quarto que ele.

Todas as noites, Andrew acordava sozinho em meio ao silêncio sepulcral, a cama de Thomas vazia, toda desgrenhada, e a janela do quarto aberta. O amanhecer trazia pegadas molhadas e um rastro de folhas pelo chão, então era óbvio aonde ele estava indo. Ele aparecia nas aulas ainda sujo de terra no maxilar e com olheiras escuras.

Quando Andrew reparou que o mesmo vinha acontecendo com Dove, que passara a acumular terra na sola dos sapatos e abafar bocejos enquanto estudavam juntos, ele entendeu.

Vai lá ficar com a Dove, então.

Thomas tinha obedecido.

E só havia um motivo pelo qual as pessoas iam escondidas para a floresta à noite.

Andrew criou o hábito de se olhar no espelho para ter certeza de que nada estranho aparecia no reflexo. Para garantir que engolia seus sentimentos estilhaçados feito vidro. Ele apoiava a palma da mão no espelho e tentava contar cada uma das cicatrizes delicadas. Não quebrava nada.

Decidiu, bem baixinho, evitar os dois também.

Só que eles não perceberam que Andrew estava dando um gelo neles.

Ele deixou aquilo se estender por uma semana, depois duas. Nunca tinha estado tão sozinho.

Na quinta-feira, Andrew faltou à aula de reforço da tarde, afirmando estar com dor de estômago – não era mentira, ele parecia mesmo ter engolido um monte de cimento. Ninguém falara com ele o dia todo, ninguém sequer parecia enxergá-lo, então foi com um vazio desesperador que ele fez a ligação subindo as escadas até o quarto no dormitório.

Ele esperava cair na caixa postal ou, pior, ouvir a voz animada de uma secretária, mas pela primeira vez na vida seu pai de fato atendeu.

– E aí, filhão? – Havia um burburinho no fundo, como se ele tivesse atendido a chamada em um escritório atarefado. – Segurando as pontas?

Andrew se apoiou no corrimão, ajustando a carga pesada de livros em seu braço, e suspirou no silêncio almiscarado. A maior parte dos alunos estava ocupada em atividades extracurriculares, o que deixava o dormitório deserto e fazia de Andrew o único espectro restante assombrando os corredores.

– Não muito bem, na verdade. – Andrew odiava como sua voz soava enferrujada.

O barulho ao fundo ficou mais alto, depois diminuiu abruptamente, como se seu pai tivesse saído de uma reunião. Ele pareceu distraído ao falar:

– Agora não é uma boa hora pra mim, filho, mas e se reservarmos um tempinho pra bater um papo à noite?

Se Andrew abrisse a boca, corria o risco de rir descontroladamente. Ele tinha sido abandonado pelo melhor amigo; estava se sentindo tão enjoado que não conseguia pensar direito; sentia coisas estranhas subindo por sua coluna de maneiras que eram sem dúvida irreais, mas ao mesmo tempo inescapáveis... e seu pai queria *reservar um tempinho* para *bater um papo*.

As coisas nem sempre tinham sido daquele jeito entre eles. No passado, Andrew, Dove e o pai formavam um trio infalível, eram tudo que restava uns aos outros depois que a mãe os abandonou. Os gêmeos haviam sido um erro – embora ninguém dissesse isso em voz alta –, um acidente entre um intercambista francês concluindo o último ano da graduação na Austrália e uma garota de Sydney que acabou se dando conta de que criar bebês não era para ela. Os avós paternos de Andrew eram ricos – a ponto de, quando faleceram, terem deixado ao filho uma pequena fortuna que o tirou da vida no apartamento minúsculo onde alimentava os gêmeos de onze anos com espaguete, alçando-o a uma nova realidade onde dirigia uma BMW e se tornava um investidor internacionalmente respeitado.

Nos últimos tempos, porém, o pai não parecia ter tempo para se lembrar de que tinha filhos.

Andrew não sabia por que tinha ligado. O que ele queria? Que o pai sugerisse que ele trocasse de escola, que voltasse para a Austrália? Tirar Dove da Wickwood às suas custas seria um novo nível de egoísmo.

– Tá bem. Combinado, então – conseguiu dizer.

– Ótimo. – O pai agia como se estivesse em uma reunião de trabalho, não conversando com o filho. – E as aulas estão indo bem? Você tem dormido? Tem se alimentando direito? Chegou a conversar com a psicóloga da escola?

Andrew, que tinha um "não" na ponta da língua para cada uma daquelas perguntas, respondeu:

– Aham.

– Muito bem, filho. A gente se fala depois, então. Te amo. – Palavras vazias. O pai desligou a ligação quase antes de terminar de dizê-las.

Andrew entrou no quarto do dormitório e largou os livros no chão, querendo arremessar o celular ou morder a língua até sangrar ou...

– Thomas?

O garoto estava deitado na própria cama com shorts de educação física, sem camisa, os cabelos empapados nas bochechas ainda úmidas. Não parecia um cochilo vespertino preguiçoso. Ele estava tão acabado que não fez o menor movimento quando Andrew entrou.

Thomas parecia mais tranquilo quando dormia, quase dócil. Mas dava para ver que tinha chorado.

A vontade de ir até ele quase destruiu Andrew. Thomas não estava nem um pouco bem, mas era *ele* quem estava cortando laços com *Andrew*. Fazia duas semanas que os dois mal se cruzavam.

– Sabe, você podia dormir à noite em vez de fugir para a floresta – soltou Andrew, já que não seria ouvido. – Não era pra você estar no treino de futebol agora? Ou com um grupo de estudo? Em vez de ficar *estudando* a Dove o tempo todo.

Thomas realmente tinha as costas mais perfeitas do mundo, um padrão de sardas traçado por toda a sua coluna. No entanto, Andrew só conseguia se concentrar na cicatriz cor de vinho profunda em seu ombro. E nos pais desaparecidos que a tinham colocado ali.

Andrew soltou a gravata e abriu o guarda-roupa para procurar um suéter macio, uma vez que os uniformes não eram mais obrigatórios depois do fim das aulas.

– A propósito, eu não acho que você matou ninguém. A esta altura você já teria sido descoberto. Você é muito ruim em fazer planos. – Andrew jogou a camisa no cesto, orgulhoso por conseguir manter o tom neutro e sem emoção. Estava usando a própria voz, tirando a poeira das cordas vocais. – A pergunta que não quer calar é: por que você está escondendo o que aconteceu de verdade? Você tá protegendo alguém. Você odeia seus pais demais para encobrir algum podre deles, então só pode estar protegendo...

– Você.

Andrew se virou, batendo a cabeça na porta do guarda-roupa com tanta força que gritou.

Thomas se espreguiçou na cama como um gato após um banho de sol. Ele devia ter esfregado o rosto nos lençóis, porque suas bochechas pareciam vermelhas e não mais úmidas. Podia ser que Andrew tivesse imaginado os rastros de lágrimas.

O garoto observou Andrew com olhos baixos, a voz embargada de sono.

– Obrigado por analisar minhas métricas de sucesso como homicida.

Eles estavam se falando de novo. O coração de Andrew acelerou.

– Como assim você está *me* protegendo?

– Não falando com você. – Ele grunhiu ao rolar para fora da cama e pegou um moletom da Wickwood. – Você fica mais seguro sem falar comigo.

– Vai à merda – falou Andrew, estranhamente calmo. – Como se nós dois não soubéssemos como é ter que lidar com rumores.

Thomas esfregou a palma da mão nos olhos e estremeceu.

Foi então que Andrew reparou nas bolhas que cobriam as mãos dele. Havia cortes em suas pernas também. Será que era por correr na floresta escura?

– Eu me desculpo – ofereceu Andrew. – Digo o que você quiser que eu diga.

Thomas fez um som de desdém.

– Acabei de te ouvir dizendo que sou burro demais para me safar de um assassinato. Talvez seja melhor parar de falar.

O desespero estrangulou Andrew, e ele devia ter ficado quieto, mas não conseguiu.

– Todo mundo pode ser um monstro. Nas circunstâncias certas, com a motivação certa. Para proteger alguém ou… a si mesmo. É tão errado assim lutar por si se ninguém mais está disposto a fazer isso?

Thomas foi para a porta. Ele estava descalço e seu cabelo parecia ter levado um choque, seus olhos estavam turvos.

– Preciso de espaço – ele falou com cansaço, sem nem mais um pingo de malícia.

– Autodefesa não é homicídio. – Andrew sabia que estava divagando, mas não queria que Thomas fosse embora. – N-não que você tenha feito alguma coisa. Só não entendo por que você está tão desconcertado sendo que eles te agrid…

– Eles não me agridem. Acidentes acontecem.

– Ah, claro, acidentes acontecem repetidas vezes e deixam cicatrizes.

Thomas o fuzilou com o olhar.

– Eu faria algo horrível se precisasse proteger alguém – falou Andrew, desesperadamente desejando calar a boca. – Faria qualquer coisa pela Dove ou… ou por você.

Mas Thomas não respondeu, apenas bateu a porta ao sair.

Andrew deu um soco nela. Só uma vez. Cada osso em seus dedos gritou, e ele precisou sacudir a mão e andar de um lado para o outro no quarto pequeno até se acalmar. Seu coração estava disparado com a pura adrenalina do pânico. Ele estava perdendo Thomas, vendo o garoto se esvair entre seus dedos e escorrer para o chão. Raízes cresceriam sobre seu rosto, sua boca ficaria cheia de terra e então ele estaria perdido para sempre.

Andrew pegou o caderno e escreveu a história que passara dias marinando na cabeça. Em seguida arrancou a página, e as marcas assimétricas da remoção combinaram com sua respiração irregular.

Ele prendeu a folha na janela para que Thomas fosse obrigado a ler da próxima vez que a abrisse para sair escondido.

A história não tinha significado, era apenas mais um retrato, mas talvez Thomas a ilustrasse, o que seria mais ou menos como voltar a conversar. Não que Thomas ainda tivesse um caderno de desenhos por perto. Desenhar era o motivo por que ele respirava, a coisa pela qual ele mais ansiava assim que um lápis era arrancado de seus dedos.

Alguma coisa devia estar comendo Thomas vivo para ele estar disperso a ponto de abandonar a própria arte.

Era uma vez um lenhador que entrou em uma floresta mágica e cortou uma árvore encantada. Rezava a lenda que a lenha daquele lugar queimaria com um fogo brilhante e vívido para toda a eternidade. De fato, o lenhador passou uma noite confortável assando maçãs sem nem sombra de preocupação.

Porém, na manhã seguinte, ele descobriu que a floresta mágica o seguira. Hectares e mais hectares de árvores cercavam sua cabana, todas chorando lágrimas de sangue. Ele correu pela floresta, mas não conseguiu encontrar a saída.

Só encontrou árvores chorando sangue e sangue e sangue.

NOVE

A atmosfera daquela tarde estava áspera e sangrenta.

Andrew canalizou todo o ódio nos movimentos que fazia com a raquete de tênis, e por duas vezes foi repreendido pela falta de controle. No entanto, o treinador gostava dele. Era um homem muito baixinho e muito francês, que pronunciava Perrault corretamente. *Perrô*, não *Per-alt*. Ele incentivava Andrew a praticar mais, a comer mais, a começar a levantar peso, várias coisas que o garoto não tinha a menor intenção de fazer. Andrew jogava tênis apenas porque a Wickwood obrigava que os alunos fizessem algum esporte – ele só tinha o infortúnio de ser moderadamente bom. Por esse motivo, o treinador sempre o mandava fazer dupla com o outro melhor jogador da turma.

Bryce Kane.

– O saque é seu, chuchu.

O cabelo de Bryce brilhava em uma onda perfeita acima da faixa, e ele sorriu com dentes branquíssimos. Era para ele ser lindo, mas havia certa feiura por trás de cada sorriso convencido. Nunca tinha arrumado problemas na vida, e se vangloriava de saber que isso jamais aconteceria.

– Por que está tão distraído? – emendou Bryce, girando a raquete. – O Rye não tá aqui pra você ficar secando ele que nem um pervertido, então... Alguma outra pessoa chamou sua atenção? – Ele levou a mão ao peito. – Talvez eu?

Andrew quicou a bola.

– Pena que estou comprometido. – Bryce fez um biquinho e deu várias piscadas. – Você vai ter que mamar o Rye no seu tempo livre mesmo.

Andrew sacou com tanta violência que a bola passou por Bryce antes mesmo que ele pudesse levantar a raquete, perdendo o ponto e fechando a cara.

O treinador apitou enquanto ia até os dois.

– Cadê o foco, rapazes? Quero ver treino, não conversinha. Perrault!

Andrew ficou rígido, e o treinador lhe deu um tapinha no ombro.

– Se continuar com a energia alta assim, vai jogar no torneio de novembro.

– Sem querer ofender – gritou Bryce do outro lado da rede –, mas ele não tem garra pra isso. Me dá quinze minutos que mostro como acabo com ele em cada lance.

– Passe a comer mais, *oui*? – comentou o treinador com uma voz acolhedora. – Levante peso, trabalhe nos passes. Seja mais rápido. Estamos de acordo?

– Na verdade, eu vou ser escritor – Andrew falou, olhando para o chão.

– E eu queria ser o Picasso. – O treinador não esboçou reação alguma e guiou Andrew de volta à rede. – É melhor se formar em direito, jogar tênis e depois beijar lindas mulheres.

Bryce soltou uma gargalhada.

Andrew deu mais um saque forte. Bryce devolveu a bola, e então a briga começou de verdade. O treinador se afastou cheio de entusiasmo para importunar outro aluno.

Alguma coisa se mexeu no bolso de Andrew, e ele quase perdeu o próximo lance. Não tinha nada no bolso quando ele se vestiu, mas talvez fosse um bilhete de Thomas – vez ou outra ele escondia um desenho para Andrew ou Dove, e os irmãos os encontravam durante uma aula entediante e acabavam sorrindo. Vai ver era o perdão traçado em carvão e tinta.

Mas o bolso de Andrew se mexeu de novo, pressionando sua coxa de um jeito que parecia menos um bilhete dobrado e mais um punhado de…

Um arrepio desceu pela espinha de Andrew, e seu corpo estremeceu. Tinha alguma coisa *estranha* no bolso dele. Parecia quente, macia, pegajosa e…

A bola o atingiu em cheio na cara.

Andrew sentiu o impacto nos dentes. A dor explodiu pelo rosto, o ar se esvaindo dos pulmões à medida que ele ficava cego, como se envolvido por uma fumaça quente e branca. A raquete escorregou de sua mão já mole. Ele se inclinou para a frente cobrindo o nariz e deixando o sangue escorrer pelos dedos.

– Puta merda! – Pés correndo. A sombra de Bryce sobre ele. – Foi sem querer. Por que você parou de rebater, seu idiota? Treinador!

Andrew pensou em socar Bryce com tanta força a ponto de fazer o outro garoto comer o chão da quadra. Mas se conformou em tirar a mão sangrenta do rosto e enfiá-la no bolso.

Seus dedos tocaram algo esponjoso. Ele semicerrou os olhos marejados para a sujeira na mão.

– Mas o quê...?! – falou Bryce. – Por que tem cogumelos no seu bolso?

O fungo se desmantelava entre os dedos de Andrew, que abriu a boca, confuso, fazendo o sangue escorrer pelos lábios. Ele tirou mais um tanto, mas o bolso continuava cheio daquela podridão, o odor putrefato da floresta por toda a parte. Não fazia sentido. Como ele podia ter se vestido sem sentir aquilo? Ele pegou mais um punhado e jogou no chão.

Em seguida limpou as mãos na bermuda, mas a sujeira não saía.

O treinador foi até ele, soltando palavrões franceses ao levantar o rosto de Andrew.

– Não quebrou. Mas é melhor você ir à enfermaria.

– Não precisa. – Andrew passou as costas da mão na boca. Tudo latejava.

– Ao banheiro, então. Vá se limpar. – O treinador virou para Bryce. – O que aconteceu?

Andrew fugiu enquanto Bryce recebia sua merecida bronca. Mas Andrew não sentiu nenhum prazer nisso, porque sua pele não parava de formigar.

Será que Thomas tinha colocado cogumelos podres em seu bolso?

O vestiário ficava no edifício da piscina interna – era óbvio que Wickwood tinha uma piscina particular –, e os banheiros sempre ficavam lotados àquela hora da tarde. Porém, quando Andrew cambaleou porta adentro, o vestiário masculino estava tomado por um silêncio sepulcral. Seus tênis esportivos faziam um barulho estridente no piso branco, e o sangue pingava em um rastro perfeito atrás dele, cada gota redonda feito uma bola de gude.

Ele tropicou até as pias, já levando a mão ao bolso mais uma vez. A bermuda parecia pender até o quadril com o peso. Mas ele tinha tirado tudo...

O bolso estava cheio de novo, até o topo.

Os cogumelos estavam se multiplicando.

Andrew tirou mais da porcaria gosmenta e jogou no lixo. Depois mais.

E *mais*. Seu coração batia na garganta, e ele começou a tremer. Não encontrava sentido algum naquilo.

Precisava se acalmar. Estava respirando rápido demais.

Para, *para*, respira. Devia ser algum tipo de fungo superestranho. Nojento, mas normal. Ele olhou para as mãos sujas de marrom e tentou limpá-las. No entanto, as manchas permaneciam em sua pele, brotando e acompanhando as linhas azuis das veias.

– Por favor, por favor, para de fazer isso. – A voz dele falhou. Ele nem sabia com quem estava falando.

As luzes se apagaram, depois se acenderam de novo, e Andrew estremeceu. Pegou toalhas de papel e esfregou as pontas dos dedos. Merda, *merda*. Aquilo não saía por nada. Ele jogou os papéis de lado e começou a arrancar os cogumelos dos dedos com as unhas. Saíram como uma ventosa que deixava marcas vermelhas. Ele jogou a sujeira no chão, dando um grunhido, e cambaleou para trás.

Era para ter gente ali. Onde é que estava a equipe de natação? Ele precisava de testemunhas. Precisava que Thomas visse aquilo para ter certeza de que não estava enlouquecendo.

O ar parecia estar estranho. Vivo. *Respirando*.

Era como no primeiro dia do ano letivo, aquela coisa no hall de entrada com lábios e uma língua quente lambendo sua nuca.

prazer

Horror.

amável

Horror.

abre essa boquinha pra miiiim…

NÃO

A porta de uma cabine se abriu em algum lugar atrás dele.

O coração de Andrew pulsava contra as costelas com força o bastante para machucar.

– Oi? – Pela primeira vez em sua vida ele não se importava se alguém ia entrar ali e vê-lo naquele estado: o rosto cheio de sangue, com fungos subindo pelos braços durante a maior crise psicológica de sua vida.

Por favor, que seja o Thomas.

Mas ninguém apareceu.

Outra cabine se abriu, com tanta força que a porta bateu na parede. O coração de Andrew subiu mais uma vez até a garganta, o suor frio em sua nuca, e de repente ele não conseguia respirar. Ele não conseguia...

Deu um passo para trás, depois outro. Em seguida, correu até a última porta e se trancou lá dentro.

Em algum lugar na fileira de cabines, outra porta bateu. Depois mais uma. Como tiros na quietude.

A respiração ficou mais pesada. Alguma coisa arranhou as portas das cabines com um ruído estridente. E então veio o silêncio.

Andrew limpou o nariz, sujando a bochecha de sangue. Sua visão ficou turva e ele engoliu em seco. Aquilo não estava acontecendo. O que quer que fosse. Não podia *estar acontecendo*.

Ele se encolheu em cima da tampa fechada do vaso e trouxe os joelhos até o queixo para não hiperventilar. Acima dele, a eletricidade crepitou nas luzes fluorescentes e elas se apagaram outra vez. Acenderam.

Apagaram.

A escuridão tomou conta do vestiário, absoluta. Ela subiu por seus braços e o prendeu ali, sem ar até para gritar.

Mais uma porta bateu, *bateu* – BATEU BATEU *BATEU*.

Estava se aproximando. Ele trancara a porta, mas preferira acreditar que não tinha nada acontecendo, que não podia estar acontecendo. Que era tudo coisa de sua cabeça.

No brilho verde das luzes de emergência, pernas surgiram por baixo da porta da cabine de Andrew. Eram difíceis de distinguir, meio envoltas pela escuridão, mas ele podia ver que eram esguias e peludas.

Um trote de outro aluno do último ano. Só podia ser. Queriam fazer ele se mijar nas calças para virar chacota pelas semanas seguintes. Ele aguentaria. Sabia como era ser um alvo e sobreviver.

Sua boca tremia. Delicado demais, sensível demais.

Patético...

O pânico cimentou seus pulmões. Ele só queria que aquilo acabasse.

BAM. Um punho na porta. Ela balançou.

As pernas se mexeram e bateram duas vezes com precisão, gerando um som límpido. Como ferraduras no piso.

Andrew se forçou a olhar por baixo da porta.

Cascos. Cada pata acabava em cascos perfeitamente redondos.

Unhas arranharam a tranca, que começou a girar bem lentamente. Lentamente...

só um pouco

um pouquinho mais

e mais e mais e

Ele começara a gritar sussurrado, uma prece entorpecida, enquanto mantinha o rosto enfiado nos joelhos.

– Por favor, por favor me deixa em paz...

– Andrew.

Ele levantou a cabeça, o corpo dando um solavanco para trás, encurralado.

Era Dove. Andrew não fazia ideia de como ela tinha aberto a porta da cabine e entrado sem fazer barulho. A pele da irmã brilhava num tom de verde com as luzes de emergência, seus lábios formando uma linha de fúria gélida, do tipo que adotava quando queria acabar com a raça de qualquer um que implicasse com o irmão. Ela pegou as mãos dele e as apertou.

Ele tremia tanto.

– Vem, vou te tirar daqui.

– M-m-m-mas a coisa... – Ele se engasgou com um som que estava entre um soluço e um xingo. As patas com cascos tinham sumido, mas não a respiração. Densa e barulhenta, vinha do outro lado do banheiro.

– Um, dois – sussurrou Dove –, três e... *já!*

Eles saíram juntos da cabine. Ela segurou o irmão com tanta força que ele parecia uma pipa puxada por um fio atrás dela.

Um hálito quente suspirou na nuca de Andrew. Ele o sentia descendo, *descendo* por suas costas. Tinha cheiro de mofo, de carne estragada.

Andrew soltou um grito sufocado. Dove abriu a porta e os dois cambalearam para fora.

Ele foi cambaleando para a luz da tarde e caiu de joelhos na grama.

A bile subiu por sua garganta e ele teve ânsia ao sentir o sangue em seus dentes – aquilo tudo era tão *errado*.

– É só um ataque de pânico. – A voz de Dove soava distante.

Dois alunos do terceiro ano apareceram contornando o edifício, rindo e brincando, mas pararam ao ver os gêmeos.

– Eita – exclamou um deles, enquanto o outro perguntava:

– Hum, tá tudo bem?

– Não entrem ali. – Andrew limpou o sangue da boca. – N-n-não…

Um dos dois imediatamente abriu a porta. Andrew tentou se levantar para salvá-los de alguma forma, mas não conseguia sentir os ossos. Não conseguia ficar de pé. Não conseguia pensar. Não conseguia…

– Não tem absolutamente nada aqui.

Andrew sentiu o enjoo de um buraco se abrindo em seu peito. Só então percebeu o quanto sentira medo de que nada daquilo fosse real. Como poderia ser, Andrew, *seu imbecil*?

Dove afagou o cabelo do irmão, ansiosa, nenhuma sombra de censura ou vergonha em suas feições. Ele odiava a pena, as linhas ao redor da boca que diziam "Mais uma vez, meu irmão está surtando a troco de nada".

Levou um mero instante para uma aglomeração se formar. Alguém tinha ido buscar um professor, e a equipe de atletismo começava a voltar da corrida. As pessoas encaravam Andrew com uma mistura de dó e vergonha, sem saber se o melhor era oferecer ajuda ou se distanciar daquele caos. Andrew observou as mãos trêmulas, mas elas não pareciam presas a seu corpo. Mais cedo ou mais tarde o choro viria, ele sabia disso, na frente de todos aqueles adolescentes que já o estavam olhando torto.

As palavras ricocheteavam para lá e para cá em sua cabeça enquanto Dove dava alguma explicação abreviada que fizesse o mínimo de sentido, mas ambos sabiam que ela não tinha como melhorar a situação.

– Ele não está se sentindo bem – falou ela, a voz fria feito aço. – Só isso.

– Foi só uma brincadeira de mau gosto, Perrault – disse alguém. – Tá tudo bem.

– D-desculpa, desculpa. Me d-d-d-des… – Andrew não conseguia respirar. – Tinha uma… uma coisa lá dentro. Não foi uma pegadinha. Foi real…

– Mas então se interrompeu, sabendo que precisava parar de falar antes de piorar ainda mais as coisas para si mesmo.

Ele estava

p   r d e n d o

  e

a cabeça.

DEZ

Ele se enrolou nos lençóis na escuridão, as costas grudadas na parede, ouvindo a respiração de Thomas do outro lado do quarto. O relógio digital empoleirado em uma pilha de livros anunciou as duas da manhã. Ele observou o escuro derreter o teto e desejou que Thomas preenchesse o silêncio entre os dois com um sussurro: *O que aconteceu? Deixa eu resolver por você.*

Andrew não explicara o incidente do vestiário – não que tivesse tido muitas chances de conversar com seu suposto melhor amigo desde então. Dois segundos antes do apagar de luzes naquela noite, Thomas tinha entrado no quarto e mergulhado na cama, mas Andrew estava se sentindo pequeno demais para falar. De qualquer forma, a notícia já corria por toda a escola: o garoto que tivera um surto psicótico por causa de uma pegadinha do último ano e passara o resto do dia na enfermaria.

Ele decidiu que Thomas não tinha ouvido nada em vez de aceitar a possibilidade de que o garoto não se importava.

Tudo parecia errado. A forma como a escuridão escorria como tinta diante de seus olhos, a lembrança fantasmagórica de coisas *tocando sua pele* como se o desejassem, o possuíssem.

Ele fechou os olhos com força.

– Thomas?

A única resposta foi o som das molas da cama se mexendo quando ele rolou e puxou o cobertor sobre a cabeça.

E, de repente, Andrew não aguentava mais. Uma raiva congelante escalou sua garganta. Ele se desvencilhou dos lençóis e acendeu a luminária da escrivaninha com um baque.

– *Thomas.* Acorda e escuta...

Thomas não estava na cama.

Andrew forçou a vista para o reluzir dourado da luminária e coçou os olhos, porque ele *vira* Thomas um segundo antes. Ele tinha ouvido Thomas se mexendo. Respirando.

Mas a cama estava vazia, o cobertor e os lençóis amarrotados, e quando Andrew cruzou o quarto para tocar o colchão, não havia nem sinal de calor.

Alguma coisa estivera ali...

Ele sentiu rastejando por sua pele o impulso de olhar debaixo da cama.

Não, *não*. Andrew passou os dedos no cabelo e puxou, sibilando entre os dentes travados. Não era invenção da cabeça dele.

Uma brisa gelada soprou pelo vão da janela. Papéis farfalharam no chão, e as bolas amassadas dos desenhos inacabados de Thomas rolaram pelo quarto feito chumaços de erva daninha.

Andrew teria de esperar até o dia seguinte para confrontá-lo – mas por que era sempre ele que precisava ser paciente e sereno até que alguém sentisse vontade de lhe escutar? Talvez ele devesse forçar Thomas a ouvir.

Andrew travou o maxilar. Não era pedir demais.

Ele pegou uma blusa de moletom, calçou os tênis e abriu a janela. Mordeu o lábio até senti-lo dolorido e inchado ao descer e aterrissar nos arbustos de rosas. Ainda estava usando a bermuda do pijama, a noite fria açoitando suas pernas nuas, mas não ia demorar muito. Nenhum dos dois ia querer prolongar a situação depois que Andrew os pegasse no flagra na floresta.

Thomas e Dove. Dove e Thomas.

Lábios se tocando, camisetas escapando pelos ombros, dedos verdes das folhas da floresta se emaranhando no cabelo dos dois.

O mínimo que podiam fazer era abrir o jogo com Andrew.

Ele secou os olhos com a manga do moletom amassado. Era hora de mudar a história.

Ao menos, pensou Andrew enquanto corria pelos campos esportivos com o luar pintando seu cabelo de prata, ele continuava não tendo medo do escuro.

Em silêncio, escalou a cerca e desceu do outro lado. A noite se desdobrava ao seu redor conforme caminhava floresta adentro. Assim que as árvores surgiram por todas as partes, altas e pretas, ele ligou a lanterna do celular e perambulou até encontrar a trilha de terra que dava para o antigo carvalho branco deles.

Andrew decidiu fazer barulho. Não queria pegar ninguém de surpresa.

Tudo dentro dele tinha se tornado quebradiço. Ele nunca se encaixaria em uma história de amor como deveria, da maneira como as histórias eram contadas. Ninguém ia aceitar beijá-lo e parar por aí, mas ele não achava que fosse querer nada além disso.

Ao seguir, pisoteou gravetos e abriu caminho por entre as folhas até parecer estrondoso como uma tempestade petulante. Mas uma minhoquinha de dúvida se remexia em seu estômago. Será que era mesmo uma boa ideia? Se havia *algo* na escola, podia estar ali também.

Cascos fendidos. Hálito de putrefação amarga.

– Eu não tenho medo – falou para as árvores. – Nunca aconteceu nada de mau na floresta.

Folhas ricocheteavam em seus calcanhares, e uma única palavra invadiu os lugares escuros entre as raízes e o matagal.

Mentiroso.

Então o vento morreu de repente, como se um interruptor tivesse sido apertado. O silêncio pesou sobre seus ombros como se quisesse fincá-lo na terra.

Ele ficou parado, balançando a luz do celular para lá e para cá.

– Thomas? Dove? THOMAS.

O silêncio *suspirou*.

Calafrios percorreram seus braços.

Ele se virou em um círculo lento, a luz acompanhando-o em um arco suave. O feixe iluminou uma protuberância escura encostada em um pinheiro, mas ele passou direto antes de registrar que tinha algo ali. Uma pessoa escondida atrás da árvore? Lançou a lanterna de volta na direção da forma. Nada. Só um pinheiro apontando para o céu.

– Se me pegar no susto – falou Andrew, a voz surpreendentemente estável –, eu vou te bater tanto, Thomas Rye, até você sangrar. Tô *cansado disso*.

– *De você*, ele quis acrescentar.

Ninguém apareceu.

Ele travou os dentes e se virou para seguir pela trilha acidentada.

Havia algo enorme à sua frente.

Andrew gritou, quase derrubando o celular. O feixe de luz tremeu para todos os lados antes de iluminar a coisa diante dele.

Não era Thomas.

Não era Thomas.

A coisa estendia uma mão – uma garra. Seus braços eram apenas ossos, a carne estava suspensa em pedaços podres e a pele era tão repuxada sobre o peito exposto que os ossos das costelas saiam rasgando. Mas o rosto... Videiras saíam da boca, dos olhos, das orelhas, crescendo e se contorcendo. Sangue escorreu por entre os seus lábios quando mais uma trepadeira explodiu da pele e se desenrolou até o chão.

Os pés eram cascos.

Andrew correu.

Ele se jogou para a frente com um grito de tamanho pavor que nem soava como ele mesmo.

Aquilo não era real. *Não estava acontecendo.*

A coisa o perseguiu. Ele a sentia se aproximando, um peso denso ao correr atrás dele depressa depressa *mais depressa* – MAIS DEPRESSA MAIS DEPRESSA...

A lanterna vacilava tanto que ele não conseguia ver nada. O caminho era estreito demais, o chão irregular demais. Ele tropeçou, mas continuou fugindo. Tropeçou de novo. Colocou-se de pé, as raízes e as pedras cortando suas mãos. O pânico cresceu em suas entranhas e escalou pela garganta em ondas que o fizeram engasgar.

Uma garra se estendeu para atacá-lo.

Ele sentiu a blusa se rasgar e uma dor dilacerante se espalhar na parte de trás do ombro. Caiu de joelhos, engatinhando para a frente antes mesmo de atingir o chão. O celular voou de sua mão.

O monstro continuou a perseguição. O peso da criatura era massivo e aumentava ainda mais ao bloquear toda a floresta acima de Andrew. O bicho agarrou as pernas dele e lentamente, langorosamente, o puxou para trás. Garras dilaceraram sua pele.

O menino gritou e se debateu. A coisa estava quase completamente em cima dele. Ele não ia sair com vida. Tinha plena noção disso.

As videiras caindo da boca do monstro pulsaram à frente, as pontas se remexendo em direção ao rosto de Andrew. Procurando algum espaço onde pudessem se enfiar para *brotar*.

Seus olhos.

Seus ouvidos.

Sua boca.

Andrew tremia tanto que se esqueceu de lutar. *Não grite.* Precisava ficar de boca fechada. Não se deixe invadir.

E então algo atacou o monstro.

Ele mais sentiu do que viu. O peso de repente empurrado para o lado, o monstro caindo de joelhos, as trepadeiras se afastando de Andrew. A criatura soltou um rugido que balançou as árvores até as raízes.

Andrew ficou de quatro de novo. A luz do celular parecia ter apagado sozinha, porque tudo o que ele tinha era a escuridão. As pedras machucavam-lhe as mãos e os joelhos, e a relva baixa agarrava sua camisa. Ele não conseguia ficar de pé. Não conseguia colocar as pernas embaixo de si, não conseguia, não...

Mãos lhe prenderam pelos ombros e o puxaram para cima. Mãos macias, quentes, cobertas de sardas e humanas.

Um rosto apareceu na frente do de Andrew, tão próximo que ele sentiu os cílios de outra pessoa em sua bochecha por um breve segundo.

E então ele processou os gritos.

– Levanta, LEVANTA. Andrew! Puta que pariu. FICA DE PÉ.

Atrás deles, o monstro rugiu.

Andrew se permitiu ser colocado de pé, mas não soltou as mãos que o seguravam. Agarrou Thomas como se o garoto fosse a única coisa real em um mundo de pesadelos.

Thomas pegou a mão de Andrew e o puxou para a frente até que os dois estivessem correndo juntos na trilha estreita, trôpegos, mas conseguindo aumentar o ritmo dos passos. Os dedos de Andrew estavam suados e não paravam de escorregar.

Ainda assim, Thomas não soltou.

Com a mão livre ele segurava uma estaca de metal, como as que cercavam os arbustos de rosas próximos aos dormitórios. O que significava que ele a tinha levado para a floresta de propósito.

O monstro avançou atrás deles, as videiras se esgueirando para pegá-los pela camisa, pelos cotovelos, pelos calcanhares. Thomas puxou Andrew para virarem à direita, e os dois se jogaram em arbustos cheios de espinhos.

Andrew não tinha ar para falar, e sua boca sabia a floresta.

Bem a tempo, Thomas o mandou pular, e Andrew estava consciente o bastante para dar o salto. Em seguida, eles começaram a cair.

O terror tomou conta de Andrew durante a queda. Foram poucos metros, mas eles atingiram o chão com muita força. Andrew ficou de joelhos, puxando Thomas para cima. Provavelmente tinham caído em um pequeno barranco. As raízes das árvores formavam um dossel natural, onde os dois mal cabiam. No entanto, com as pernas agarradas ao queixo e as costas contra a parede de terra, tiveram um segundo para recuperar o fôlego.

Thomas envolveu um braço ao redor do pescoço de Andrew e tapou sua boca com a mão. Seus dedos afundaram tanto no maxilar de Andrew que sem dúvidas deixaria hematomas.

A floresta tinha ficado quieta.

Os dois estavam tão apertados que os corações batiam e os peitos ofegavam no mesmo ritmo. Tudo tinha cheiro de lama, suor e sangue. Terra caiu do alto, polvilhando seus cabelos.

Eles ouviam o monstro lá em cima, farejando o ar.

Thomas não afrouxou a mão ao redor da boca de Andrew, mas inexplicavelmente se virou e pressionou os lábios na testa imunda do garoto. Durou meio segundo. Um beijo, mas não exatamente isso. Um inútil gesto de conforto. A promessa de *tô aqui*, só que sem palavras.

Andrew suspirou, tremendo.

E então o monstro pulou.

A criatura pousou diante deles, provocando uma chuva de terra e raízes partidas. Suas trepadeiras furtivas avançaram quando o bicho rugiu, esticando as garras para os garotos unidos. Elas atingiram Andrew primeiro, prendendo seu corpo, e ele não conseguia gritar por causa da mão de Thomas.

Mas então Thomas soltou.

Ele avançou para fugir.

Não tentou pegar Andrew. Não virou para trás. Não tentou salvar...

Andrew jogou os braços sobre o rosto e se encolheu no chão da floresta. O peso terrível daquela percepção inundou seu coração: Thomas fugiria sozinho e ele seria despedaçado – não era justamente isso que combinava tão bem com os dois?

Porém, naquele momento Thomas uivou.

Ele apareceu atrás da criatura e balançou a estaca que trouxera do jardim, batendo-a no crânio do monstro. O estalo ecoou pela floresta. Thomas golpeou de novo e de novo, como se aquilo fosse um taco de beisebol e ele não quisesse deixar nada além de lascas de madeira para contar a história.

O monstro se virou, suas trepadeiras abandonando Andrew e cortando o ar em direção a Thomas.

Andrew ficou parado no mesmo lugar, encolhido entre as folhas.

A batalha era iluminada somente pelos raios de luar mais finos que atravessavam o dossel. Thomas bateu repetidas vezes com a estaca na cabeça do monstro. Ossos se quebraram. Videiras davam o bote em seu rosto, tentavam pegar seus braços e prendê-los, mas Thomas se movia em um caleidoscópio violento e impossível de deter.

Foi então que o monstro escorregou e caiu de joelhos. Thomas soltou um grito áspero de triunfo feral ao enfiar a estaca no olho da criatura.

Ele colocou toda a força no golpe, cravando a arma mais fundo, e o monstro tombou gritando. Havia respingos de sangue no rosto de Thomas, viscoso e preto. Ele não parou até a criatura estar deitada de costas, a estaca do jardim metida em seu crânio até se fincar na terra abaixo.

A gritaria cessou. Os cascos tremelicaram algumas vezes, e por fim o silêncio caiu como uma cortina espessa e aveludada sobre o mundo.

Não restou nada além de Andrew, encolhido com os joelhos junto ao peito, assistindo à cena horrorizado e entorpecido; e Thomas, forçando os dedos a soltarem a estaca enquanto se erguia lentamente.

Ele flexionou as mãos e olhou para o sangue que sujava os seus braços até os cotovelos. Rodeou o bicho imóvel e tomou um passo de distância. Depois mais um.

Thomas limpou a boca, manchando a bochecha de sangue.

Até que, enfim, olhou para Andrew.

– Por favor, não me odeie – sussurrou.

O corpo do príncipe das fadas foi gentilmente baixado no caixão de vidro, a superfície ficando suja de sangue com marcas de dedos. Seu peito cedera com batalhas travadas e perdidas, e o espaço entre as costelas fora preenchido com flores. Elas continuavam crescendo, brotando ao beber o resto de seu sangue.

As lágrimas prateadas da princesa caíram feito chuva sobre o caixão. Um beijo de amor verdadeiro deveria despertá-lo, mas ela tentara sete vezes e nada aconteceu.

Atrás da princesa estava seu irmão, um poeta com lábios carnudos e musgo macio no lugar do cabelo.

Ele sussurrou:

— Deixe-me tentar.

Mas ninguém o ouviu.

E assim enterraram o príncipe das fadas sozinho.

Chegada a noite, as flores já haviam tomado seu rosto.

ONZE

Thomas ajudou Andrew a se erguer e o levou para fora da floresta.

Eles andaram devagar, a adrenalina baixando a cada passo, deixando-os com ossos de água. Andrew ainda estava atado à mão de Thomas, seus dedos entrelaçados e as palmas grudentas de sangue e lama. Um deles se esquecera de soltar.

Subir a cerca parecia impossível, mas eles se forçaram a escalar. Andrew rasgou a blusa no arame farpado do topo, e Thomas escorregou e cortou o braço. Ele olhou para o ferimento com olhos vazios e fora de foco, como se não tivesse sentido nada. Eles estavam quase de volta aos dormitórios quando Andrew se deu conta de que ia na frente.

Era ele arrastando Thomas, forçando-o a seguir, controlando para que ele não se despedaçasse.

Desde quando os seus papéis tinham *se invertido*?

Quando atravessaram a janela de novo, o quarto não parecia real. Andrew tocou a boca, os olhos, como se as trepadeiras fantasmas ainda cutucassem sua pele. Talvez fosse ele que tinha deixado de ser real. Estava caindo para fora de si mesmo.

Thomas se jogou na cama de Andrew e encarou as mãos trêmulas. Suas unhas estavam roídas até a carne, e havia sangue acompanhando as linhas de suas mãos imundas.

Andrew se sentou ao lado dele, seus corpos encostados bem próximos, os quadris se tocando.

– Você se machucou muito?

– Eu é que devia estar te perguntando isso. – A voz de Thomas vacilou, como se tivesse gritado por muito tempo. Talvez tivesse mesmo, antes de Andrew chegar na floresta.

– Pegou meu ombro, eu acho. – Andrew não sentia nada, então não parecia ser um detalhe importante. – Isso... isso não é real.

Thomas soltou uma risada que se desvaneceu em um soluço.

– Eles não são sempre grandes daquele jeito. Os menores têm ossos de argila e vidro e são mais fáceis de destruir. Preciso matá-los todas as vezes porque, se não fizer isso, eles escalam a cerca e entram na escola. Podem atacar qualquer um, ir aonde for. Eu p-p-p-preciso impedir que façam isso.

Thomas saiu da cama de Andrew e pegou uma caixa de papelão repleta de curativos, cotonetes desinfetantes, esparadrapos e até um frasco de analgésicos. Um kit de sobrevivência.

Abriu os pacotes com os dentes, com uma familiaridade rotineira.

– Você faz isso toda noite. – Andrew ficou paralisado na cama. – E nunca me contou... – Ele se engasgou. – Precisamos falar pra alguém. Precisamos contar...

– *Não*. – Thomas levantou a cabeça, seus olhos calcinados com tamanha veemência que Andrew estremeceu.

Ele quase disse *precisamos contar pra Dove*, mas talvez fosse melhor não. Parte dele estava se derretendo em um alívio vergonhoso por suas suspeitas estarem erradas: Thomas e Dove não andavam se encontrando na floresta, e Thomas não o odiava. Ele estava tão aliviado que um sorriso maníaco repuxou seus lábios. Claro, monstros eram reais e queriam degolá-los, mas ao menos ele ainda tinha o melhor amigo.

Thomas se ajeitou mais para trás na cama e sentou-se de pernas cruzadas.

– Tira a camisa.

Andrew sentiu um frio na barriga. Ele obedeceu, fazendo um esgar de dor quando o tecido roçou sua pele ferida. Quando tentou ver o estrago, Thomas segurou seu queixo, forçando-o a desviar o rosto. Em seguida, limpou cuidadosamente seu ombro com uma mão, enquanto a outra pressionava sua clavícula, gesto que o iluminou de um jeito terrivelmente belo.

– Agora eles vão atrás de você – comentou Thomas. – Sentiram o gosto do seu sangue.

– Já tinham feito isso – respondeu Andrew. – Ontem, no vestiário. E-eu vi os cascos. Estavam me assombrando.

Thomas fez um som tenso de irritação.

– Eles crescem na floresta todas as noites, e antes eu achava que desapareciam com o nascer do sol. Mas estava errado. Se eu não matar todos, eles vão atrás das pessoas próximas de mim. Por isso que meus...

– Seus pais – murmurou Andrew.

De repente, tudo fez sentido.

A voz de Thomas estava tão instável que ele fazia pausas para engolir em seco enquanto falava.

– Sabe na véspera do início das aulas? Aquela briga que os vizinhos ouviram? Foi um *monstro*. Escutei meus pais lutando com ele, mas eles vivem chapados ultimamente, então não achei que fosse *real*. Como é que uma coisa daquelas podia ser real? Peguei uma faca da cozinha, mas depois vi o bicho e saí correndo. Eu simplesmente fugi.

Seus dedos tracejaram a pele ao redor do corte no ombro de Andrew antes de selar o curativo. A dor chegara, pungente e latejante, mas Andrew não se importava. A tristeza de Thomas preenchera todo o quarto e eles estavam se afogando nela – juntos.

– Eu matei meus pais – falou Thomas, sua voz baixa, debilitada e amedrontada.

– Para. – O sangue martelava nos ouvidos de Andrew. – Esses monstros não são culpa sua. Você não pediu para eles atacarem...

– Não?

Thomas foi até a escrivaninha e pegou um caderno de desenhos. Tirou uma folha solta dentre as páginas, desamassando as bordas. Em seguida, jogou no chão. Era a ilustração que arrancara no telhado do galpão: o sétimo filho encarando o poço dos desejos enquanto um monstro com cabeça de lobo comia seus pais ao fundo.

A voz de Thomas saiu tensa de angústia.

– Era exatamente assim. O monstro na minha casa. Igualzinho, até as suturas no pescoço. E isso aqui... – Ele arrancou um desenho da parede com tanta força que os cantos continuaram colados.

Andrew puxou o papel das mãos sangrentas de Thomas e olhou.

Cascos, pele de cadáver e videiras explodindo da boca, dos ouvidos e dos olhos.

O monstro da floresta.

– Quando foi que você… – Ele parou.

– Eu não sei… Em algum momento do ano passado? – Thomas passou os dedos pelo cabelo e caminhou entre as camas. – Não é coincidência. Sou eu fazendo isso. Eu… eu estou *criando essas coisas.*

Andrew não conseguia assimilar o que ouvia. Encarou a ilustração até que ela ficasse turva, depois rasgou a folha e deixou os pedaços caírem como se fossem confete de carvão.

– Eu não deveria ter te contado isso. Só vai piorar as coisas. – Thomas envolveu o corpo com os braços. – Vão te matar como querem fazer comigo. Eu não vou aguentar se te tirarem de mim também. Eu preciso… eu preciso… Eu tô *tão esgotado.* Toda noite, Andrew. Toda noite eu vou para a floresta e luto com eles para que não subam a cerca, mas não consigo pará-los. Não c-c-consigo…

Thomas acordaria o dormitório inteiro se continuasse naquela espiral de pensamentos. Se o monitor deles invadisse o quarto, não teria a menor chance de conseguirem explicar o sangue, os rostos sujos de terra ou o motivo por que Thomas não parava de divagar sobre *monstros.*

Andrew pegou Thomas pela camisa e o puxou de volta para a cama, buscando fazê-lo parar de andar freneticamente pelo quarto. Colocou a mão sobre a boca de Thomas, mas não como seu próprio rosto tinha sido agarrado na floresta antes – seu gesto era delicado, hesitante e cheio de vontade.

Thomas ficou quieto.

Palavras pareciam fracas e sem sentido em uma realidade em que desenhos podiam despertar monstros, então Andrew não fez perguntas. Ele tirou a camisa de Thomas e procurou o ferimento mais crítico – um corte bem acima das costelas. A fenda na pele ainda sangrava morosamente.

Andrew pressionou o ombro de Thomas até que o garoto se deitasse nos travesseiros. Ele ficou parado com o peito subindo e descendo rápido demais enquanto Andrew tratava seus cortes. Thomas tinha sido brusco e eficiente, mas Andrew trabalhava com o toque leve feito uma pluma. Ele pousou a mão sobre a barriga de Thomas até que os soluços secos cessassem.

Jamais houvera tanta pele exposta entre os dois, tanto sangue.

O coração de Andrew estava machucado e cansado, mas ele forçou sua voz a sair firme feito aço.

– Isso vai ajudar.

Thomas colocou o braço sobre os olhos.

– Sabe aquele poço velho e fechado no bosque atrás da minha casa? Não posso nem falar pra polícia dar uma olhada lá, porque seria praticamente uma confissão. E se eu começar a falar de monstros, ainda assim vão me prender.

– Eu entendo, mas tem que ter uma resposta, uma razão pra isso estar acontecendo. E você não pode continuar me evitando. – Andrew limpou o corte com mais pressão, e em troca recebeu um chiado de Thomas.

– Eu não consigo proteger você e lutar com monstros.

Doeu, mas era a verdade. Andrew fora pior que inútil na batalha daquela noite, mas tinha sido culpa do choque. Faria melhor da próxima vez.

– Você não vai conseguir entender por que isso tudo tá acontecendo – falou Andrew com a voz tranquila – enquanto fica lutando com monstros sem dormir. Me deixa te ajudar.

Thomas manteve o braço sobre o olho e não falou nada.

Por um segundo excruciante, Andrew pensou em enfiar os dedos no corte de Thomas. Agarrar uma costela e *parti-la*. Puxar o osso frágil de dentro do peito e costurá-lo ao seu. Eles ficariam juntos por toda a eternidade, costela com costela, fundidos um ao outro no grotesco, nos ossos e na adoração.

Andrew fechou os olhos com força.

Não era ele pensando. Ele estava infectado pela noite de pesadelos despertos e o escoamento de adrenalina – além do desespero faminto de querer Thomas, Thomas, somente Thomas.

Ele colocou um curativo na ferida do garoto e desinfectou todos os outros cortes que pôde encontrar.

– Você tem medo de mim? – A voz de Thomas se apequenou.

– Não – falou Andrew. – Vamos colocar um fim nisso. Tudo que começa tem uma maneira de terminar.

Thomas acabou pegando no sono na cama de Andrew.

Andrew pensou em se aninhar ao lado do garoto e ver se os corpos se encaixavam como se tivessem sido esculpidos do mesmo carvalho. O que fez, no entanto, foi olhar pela janela até o céu corar com o amanhecer e deixar a verdade da noite anterior ser absorvida por seus ossos. Os terrores sempre pareciam menores à luz do dia, mas aquilo não ia passar.

Ele não perguntara no escuro, mas a curiosidade ainda queimava.

Quem era Thomas Rye para conseguir fazer monstros?

O que ele era...

Apesar de não ter dormido nem duas horas, Andrew acordou Thomas no primeiro sinal. Eles não podiam chamar atenção – havia muito a esconder.

De alguma forma, Andrew tinha sido obrigado a bancar o estável. Aquele era o papel de Dove, que usava a razão para equilibrar os impulsos incendiários de Thomas e as espirais de pânico de Andrew. Era ela quem devia estar bolando um gráfico de como derrotar monstros e ainda assim passar nas disciplinas. Mas ele estava proibido de contar à irmã.

Então foi Andrew quem fez os dois se vestirem e enfrentarem o café da manhã, onde beberam muito café e não comeram quase nada antes de cambalearem para as primeiras aulas do dia.

Era como se antes Thomas estivesse se segurando às custas de barbante e fita adesiva, e finalmente começasse a se soltar. Os muros que criara haviam sido quebrados, e lhe faltava a energia necessária para reconstruir.

O dia todo ele rondou Andrew, ficando próximo demais e encontrando desculpas para tocá-lo com dedos ansiosos. Dava a impressão de que, se pudesse, entraria na camisa de Andrew e se costuraria sob a pele do garoto.

Geralmente era Andrew quem ficava em cacos que precisavam ser colados, então a inversão ao menos era justa. Ele devia aquilo a Thomas.

Porque Thomas, lindo e transtornado e mágico, estava se despedaçando.

Eles estavam na aula de cálculo quando aconteceu. Andrew já tinha o livro aberto antes de reparar que Thomas agarrava a carteira com tanta força que os nós dos dedos estavam brancos. Ele não tinha levado lápis nem caderno para a aula. Estava virado para a frente, absorto, os olhos vazios e a respiração cada vez mais rápida.

Ataque de pânico.

O coração de Andrew disparou em empatia, e ele se inclinou na carteira.

– Thomas.

O professor Clemens entrou, cumprimentando a turma com entusiasmo. Ele era branco e muito mais jovem que o professor anterior, e sempre usava terno, óculos de lentes grossas e exibia um sorriso encantador. No primeiro dia de aula, houve um consenso de que ele era atraente. No segundo dia os alunos mudaram de ideia: todos eles o *odiavam*.

Clemens exigia a perfeição. Trabalhos perfeitos, concentração perfeita, comportamento perfeito, educação perfeita. Tudo que fosse menos que isso era ridicularizado. Ele expunha os alunos com ataques que queimavam feito ácido, fazia-os copiarem a própria lição no quadro e os humilhava o tempo todo, além de dar zero com um sorriso no rosto se alguém ousasse contradizê-lo.

Era o poder, Andrew sabia. Algumas pessoas se embriagavam com ele.

– Bom dia, alunos – falou Clemens, animado e enérgico. Tirou o paletó e dobrou as mangas. – Temos muito a fazer hoje, então fico feliz em ver todo mundo presente. Aquele teste surpresa da semana passada foi *divertido*, não acharam? Meus parabéns ao sr. Emerson e à srta. Obara pelas notas máximas. O sr. Murphy tirou três de vinte e cinco, o que não surpreende a ninguém. A srta. Sato não mostrou o processo de resolução, então vou presumir que ela colou e só anotou as respostas. – O sorriso dele crescia à medida que os alunos se encolhiam. – Ah, o sr. Rye, que ama dormir na minha aula. Hoje a pergunta é para o senhor. – Ele pegou um marcador e escreveu rápido no quadro: "Thomas Rye sabe ler?".

Alguns risos nervosos se espalharam pela sala.

A garganta de Andrew se fechou de tal maneira que ele não conseguia engolir. O único motivo pelo qual o professor não chamava a atenção dele era porque Dove fazia sua lição.

Thomas nem percebeu que tinha virado alvo. Ele encarava a mesa, cada respiro baixo e irregular, ainda rápidos demais.

Clemens batucou o marcador no quadro.

– A julgar pelo zero redondo na sua prova, eu diria que a resposta deste problema é "não". Mas nós expomos nosso raciocínio nesta aula, certo, sr. Rye? Venha aqui na frente refazer a questão quatro.

Thomas não moveu um músculo.

Clemens estava de costas para a turma, escrevendo no quadro fervorosamente.

– Peguem suas canetas. Vamos fazer um jogo: a pessoa mais lenta a responder este problema será a próxima a vir ao quadro.

Em silêncio, a turma se preparou para resolver a questão.

– Acorde, sr. Rye, do contrário vai passar a aula toda aqui na frente comigo.

Andrew se inclinou e tentou soltar os dedos de Thomas da borda da mesa.

– Ei. Você precisa respirar mais devagar.

– Eu nã-não co-consigo. – Seus lábios mal se moviam. – Não consi... não consigo...

Thomas estava sofrendo. Nada mais importava.

Andrew se levantou da carteira, fazendo a cadeira balançar. Metade da turma se virou para encará-lo.

Ele emoldurou o rosto de Thomas com as mãos para trazê-lo de volta ao presente.

– Olha aqui pra mim.

– Estamos na aula de cálculo, não na de teatro, rapazes – ironizou Clemens em uma voz melódica.

Andrew se virou. Tinha as bochechas em chamas e um *vai se ferrar* preso na garganta.

– Ele precisa tomar um ar.

Clemens deu uma olhada superficial para Thomas.

– Claro. Por que não? Por que nós todos não pulamos a aula de hoje, se não estamos com vontade de estudar? Quem liga pra notas, não é mesmo? Quem liga para a faculdade?

Andrew levantou Thomas da carteira e o guinchou para fora da sala. O garoto se movia como uma marionete, com as cordas enroladas nos punhos de Andrew.

Clemens abriu a porta.

– Vocês dois estão pedindo pra reprovar. Quando terminarem o recreio de vocês, podem ir direto para a sala da diretora avisar à secretária que saíram da aula só pra fazer graça. Esse showzinho aí não vai colar comigo.

A porta da sala se fechou atrás deles.

No corredor, o mundo parecia imóvel e cinza. O ar tinha gosto de partículas de poeira e papel, do peso abafado da solitude.

Thomas começou a afundar no chão, mas Andrew agarrou sua camisa e o empurrou contra a parede. Com força. Thomas estremeceu, mas ainda estava hiperventilando.

– Para. – Andrew pressionou o corpo contra o de Thomas e apertou os dedos na clavícula do garoto.

– Eu tô morrendo. – Os lábios de Thomas tremiam.

– É um ataque de pânico. Eu tenho uns mil por dia, mas você *não pode*. Você é o mais forte de nós dois.

O ganido de Thomas saiu baixo do fundo da garganta, penoso e frágil.

– Não consigo continuar fazendo isso. Toda noite, não. Eu não consigo, não consi...

– Você não tá mais sozinho, entendeu? Eu prometo.

Thomas fechou os olhos.

– E se for o seu caderno? – propôs Andrew. – Pode ser que esteja amaldiçoado. Você precisa parar de desenhar.

– Eu já parei. A única coisa que eu desenhei em um tempão foi uma tigela de frutas para a aula de artes. Mas e-eu preciso passar em artes. É a *única coisa* que eu sei fazer. A Wickwood vai me expulsar se eu reprovar em tudo. Vou perder você, vou perder...

Andrew não queria ouvi-lo dizer o nome de Dove, não queria aquele lembrete de quem Thomas realmente queria que o estivesse confortando naquele momento.

– Você não vai me perder – afirmou Andrew.

A gravata de Thomas havia afrouxado, ele já se livrara do blazer e tinha manchas de tinta antigas nos punhos da camisa. Parecia derrotado, displicente e desnorteado. Quando Andrew o soltou, Thomas escorregou pela parede e se sentou no chão, aos seus pés. As pernas de Andrew formaram uma parede de proteção ao redor do corpo encolhido do garoto.

– E se forem os lápis que você usa? – A cabeça de Andrew rodopiava. – Ou vai ver você deixou cair sangue nos desenhos, e isso, sei lá, invocou alguma coisa.

– Não foi isso. – Thomas mexeu na barra da calça de Andrew. – Às vezes eu nem penso enquanto desenho. Escuto música e traço alguma coisa aleatória. Não significa *nada*, apenas gosto de monstros. Gostava, pelo menos.

Quando os dentes das criaturas ainda eram feitos de tinta, não de osso.

Andrew pressionou o punho à parede.

– Vamos destruir seu caderno na floresta hoje à noite.

– Você não vai comigo.

– Vou, sim – rebateu Andrew.

Thomas não protestou novamente. Esfregou as costas da mão no rosto e soltou um suspiro trêmulo.

Pouco a pouco, sua respiração se acalmou, mas ele não fez menção de levantar. Andrew não se importava, não enquanto continuavam se tocando. Ele desejava a afeição de Thomas com uma intensidade que o deixava tonto. Se ele nunca fosse ter mais nada, ao menos tinha aquilo.

Aquilo que quase fazia valer a pena ser dilacerado por monstros.

DOZE

$\mathcal{E}$les esperaram até a meia-noite.

Andrew estava sentado na cama. Sobre seu colo havia um livro e, por cima dele, seu caderno, no qual esboçava as primeiras linhas de uma nova história. Ela começava com uma criatura vil que fazia escorrer lágrimas do rosto dos outros para saciar a própria sede, até que escolheu uma vítima que tinha uma faca de osso de esgalho e a usou para cortar o rosto da criatura.

Escrever parecia egoísta, ainda mais quando Thomas estava deitado na cama ao lado, batucando um lápis na boca e encarando o teto, proibido de desenhar. Aquilo sem dúvidas era parte do motivo pelo qual ele tinha amputado Andrew de si com uma determinação tão feral nas semanas anteriores. Andrew notara a ausência de mangas manchadas de carvão e da tinta em seu cabelo. Devia estar sendo uma abstinência e tanto.

Thomas suspirou pela milésima vez e tamborilou o lápis na parede. Seus desenhos antigos o olhavam de volta; coroas feitas de ossos, dentes de monstros, florestas perversas e a curva de uma maçã envenenada.

— Tenho até o Dia de Ação de Graças para bater o martelo no meu projeto de arte do fim do ano — falou Thomas, sem ânimo. — Do contrário, adivinha, vou reprovar. Convenci a sra. Poppy de que estou enfrentando um *bloqueio criativo* e ela está levando numa boa, o que faz eu me sentir um merda ainda pior.

Andrew demorou bastante para responder.

— Quando é a hora das bruxas?

— Sei lá. Duas da manhã, né? Ou três?

— Será que os monstros ficam piores nessa hora? Mais fortes? Pode ser... bruxaria.

Thomas mastigou a ponta do lápis.

– Acredita mesmo nisso?

Andrew fechou o caderno.

– Você meio que distorceu a realidade. A esta altura a gente tem que acreditar em tudo.

Thomas mordeu tanto o lápis que ele se partiu. O menino ficou deitado com lascas na boca por tanto tempo que Andrew quase foi chacoalhá-lo, com medo de ele ter tentado engolir.

Enfim, Thomas se levantou, tirando as farpas da boca.

– Eu acho que eles aparecem por volta da hora das bruxas toda noite, mas não creio que isso seja o problema. Acho que o problema sou eu.

Eles entraram na floresta lado a lado, tão próximos que os ombros se tocavam. Quando chegaram a uma trilha sinuosa, com a relva alta e estreita demais para duas pessoas, Thomas foi na frente. O tempo todo ele olhava para trás, esticando a mão para tocar Andrew e se certificar de que estava bem.

No escuro, os olhos de Thomas se transformaram em piscinas pretas, com medo vivo transparecendo neles. A floresta devia assustar Andrew também. Mas não assustava.

Na noite anterior ele enfrentara um pavor imensurável, mas sentia-se diferente naquele momento, sólido e firme dentro de si ao caminhar. Tinha vestido calça jeans e botas, e se encolhia dentro da blusa da Wickwood para se proteger do ar frio de setembro. Tanto ele quanto Thomas carregavam lanternas e estacas confiscadas do jardim, ainda cheias de terra na ponta. O jardineiro ficaria fulo quando percebesse que os novos arbustos de rosas haviam sido roubados, mas não era como se os garotos tivessem muita escolha.

Andrew levava o caderno de desenhos. Thomas não queria nem relar no objeto.

– Precisamos de armas melhores. – A voz de Andrew soou alta demais.

– Sabe o que aconteceria se encontrassem *uma faquinha de pão que fosse* no nosso quarto? – falou Thomas. – Você não viu como foi o interrogatório. A polícia acha que eu sou um assassino.

Andrew tropeçou em uma raiz e Thomas se virou para segurá-lo, levando um segundo a mais do que o necessário para soltar.

Em seguida, engoliu em seco e continuou andando.

– Se eu for expulso, nunca mais vou te ver. Não sei nem pra onde me levariam. Meus avós moram em um asilo. Minha tia *odeia* minha mãe e não quer saber de mim.

– Eu ficaria com você. – Andrew balançou a lanterna para as árvores. – Eu te guardaria na minha bagagem de mão.

– Nossa, tudo bem que eu sou baixo, mas não é pra tanto.

Andrew riu pelo nariz.

Thomas semicerrou os olhos mas, quando Andrew sorriu, sua carranca se dissipou. Aquilo era bom. Fazer Thomas falar. Manter seu foco longe daquela empreitada temerosa.

– Preciso encontrar meu celular – comentou Andrew. – Os monstros te acham? Ou você que procura eles?

– Eles me acham. É melhor não se esconder. – A voz dele soava corroída. – Sempre quero acabar com tudo de uma vez. Tô cansado pra caralho.

Andrew enfiou o caderno debaixo do braço e se virou em um círculo lento. Sua lanterna abriu uma ranhura na escuridão, revelando apenas árvores. Nada de monstros. Os sons noturnos se torciam ao redor de seus corpos conforme o vento soprava por entre as árvores e os grilos cricrilavam. Uma coruja piou para o escuro. Thomas sobressaltou-se, mas Andrew respirou fundo o musgo e as folhas úmidas, a energia verde-berrante da floresta pulsando sob seus pés.

Foi como se tivessem inventado os monstros, um delírio compartilhado.

Algo picou a nuca de Andrew, onde ele desferiu um tapa.

– A única coisa que está me atacando são mosquitos.

– Como pode não estar com medo? – perguntou Thomas baixinho.

Andrew remexeu as folhas no chão, procurando o celular.

– Não sei. Será que enlouqueci?

A voz de Thomas saiu ríspida.

– Não fala assim.

Andrew suspirou.

– Acho… acho que é porque tudo acaba comigo. *Tudo*. Sou tão apavorado o tempo todo sem motivo algum, é só meu cérebro implodindo. Mas monstros são algo que podemos matar, e acho que eu gosto disso. – Ele deu uma risada sem humor. – Meu cérebro é tão errado.

Era mais fácil fazer graça do que fechar os olhos e pensar nas centenas de vezes em que ele esteve tão ansioso que acabou chorando e vomitando, frenético. Dove o segurava e pedia: *Me diz qual é o problema. Como posso te ajudar se não sei o que tá acontecendo?*

Andrew não sabia. A vida não se encaixava em sua pele, nunca tinha se encaixado, e às vezes tudo era pesado demais.

Thomas se afastou, de modo que eles ficaram com as costas alinhadas.

– Você não é errado.

– Sou, sim.

Thomas apagou a lanterna, e Andrew fez o mesmo. Eles ficaram apenas com a escuridão antes que Thomas falasse.

– Gosto do seu jeito. Tem um mundo inteiro de tinta e mágica enfiado na sua cabeça. Eu acho isso bonito. Só queria que tudo não te machucasse tanto.

Houve uma explosão no peito de Andrew, mil videiras floridas crescendo ao redor de seu coração. Thomas nunca falava daquela forma, delicado e vulnerável. Talvez fosse mais fácil sussurrar no escuro aquelas carícias que até doíam de tão belas.

Andrew soltou um suspiro leve e irregular, precisando responder alguma coisa, precisando aproveitar aquela afetuosidade.

Mas então Thomas ligou a lanterna de novo e disse:

– Nunca vamos conseguir encontrar seu celular.

Depois, seguiu pela trilha.

Andrew foi atrás. Bateu na nuca de novo. Parecia que mosquitos tinham pousado em massa nas suas costas, desgracinhas sanguinárias.

– Tenho certeza que foi por aqui que eu derrubei. Estava perto de um monte de árvo…

– Vou te contar um segredo sobre florestas.

Andrew ignorou a brincadeira.

– Ei, lembra que amanhã é sábado? E tem aquela excursão do último ano para a galeria de arte na cidade?

– Não é obrigatório.

– Eu inscrevi a gente.

Thomas grunhiu.

– Eu queria *dormir*.

Andrew balançou o caderno.

– Podemos comprar materiais novos. Se você desenhar em telas novas, talvez seja diferente. – Mais um mosquito atacou em cheio sua nuca. Ele arquejou e usou o caderno para bater no inseto.

– Eu não acho que isso… Andrew. *Andrew*. Puta que pariu… – Thomas correu de volta até ele. – Caralho… vira.

Andrew sentiu um frio na barriga. Devagar, se virou. Ele sentiu, no instante em que Thomas chiou, alguma coisa *andando* por sua blusa. O peso de mil corpos pequenos presos às suas costas, asas batendo em um zunido crescente.

– Fica parado. – Mas Thomas pareceu incerto ao falar.

Andrew fechou os olhos. Alguma coisa o picou atrás da orelha, mas ele não revidou.

– Por favor não me diga que são vespas.

– Acho que são… hum, fadas de cardo.

– Thomas – disse Andrew, tentando manter a voz estável. – O que foi que você desenhou?

– Você escreveu sobre elas primeiro! Eu só ilustrei aquelas fadinhas infelizes da sua história, uma vez. São do tamanho de cardo, mas os dentes são longos e pontiagudos, e elas bebem sangue. Estão… pelas suas costas inteiras.

Andrew permaneceu imóvel.

– Quantas?

O zunido ficou mais alto, e o ombro do garoto pesou conforme mais fadas de cardo pousaram. Elas andaram por suas costas, sua nuca. Os pezinhos afiados fizeram a pele pinicar quando encontraram a gola e a puxaram para trás. Andrew tentou reprimir o tremor. Tudo dentro dele implorava para que se sacudisse, gritasse, *corresse*. Se elas entrassem por baixo da camisa…

– Thomas… – Sua voz começou a falhar.

– Tem muitas, ok? Eu vou tirar elas de você. Só não… se mexe. Se todas te morderem ao mesmo tempo você vai… Só não se mexe.

Andrew prendeu a respiração. Sua lanterna se fixou aos pinheiros à frente enquanto suas costas ficavam cada vez mais pesadas. Ele tinha sido idiota. Achou que os monstros só vinham em formas gigantescas e amedrontadoras, não minúsculas e insidiosas com ferrões de vespa e dentes de aranha. De algum modo, isso era ainda pior.

Ele as sentia em suas orelhas, as asas roçando a pele sensível, a primeira picada de dentes saboreando a sua carne. Será que elas podiam entrar em seus ouvidos? Conseguiriam picá-lo *por dentro*?

Atrás de Andrew, uma estaca caiu no chão.

Ele inclinou a cabeça de leve e viu Thomas tirando a camisa e a jogando de lado. Ele tirou alguns curativos da noite anterior e, com a respiração trêmula, fincou os dedos em seus próprios ferimentos, que mal tinham começado a sarar.

Andrew fez menção de gritar para que ele parasse, mas foi interrompido pelo soluço esganado de Thomas ao reabrir os cortes e enterrar os dedos na carne até que escorresse sangue, violento e fresco. Ele esfregou o líquido pelo peito e em seguida deu um passo para trás. Depois mais um.

– Destrói o caderno – mandou.

De repente, o peso nas costas de Andrew desapareceu. A atmosfera se preencheu com o zunido estrondoso de mil asas.

E todas batiam em direção a Thomas.

– VAI.

Thomas já estava correndo para o lado oposto, levando as criaturinhas para longe de Andrew, que avançou, a lanterna balançando enquanto ele disparava pela floresta. Olhou por cima do ombro e viu as costas nuas de Thomas cobertas de fadas de cardo. O cheiro de sangue não deixava brecha para nada mais convidativo. O ruído das fadas era estridente, arrepiante, vitorioso e *faminto*.

Um grito escapou de Thomas.

Andrew correu.

Ele não sabia aonde ir, então desceu pela trilha, a floresta ecoando com os gritos abafados do amigo. O carvalho branco deles ficava à frente. O matagal ficou mais escasso, e a relva baixa deu lugar ao chão coberto de folhas.

Andrew caiu de joelhos e engatinhou pela terra, folheando as páginas até

encontrar. Fadas de cardo. Thomas tinha feito um retrato delas, dezenas de monstrinhos verdes com feições angulares e pontudas como os dentes de um garfo. Uma das fadas abria a boca exibindo dentes de agulha, longos demais. As presas conseguiam cortar pescoço, veias, fincar até a espinha...

Ele arrancou a folha e começou a cavar um buraco no chão, próximo às raízes da árvore. Ao menos não estava vendo o sangue – encorpado e vil, fazendo o chão virar uma lama repugnante – mais uma vez. No entanto, não conseguia cavar muito fundo por conta das pedras e cascalhos que rasgavam suas unhas, e os gritos de Thomas ficaram mais desesperados. Andrew rasgou todas as páginas do caderno até não sobrar nada além de pequenos fiapos. Ele enterrou tudo, afofando a terra com folhas em seguida.

Engoliu em seco. Precisava ser o fim.

Ele se pôs de pé e correu de volta até Thomas. Correu, não; *voou*.

Thomas, Thomas, *Thomas*.

Levou menos de um minuto para voltar, mas a calma de Andrew se espatifou. Era como se os monstros percebessem seu estoicismo e sobriedade diante daquele horror, tendo encontrado uma forma de dilacerá-lo e fazê-lo pagar.

Tentar matar Thomas era fazer Andrew perder a cabeça.

As fadas de cardo não caíram mortas assim que o caderno foi rasgado, mas também não surgiram outras. Elas ainda atacavam a nudez das costas, da barriga, dos ombros de Thomas. Enfiavam-se em suas orelhas, subiam as costelas como se fossem degraus e metiam os dentes em cada pedaço de pele macia que encontravam.

Thomas tinha derrubado a lanterna, e lançou-se contra uma árvore para matá-las. Pegou as fadas pelas asas e as pisoteou. Seus corpos pequenos explodiam em pus verde, que escorria por entre seus dedos.

Ele caiu de joelhos e soltou um soluço de dor.

Andrew pegou no chão a camiseta abandonada de Thomas e a usou para afugentar as fadas das costas do garoto. Jogou a peça de roupa no chão e pisou nela. A morte das criaturas cheirava a grama aparada e cobre.

– Que b-b-b-bosta. – Thomas tirou fadas de cardo do pescoço.

– Você não devia ter feito isso – sibilou Andrew.

– Alguém sempre precisa se sacrificar.

– Esse alguém não precisa ser você. Isso não é culpa sua. – Andrew enrolou as mãos na camisa e tirou mais fadas de cardo de cima de Thomas. Era como remover alfinetes enterrados cruelmente fundo.

Thomas olhou para o garoto com os olhos marejados.

– Talvez seja *sim* minha culpa. Talvez no semestre passado eu tenha causado isso quando...

Andrew não queria ouvir. Ele largou a camisa e ajudou Thomas a ficar de pé. Empurrou o melhor amigo contra uma árvore para que Thomas pudesse agarrar os galhos enquanto Andrew arrancava as últimas fadas de seu corpo. Suas costas eram um campo de batalha.

Andrew tirou as asas da última fada de cardo e a derrubou no chão. Ele a deixou se contorcer pela terra com uivinhos irascíveis e malévolos antes de pisoteá-la com o calcanhar da bota.

Thomas se encolheu. Cada centímetro de sua pele estava coberto de sangue e inchado, repleto de marcas de picadas e cortes. Andrew passou mal só de olhar.

– O caderno de desenhos está destruído e enterrado – garantiu, ofegante. – Acabou. – Ele se ajoelhou devagar, acreditando que o outro garoto não quisesse ser tocado, mas Thomas lançou os braços ao redor do pescoço de Andrew. Seu choro veio silencioso, desesperado, angustiado.

Andrew tentou acalmar as batidas de seu coração.

– Nunca mais faça isso. – Ele não reconheceu a nuance áspera em sua voz. Era como se geada preta tivesse crescido sobre sua língua. Ele passou os dedos pelos cabelos de Thomas até sua respiração ficar aguda de dor.

Thomas não respondeu, talvez não conseguisse. Não importava, de todo modo. Andrew estava ocupado ouvindo o eco de monstros crepitando entre as árvores com aquela demonstração patética de bravura.

Os monstros sabiam o quanto os garotos eram frágeis e achavam isso *encantador.*

TREZE

Não tinha o menor motivo para o mundo estar tão gelado às seis da manhã. O frio castigava as pontas dos dedos de Andrew enquanto ele se vestia com os olhos entreabertos, sua dor de cabeça intensificada pelos passos pesados indo para lá e para cá nos corredores do dormitório. Vozes retumbavam e portas batiam. O ônibus partiria dali a uma hora, e nenhum formando queria perder a primeira excursão do ano. A visita à galeria de arte engoliria a manhã, mas lhes haviam prometido a tarde livre na cidade. Privilégios do último ano.

Andrew jogou mais um travesseiro em Thomas.

– Faz algum barulho se estiver vivo.

Thomas soltou um grunhido abafado, mas não se levantou.

– Vou te subornar. – Andrew mexeu na gravata e franziu o cenho diante do local onde o espelho costumava ficar, na parte interna da porta do guarda-roupa. Era melhor assim, sem ver os malares pontudos demais e os círculos escuros sob seus olhos. – Vamos comprar materiais de arte. Pra você poder desenhar de novo. – Ele fez uma pausa. – E vamos tomar café.

Thomas puxou um travesseiro para cima da cabeça.

– Meu Deus, me mata!

Um punho martelou a porta, a voz do monitor animada até demais.

– Só mais trinta minutos!

Andrew pegou a ponta da colcha de Thomas e a tirou de cima dele.

– Eu me recuso a sentir pena, considerando que você *escolheu* ser um mártir babaca. Levanta. – Delicadamente puxou o curativo nas costas de Thomas para dar uma olhada nos ferimentos. – Não tá tão feio. – Ele estremeceu só porque Thomas estava com o rosto para baixo e não veria.

As mordidas tinham ficado vermelhas, algumas já cicatrizando e outras em hematomas inchados, febris ao toque. Ele estava coberto de machucados. A dor devia ser insuportável.

A voz de Thomas saiu abafada por entre os travesseiros.

– Tô me sentindo uma almofada de alfinetes.

– Porque você é mesmo. Mas precisa vir. Não sei quais materiais comprar pra você. Vou acabar voltando com giz de cera ou algo do tipo. – Ele passou os dedos pelas escápulas de Thomas antes de se dar conta do que estava fazendo. Tirou a mão num piscar de olhos. – Vai, levanta. – Manteve a voz suave.

Thomas serpenteou molenga até o chão, o que era um progresso.

Andrew saiu para ir ao banheiro. Ele precisava desesperadamente que Dove lhe dissesse o que fazer. Se contasse a verdade sobre os monstros... bem, ela explodiria, furiosa e frenética. Estava nítido que Thomas não queria que ela soubesse, e Andrew enfim entendia o motivo. Era algo que eles podiam fazer por Dove – protegê-la das coisas mais horrendas e malévolas do mundo. Se bem que ele não tinha certeza se o que queria esconder era a existência dos monstros ou a forma como as noites tinham passado a pertencer somente a ele e a Thomas. Não queria que ela soubesse que gostava disso.

Ele sentia falta do celular e das constantes mensagens. Andava sendo um péssimo irmão, mas Thomas precisava dele. Andrew não queria ter de escolher entre os dois, mas não tivera escolha.

Quando foi ver Thomas, ele já tinha vestido a calça em uma perna, ainda com os olhos fechados ao balbuciar alguma coisa sobre café. Andrew pegou a mochila e saiu.

Ele correu pela trilha do jardim até o dormitório feminino, mas não conseguiu criar coragem para pedir que as meninas na frente do prédio fossem chamar Dove por ele. Pelo visto, ele conseguia caçar monstros nas florestas, mas continuava incapaz de conversar com as pessoas sem que as palavras dessem nó em sua língua.

Uma das garotas o viu ali e acenou, mas a amiga baixou sua mão e começou a sussurrar. Os sorrisos desapareceram. A pena tomou conta de suas expressões. A crise no vestiário não ajudava em nada com sua reputação de garoto perturbado que tinha destruído a própria mão no ano letivo anterior.

Andrew fugiu.

Já havia alunos aglomerados nas escadas de mármore da Wickwood quando o ônibus estacionou. Andrew ficou para trás, o pavor cavando um buraco ácido em seu estômago. E se Thomas não chegasse a tempo? E se estivesse com o sangue envenenado ou com uma infecção ou...

Para. Ele precisava apenas... parar.

Bryce Kane e seus abutres estavam importunando as garotas que subiam no ônibus, mas pararam quando a sra. Poppy apareceu com uma garrafa térmica gigante e um sorriso bobo. A professora de artes usava uma saia de retalhos do tamanho de um país pequeno e pulseiras douradas que contrastavam em sua pele escura. Todos os anos, o conselho estudantil a elegia de forma unânime como a professora mais querida de todos. Andrew começara a relaxar sabendo que ela estaria supervisionando a viagem, até ver o professor Clemens sair do ônibus com um sorriso prepotente. Ele havia feito os garotos passarem um bom tempo na detenção depois de Andrew ter tirado Thomas da aula para acalmar seu ataque de pânico. Só de olhar para o professor, Andrew já sentia a ansiedade se espalhando por sua barriga.

– Que cara é essa de quem engoliu um sapo?

O coração de Andrew pulsou na garganta enquanto ele se virava, mas era só Thomas, bocejando e passando a mão pelos cachos emaranhados. Ele parecia um gato que tinha sido colocado na secadora – calça amassada, gola em pé, gravata enrolada como uma echarpe, camisa para fora e com manchas antigas de tinta e sem blazer. Seus olhos estavam sonolentos e ele contraía a boca numa expressão contrariada. Continuou de cara feia para a multidão que não parava de crescer, como se os alunos do último ano só existissem para aporrinhá-lo.

– É o Clemens que vai dirigir o ônibus – sussurrou Andrew.

Thomas fez careta.

– Ele que vá chupar prego. O que você trouxe na mochila? Tem algum lanche? Preciso comer alguma coisa. Doce, de preferência.

– Você precisa é ser passado a ferro.

Thomas encostou a testa no ombro de Andrew.

– Preciso ser tratado com delicadeza, como um ovo frágil.

Andrew deu um sorriso sarcástico, que sumiu assim que o garoto viu

Lana Lang indo em direção a eles. Cada vez que a via, suas botas pareciam ter assumido um tom de roxo mais agressivo do que antes.

Lana se aproximou olhando fixamente para Thomas.

– Você tá *de ressaca*? Porque assim… caramba.

Thomas tirou a cabeça do ombro de Andrew e se afastou do menino. Andrew tentou não atribuir nenhum significado a isso.

– Não, *não tô* – balbuciou. – Vai julgar os outros assim lá na esquina.

– Bom – disse Lana, virando-se para Andrew –, quando o sr. Péssimas Decisões for expulso da excursão, sinta-se à vontade pra vir sentar com a gente.

– Ele não tá de ressaca – disse Andrew rapidamente.

Um músculo pulsou no maxilar de Thomas, que completou:

– E ele não precisa de você enchendo o saco.

Lana cruzou os braços, seu humor acalorado à beira da ebulição.

– A Dove me pediu pra ficar de olho nele, então é o que estou fazendo. Ela me contou tudo sobre você, Thomas Rye, e eu digo *tudinho*. Principalmente sobre você e…

– Quer saber? Eu não preciso disso. – Thomas se virou e saiu puxando Andrew consigo.

Mas Andrew ficou plantado no lugar. Como é que aqueles dois tinham ido de zero a guerra declarada em questão de segundos? E aquilo queria dizer que Dove não iria na excursão? Sabendo que ela e Thomas não tinham feito as pazes nem estavam se pegando escondidos na floresta, Andrew voltara a supor que eles ainda estavam brigados.

Ele precisava conversar com ela. Sempre precisava de Dove.

– Conta a verdade pro Andrew, então – rebateu Lana. – A Dove disse que você era um covarde, e estava certa.

O pânico invadiu a voz de Andrew.

– Que verdade?

Thomas virou e ficou encarando Lana de perto, mas ela não se moveu um centímetro sequer. O arco de suas sobrancelhas era ao mesmo tempo mordaz e condescendente, e a tentativa de Thomas de parecer ameaçador se perdeu no fato de que eles tinham a mesma altura.

– Você não sabe nada sobre mim – disse, em um tom de voz baixo e venenoso. – E sabe ainda menos sobre o Andrew, se acha que ele é algum tipo de florzinha delicada que você precisa cobrir com uma manta de lã. Ele poderia fazer picadinho de mim, se quisesse. Eu não conseguiria detê-lo nem se tentasse. Então pode parar de fingir que ele precisa ser salvo de mim? Fica na sua e *deixa a gente em paz.*

Era tão visceral ser conhecido com tamanha intimidade, ser entendido até suas partes mais obscuras. Andrew sentiu como se o seu coração tivesse inchado até dobrar de tamanho.

Lana parecia querer eviscerar Thomas, mas se contentou em lhe mostrar o dedo do meio. Em seguida, ela se virou para Andrew e o observou com uma ferocidade que pendia mais para a preocupação do que para qualquer outra coisa.

– O convite pra vir passar a viagem comigo segue de pé. Se divirta com essa dor de dente ambulante aí.

E saiu pisando duro.

Andrew olhou para Thomas.

– O que foi isso?

– Esquece. Ela não vai com a minha cara.

– Tem alguma coisa a ver com a sua briga com a Dove?

Thomas travou os dentes.

– Deixa isso pra lá.

Andrew não sabia como engolir aquilo. Não tinha se dado conta do quanto Thomas e Lana se odiavam – ou talvez os dois só quisessem proteger alguém. Lana ao lado de Dove, Thomas ao lado de Andrew.

Não teve tempo de recompor seus pensamentos antes que a voz de Clemens rugisse por um megafone, mandando todo mundo embarcar no ônibus. Mas então ele olhou diretamente para Andrew e Thomas e acrescentou:

– Será um evento público, e os alunos devem se portar com respeito e postura dignos da Academia Wickwood. Quem não estiver de uniforme será deixado para trás. Quem tiver problemas de comportamento será deixado para trás. Quem não seguir as regras será deixado para trás.

Andrew estremeceu ao olhar para Thomas, que já tinha reprovado em toda a lista de requisitos. Thomas olhou para baixo, onde a gravata e o blazer deveriam estar, e um rubor se espalhou por suas bochechas cobertas de sardas.

– Ele tá fazendo isso pra me impedir de ir. Porque nos reprovar não basta.

– Eu não posso ir sozinho. – Andrew tentou não deixar que a ansiedade crescente afetasse sua voz. – Vira a camisa do avesso. Vai esconder as manchas de tinta.

– Mas os botões...

– Abotoa ao contrário. Vai.

Os demais alunos começaram a subir no ônibus.

Thomas abriu a camisa. Os estudantes atrás dele sussurraram e fizeram um desvio ao redor da zona desastrosa dos dois. Thomas tirou a camisa e se embananou com as mangas dobradas.

Mais à frente, Bryce Kane soltou um uivo.

– Meu Deus, Rye, ninguém pediu um striptease.

Seus amigos vaiaram em resposta, e Andrew rapidamente tampou Thomas para esconder os curativos e os esparadrapos que cobriam seu torso enquanto ele terminava de vestir a camisa de volta e sofria para fechar os botões ao contrário. Ele ainda não tinha blazer, mas Andrew pegou a gravata frouxa e a colocou de novo, apertando-a um pouco a mais do que o necessário. A gola não parava quieta, mas teriam que se conformar. Thomas enfiou a camisa para dentro da calça, agitado e frenético, e eles seguiram para o ônibus.

Ele fez contato visual com Clemens.

– Tô morto sem o blazer. Ele vai me banir.

Lana, prestes a embarcar, tinha se virado para assistir à troca de vestimenta caótica. Seus olhos encontraram os de Andrew por meio segundo antes de ela se virar e esbarrar na sra. Poppy, que por sua vez derrubou a garrafa térmica no sapato de Clemens. O professor pulou para trás, engolindo um xingamento enquanto a sra. Poppy girava pedindo mil desculpas, sua saia enorme só piorando a confusão.

Andrew agarrou o pulso de Thomas e o puxou para o ônibus enquanto ninguém estava olhando.

Não fazia sentido Lana presentear os dois com aquela distração depois do conflito verbal veemente com Thomas, mas talvez ela estivesse fazendo um favor a Dove.

Andrew seguiu Thomas pelo corredor.

– Foi por pouco.

Eles se sentaram, Thomas estremecendo quando sua pele tocou o estofamento do ônibus.

– Tá tudo bem? – sussurrou Andrew.

– No momento eu só consigo me importar com você e com dar um jeito nos – a voz de Thomas ficou baixa – *monstros*. Nada mais.

Andrew olhou pela janela até conseguir forjar uma expressão neutra. Um calor estranho crescia em seu peito, e estava levando tempo demais para conseguir guardá-lo de volta em um cantinho. *No momento eu só consigo me importar com você*. O garoto que não gostava de ninguém gostava dele. O desejo de Andrew de que isso não mudasse era tão grande que chegava a doer.

O rosto de Thomas ficou sombrio ao ver Clemens se sentando no banco do motorista.

– Eu arrastaria Clemens para a floresta e o entregaria aos monstros, se pudesse. Ficaria paradinho assistindo. – Ele se curvou no assento com a cara fechada.

Andrew não discordou.

O ônibus saiu da Wickwood e o mundo ficou turvo com diferentes tons de verde-escuro à medida que as florestas passavam pelas janelas. Thomas dormiu no ombro de Andrew, a boca aberta e as linhas brutas de seu rosto suavizando de um jeito que causou dor a Andrew.

Ele pegou fones e os posicionou nos ouvidos, mas não colocou nada para tocar.

Todo mundo estava alvoroçado e falante, e alguns alunos trocavam de lugar com risadinhas, até Clemens mandá-los parar. Dove, no entanto, sentou-se no banco vazio à frente de Andrew, e ele perdeu o ar com o alívio de que no fim das contas ela tinha aparecido. Sentiu uma necessidade estranha e sufocante de saber se ela estava bem, sã e salva. Chegara a vez de *ele* ser o gêmeo protetor.

Thomas ainda estava dormindo, então Andrew se inclinou para a frente e apoiou o queixo nas costas do banco antes de cutucar o ombro da irmã.

– Por que não sentou com a Lana?

– Queria ver como você estava. – Dove deu um peteleco de leve no nariz dele, então Andrew franziu o rosto. – Eu te liguei, por que não me atendeu?

Andrew teve um vislumbre da floresta devorando seu celular.

– Preciso carregar o celular. – Ele precisava *encontrá-lo*. O quanto antes.

– Olha, você precisa atender quando eu ligar. Preciso saber como você tem passado. – Ela falou de um jeito irritante, como se ele fosse uma criança que poderia fugir e se perder e então começar a chorar.

A frustração se instalou entre suas costelas. Todo mundo via Andrew como quebrado e frágil, e talvez ele fosse mesmo isso para as outras pessoas. Mas quando Thomas via os traços afiados de Andrew, ele os achava perigosos e lindos – não fracos.

Ele poderia fazer picadinho de mim, se quisesse.

Andrew odiava a forma como amava essas palavras.

CATORZE

O trânsito atrasou a chegada à cidade, e uma parada em uma cafeteria os fez perder mais meia hora, de modo que o ônibus chegou à galeria tão tarde que Andrew ficou impaciente. A visita começou, e a turma se espalhou pelo prédio imaculado com os cadernos e bloquinhos de desenho em mãos. A sra. Poppy brilhava sete vezes mais ao flutuar por entre as pinturas. Quando passou por Thomas, apertou o ombro do garoto e puxou papo falando de driblar o bloqueio artístico enchendo seu "poço de criatividade". Thomas estremeceu, mas assentiu.

Seu rosto obscureceu a um nível tempestuoso conforme a manhã seguia e ele não podia fazer nem um desenho sequer. Ele cutucou as feridas e não saiu de perto de Andrew.

Quando chegou a tarde e, com ela, a hora de a turma ser liberada para suas preciosas horas de tempo livre, todos se reuniram no ônibus para ouvir um sermão sobre limites. Não fazia mal, todo mundo só queria ir ao shopping e ao cinema mais próximos mesmo. Bastava impedir jovens ricos de gastar o dinheiro dos pais por um tempo para que eles enlouquecessem quando fossem soltos novamente.

Andrew e Thomas foram para o lado oposto.

– Tô sem celular para procurar a papelaria mais próxima – comentou Andrew.

– A gente faz à moda antiga. – Thomas atravessou a rua rápido, e Andrew precisou correr para acompanhar.

– Perguntar pra alguém? – indagou.

– O quê? Não. Zanzar até encontrar.

Perderam quinze minutos antes de Thomas desistir e parar para perguntar. Em seguida, entraram em uma loja de artesanato aconchegante, as paredes repletas de tubos de tinta em arco-íris e telas brancas. Assim que entraram, o corpo inteiro de Thomas relaxou, seus olhos brilhando como se, pela primeira vez em semanas, tivesse a chance de respirar. Ele encostou em tudo. Testou marcadores e inspecionou tintas a óleo. Perambulou nos fundos enquanto um homem dava um tutorial sobre a mistura de tintas. Quase beijou as estantes de lápis e carvão até Andrew precisar tossir para esconder a risada.

Eles pegaram um pouco de tudo.

– Você devia jogar as coisas antigas fora – sugeriu Andrew.

– É, talvez. – Thomas não fez contato visual. – Vai ver só aquele caderno estava amaldiçoado.

– Não, joga tudo fo…

– Você sabe que eu não tenho condições de fazer isso. – Thomas continuou virado de costas para Andrew enquanto inspecionava pilhas de caixas de carvão. Ele batucou na estante em uma péssima tentativa de se mostrar indiferente, mas seus ombros estavam tensos, os nós dos dedos brancos com o esforço de reprimir alguma emoção conturbada. – Eu não tenho mais nada, Andrew. Meus pais mal me davam dinheiro antes, e agora… bem, obviamente não vai rolar. – Sua voz estava apertada. – Ninguém nem me disse a quantas anda a investigação. Acho que os policiais entraram em contato com a minha tia… Ela provavelmente vai cuidar da burocracia da casa e, tipo, dos trâmites das finanças. Sei lá. Não é como se ela estivesse falando comigo.

Andrew franziu o cenho, mas não respondeu. Foi como encontrar um corte de papel no canto da boca, um incômodo ao mesmo tempo intenso e surpreendente. Thomas o tinha. Ele jamais poderia dizer que não tinha nada para chamar de seu.

Andrew se esgueirou por cima do ombro de Thomas e pegou algumas caixas de carvão. O peso silencioso da declaração de que ele pagaria, de que Thomas não precisava se preocupar, fez o garoto parecer ainda menor. Mas não tinha por que Thomas agir como se aquilo fosse *grande coisa*. Dinheiro mal parecia ser algo real para Andrew, considerando como apareceu repentinamente em sua vida e a inevitabilidade de que um dia sumiria com a mesma rapidez. Coisas boas não duravam; eram como um devaneio que ele perderia de vista caso se chacoalhasse para despertar de vez.

– Você não perdeu nada com a ausência deles. – Andrew falou com tamanha suavidade que sua boca quase não se mexeu, sem saber se Thomas reagiria mal, mas sem conseguir enjaular as palavras.

Thomas pegou mais alguns blocos de desenho e caixas de lápis, depois saiu andando, bravo. Andrew foi atrás, mas não estava arrependido. Se pudesse impedir que Thomas se machucasse novamente, era o que ele faria. Faria qualquer coisa.

No caixa, uma mulher de braços tatuados bipou os produtos. Thomas ficou olhando feio para Andrew, até enfim suspirar e se oferecer para pegar as telas mais pesadas. Ele empilhou os materiais nos braços de Andrew de forma que as pontas cutucassem suas costelas e a clavícula. Em seguida, enfiou a última caixa de lápis debaixo do queixo de Andrew com um olhar peçonhento de satisfação. Certo, se aquela era sua vingança, então os dois estavam quites.

A boca de Andrew formou uma linha fina.

– Minha carteira tá no bolso de trás.

Thomas deu um sorrisinho malicioso, como uma criatura selvagem que poderia convencer alguém a lhe entregar o coração sem pestanejar. Colocou a mão no bolso de trás de Andrew e, por um segundo, eles ficaram próximos demais, os pulmões funcionando em sincronia, o toque de Thomas leve e familiar como se aquele momento não significasse nada e eles fossem reproduzi-lo milhares de vezes pelo resto de suas vidas.

E então acabou. Thomas pegou o cartão de crédito de Andrew.

– Sabe do que a gente precisa? – falou Thomas enquanto saíam da loja e Andrew ainda sofria para carregar todos os materiais de arte sozinho. – De açúcar. Já que você atribuiu a si mesmo o fardo de pagar por tudo agora, vamos atrás de comida.

Sua lábia parecia um tanto forçada, mas Andrew decidiu não comentar. Que Thomas levasse na brincadeira, então, caso isso o fizesse se sentir melhor.

– Não tô com fome. – Andrew entregou uma sacola para Thomas. – Dá pra pegar suas coisas?

– Tá bem, tá bem. – Eles dividiram as compras e Thomas lançou um olhar cauteloso para Andrew. – Quando foi a última vez que você comeu, hein? Às vezes tenho a impressão de que você nunca bota os pés no refeitório.

Era a última coisa de que Andrew precisava naquele momento. Comer parecia repugnante quando a floresta o estava preenchendo de pesadelos.

– Bora comprar milk-shake e batatinhas – propôs Thomas.

– Chips – balbuciou Andrew.

– Você sabe que batatinhas é o jeito certo de falar. Para de me corrigir com suas australianices. – Thomas se afastou um pouco e arqueou a sobrancelha para Andrew. – Sabe, ainda dá tempo de você virar um estadunidense.

– Valeu, mas eu passo. Só gosto de uma coisa neste país. – Escapou antes que o cérebro de Andrew se desse conta. *Por que foi* que ele disse aquilo? Atrapalhado, ele tentou se corrigir. – Tô falando dos preços das livrarias, claro. Muito, *muito* mais baixos que na Austrália.

– Aham, acredito. – Thomas deu tapinhas em seu ombro. – Até parece que não tem nada a ver comigo e meu… – Ele olhou por cima do ombro de Andrew e parou de falar. – Tive uma ideia.

Thomas atravessou a avenida, e Andrew levou alguns segundos para alcançá-lo e segui-lo para dentro de um estabelecimento.

Acampamento & Caça.

O interior da loja cheirava a caixas de papelão e metal, tela para barracas e graxa para botas. As estantes eram tão próximas que só cabia uma pessoa no corredor entre elas. Os materiais de acampamento deram lugar a aparatos de caça, e a carcaça de um urso na parede os observava com olhos vagos e vítreos. O estômago de Andrew embrulhou. Ele viu a parede toda dedicada a armas e quis ir embora imediatamente.

Quando cambaleou por uma esquina, encontrou Thomas na ponta dos pés no corredor ao lado.

– Odiei esse lugar – comentou Andrew.

Thomas se virou. Segurava um pequeno machado de lâmina vermelha, a ponta protegida por uma capa. O cabo estava firme em sua mão, e a ferramenta parecia tão violenta, fria e fatalista que Thomas sumiu sob seu peso. Era o último da prateleira, o que pareceu ser um sinal.

Andrew mordiscou o lábio.

– A gente nunca vai conseguir entrar na Wickwood com isso.

– Eu não vou aguentar. – A voz de Thomas soou vazia. – Finjo que está tudo bem, mas toda vez que olho pra você penso em monstros dilacerando sua barriga e te devorando. E... e você só ficando imóvel. Com as entranhas escancaradas por minha causa. Essa imagem não sai da minha cabeça, Andrew, está *morando* aqui. Não vou conseguir vencer aquilo com uma estaca de jardim.

– Tá bem. – Andrew pegou um kit de primeiros socorros completo na prateleira. – Mas vamos levar isso também.

Eles pagaram e enfiaram tudo no fundo da mochila de Andrew sem receber sequer um olhar desconfiado do atendente, um homem de camisa xadrez vermelha que tinha uma barba imensa. Como se adolescentes comprando armas fosse algo natural.

No caminho de volta ao ônibus, o conteúdo da mochila de Andrew começou a fazer barulho. Ele a deixou entre as pernas durante o retorno para que nada balançasse e chamasse atenção. Thomas se sentou ao lado dele e desenhou freneticamente – árvores e florestas, salgueiros e carvalhos retorcidos. Era doloroso ver o quanto ele sentira saudade, o quanto ansiava vorazmente por aquilo – poder voltar a ilustrar em uma realidade na qual ele era um deus do papel e da tinta, e seus monstros se curvavam às suas ordens. Andrew amava vê-lo daquela forma, com a intensidade despida.

O joelho de Thomas batia o tempo todo no de Andrew. Tudo parecia elétrico entre os dois.

Porém, quando chegaram à Wickwood e todos desceram do ônibus, Clemens estendeu um braço para bloquear a fuga de Andrew.

– Estou vendo que o sr. Rye perdeu o blazer na viagem, ou nem sequer o trouxe. Quer mais uma detenção, é? – Seu sorriso era agressivo em sua educação. – O que tem na mochila?

O peito de Andrew cedeu.

– Guloseimas – respondeu Thomas atrás de Andrew. – A gente não é proibido de guardar comida, sr. Clemens.

Clemens olhou para Thomas com frieza diante da omissão de "professor".

– Ótimo. Abram e me mostrem o que vocês compraram, rapazes.

Andrew ficou paralisado, com os olhos grudados ao chão, e um milhão de pensamentos arderam em círculos aterrorizados dentro de seu cérebro.

No entanto, a sra. Poppy passou com a saia de retalhos esvoaçante. Ela sorriu quando viu o novo bloco de desenhos embaixo do braço de Thomas.

– Libere os garotos, Chris – intrometeu-se ela. – A Wickwood não é nenhuma prisão. Não precisamos revistá-los.

Andrew saiu desajeitado do ônibus antes que Clemens pudesse discutir com uma professora veterana. Thomas se lançou atrás dele, e juntos seguiram às pressas para os dormitórios.

– Vamos ser pegos e vão nos expulsar. – O coração de Andrew batia tão alto que ele o sentia nos ouvidos. – Talvez os monstros nem apareçam hoje à noite.

Thomas deu um sorriso fraco, mas havia algo vazio detrás de seus olhos. Uma ausência de esperança.

A noite era como um ser vivo, respirando com eles ali na floresta. O cheiro de musgo ficava mais denso em seus pulmões, e eles sentiam o gosto das folhas de outono.

Thomas segurava o machado, a luz da lanterna refletindo na lâmina vermelha até ela parecer estar coberta de sangue. Andrew segurava uma estaca do jardim e a ansiedade fechava sua garganta, como se quisesse sufocá-lo.

Thomas tinha colocado o capuz e mantido os olhos no chão para esconder o medo. Andrew, por sua vez, sentia o anseio e a exaustão de Thomas – e também o seu sentimento de perda.

Primeiro foi a arte, e agora a floresta. Eram coisas que lhe pertenciam. Aquele era o lugar onde Thomas rugia e ficava mais alto, onde seu sorriso fazia flores brotarem e sua energia fluía eterna e livremente.

Os monstros tinham arrancado tudo isso dele. O plano era detê-los antes que não restasse mais nada que Thomas pudesse salvar.

A mão de Thomas tremia ao redor da arma, e ele não conseguia parar de estremecer e arriscar olhares à floresta. Andrew, por sua vez, ainda procurava o celular, sem muito otimismo. Se tivesse que confessar a perda ao pai e pedir um novo, seria obrigado a mentir sobre o que tinha acontecido. Não havia a menor possibilidade de ele admitir como tinha perdido o aparelho.

– Hoje pode ser qualquer coisa – falou Thomas. – Uma vez foi uma rainha élfica com um foice, e eu só sobrevivi porque ela ficou entediada.

– Talvez a gente devesse fazer uma armadilha – sugeriu Andrew. – Encontrar algo de isca.

O sorriso de Thomas foi firme e sem humor algum.

Andrew entendeu. *Eles* eram a isca.

O vento ficou mais forte e espalhou folhas pela trilha. Eles decidiram caçar – não tinha por que ficar esperando os monstros aparecerem. A noite apertou a espinha de Andrew, mãos frias deslizando por seu suéter e sobre suas costelas. Era como se o clima gélido se fascinasse com seus batimentos acelerados e deixasse marcas de dedo pela clavícula do garoto. Se a atmosfera pedisse para beijá-lo, ele imaginou que diria sim.

Se as árvores pertenciam a Thomas, a meia-noite era apaixonada por Andrew. De alguma forma ela o tornava mais corajoso, invisível, ocultando seus contornos delicados e deixando para trás uma sombra esguia e faminta. No escuro, ninguém via suas partes ocas e vazias. Pelo contrário, ele parecia imponente.

Então eles sentiram, mais do que viram, o despertar dos monstros.

Coisas saíram das árvores. O suspiro surgiu, quente e pesado, muito próximo, mas fora de vista.

Andrew sentia o cheiro: folhas podres e terra mofada por mil anos. Eram árvores doentes, seiva putrefata e aquele dulçor repugnante de carne em decomposição.

Os monstros podiam ser qualquer coisa naquela noite – mas não atacaram. Apenas observaram e esticaram as garras para os garotos enquanto passavam.

– Certo, então não é o caderno – concluiu Andrew. – Mas tem algo diferente. Tá sentindo?

Thomas ajeitou a mão no cabo do machado.

– Talvez destruir o caderno e arrumar uma arma de verdade os intimidou.

Os garotos esperaram, mas o amanhecer desenhou leves linhas cor-de-rosa no céu antes que eles se dessem conta de que nada os atacaria. Voltaram à cama exaustos, porque no fim das contas não lutar contra monstros era tão cansativo quanto lutar.

Foi a mesma coisa na noite seguinte.

E na que veio depois.

Eles ouviram risinhos entre as árvores, ou talvez fossem suas botas pisoteando as folhas. Encontraram marcas de garras num tronco e um cervo devorado pela metade, com a barriga aberta sujando as raízes da árvore Wildwood. Andrew se lembrou de quando suas botas tinham afundado naquela lama sangrenta, mas não tinha sido real. Aquilo ali, sim, era real. Pelo menos, ele achava que sim.

Mas nada os atacou.

– Odeio isso – falou Thomas com a voz falhando. – Eles estão esperando.

Andrew inclinou o rosto para o céu tingido de preto.

– Então tem outra coisa por vir.

– Algo pior – emendou Thomas.

QUINZE

Outubro chegou com dentes frios e tão afiados que poderiam quebrar ossos. O outono estava apenas começando para provocar tantos arrepios, mas Andrew nunca tivera estômago para o frio. Ele andava muito magro nos últimos tempos, sabia disso, mas não conseguia comer. Se ele se empacotasse com blusas e evitasse Dove e sua percepção aguçada, achava que conseguiria passar despercebido. Imaginava que Thomas não repararia no tanto de peso que tinha perdido, não se tomasse cuidado para nunca tirar a camisa na frente do garoto e acabar mostrando a forma como seus ossos pareciam prontos para se libertar da pele.

De todo modo, Thomas andava distraído. O primeiro dia de outubro o abalara, e Andrew não quis perguntar por quê. Eles tinham se enfurnado em um canto de estudo na biblioteca naquela tarde, livros e anotações espalhados pela mesa. Thomas mordiscou seus lápis, tamborilou nos livros e ficou chutando Andrew acidentalmente até que o garoto perdesse a paciência e pisasse em seu pé. Thomas ficou carrancudo, escondeu o rosto atrás de um livro com petulância e começou a escrever.

Ele precisava de foco. Os dois precisavam. Estavam à beira da reprovação, mas não *dormiam*, então como é que iam sobreviver às horas de aulas e lições? Mesmo sem ataques dos monstros, tinham de checar a floresta todas as noites e mostrar às árvores a ponta cortante da machadinha. Sussurros zombeteiros atravessavam a floresta, e um hálito quente lambia suas nucas. Mas nada atacava.

Nada.

Talvez fosse a falta de sono, mas Thomas tinha se tornado uma corda tão retesada que não precisava de quase nada para fazê-lo entrar num surto de raiva ou numa espiral de pânico. Se a porta de uma sala de aula batia, ele tinha um sobressalto que quase fazia seu coração parar. Seu peito era uma jaula quebrada para suas emoções, e elas escorriam dele como tinta.

Andrew, por outro lado, estava calmo. Talvez fosse porque ele tinha se acostumado a engavetar a própria ansiedade e a forçar sorrisos franzinos enquanto implodia. Talvez já estivesse surtando há tanto tempo que aquilo lhe parecia normal.

Andrew terminou de fazer suas anotações antes de perceber que a caneta de Thomas não estava se movendo para a esquerda e para a direita. Então suspirou e derrubou o livro atrás do qual Thomas se escondia.

– Que ideia interessante de lição de cálculo – ironizou.

Thomas estava com cara de culpado. Rosas de pétalas vibrantes e espinhos floresciam por toda a página do caderno – ameaçadoras, cruéis e lindas. Os espinhos se curvavam feito ganchos de foices, e parecia que qualquer pessoa que tocasse o papel sangraria.

– Tecnicamente não são monstros – falou Thomas, na defensiva.

– Mas também não ajudam em nada. – Andrew indicou com a cabeça o amontoado de trabalho que tinham pela frente.

A tal altura, Dove já teria organizado tudo. Cronogramas segmentados por cor. Fichários com lições por ordem de prioridade. Simulados corrigidos com suas canetas roxas de gel. Ela nunca usava caneta vermelha porque dizia que era degradante. Andrew tentou explicar que também era degradante quando ela anotava *Nada do que você escreveu aqui faz o menor sentido* nas margens.

– Lição parece uma coisa tão desnecessária quando estamos em pleno outubro, sabe? – Thomas apoiou a bochecha no punho e continuou desenhando. – Mês do Halloween.

– O Halloween é um dia só. Seu país tem uma obsessão bem estranha com isso.

– Só tô com um mau pressentimento.

Andrew jogou as anotações por cima da ilustração de Thomas. Recebeu uma cara feia em troca, mas não ligou.

– O meu mau pressentimento é que a gente vai repetir de ano.

– Quem se importa? – Thomas começou a rabiscar nas anotações de

Andrew. – Depois disso aqui, a gente devia é tirar um ano de férias. Sair de carro pela Austrália e surfar em todas as praias.

– Você não sabe dirigir – rebateu Andrew. – Nem surfar, por sinal. E se tomar sol por cinco minutos já fica parecendo um pimentão.

– Meros obstáculos que posso superar – respondeu Thomas, sério. – Posso colar os pés com fita em uma prancha, e vou trabalhar no meu bronzeado.

– Não tá chovendo agora?

– Não importa. Fico debaixo de uma lâmpada grande de luz ultravioleta.

– Você não precisa de uma lâmpada grande, uma pequena já daria certo – balbuciou Andrew, pegando o notebook.

Thomas olhou para ele com uma expressão profundamente ofendida.

– Para de falar agora, senão você está desconvidado. Vou viver a vida boa na Austrália *sozinho*. Comendo Vegemite *de colher*. Vou morar na sua casa e ir conhecer aquela rocha grande famosa.

Andrew engasgou.

– Não se come Vegemite assim. E a casa do meu pai é em Byron Bay. O Uluru fica a uns três mil quilômetros de distância. Você *alguma vez na vida* viu um mapa da Austrália?

– Não tem nada a ver você trazer raciocínios lógicos pra conver… – Thomas parou de falar e franziu o cenho para as anotações de história que Andrew fez. Ele parou de desenhar e virou a folha algumas vezes. – Ei.

– Que foi? – Andrew começou um e-mail com uma mentira bastante robusta para o pai (ou a secretária dele, provavelmente) sobre como tinha perdido o celular e precisava de um novo. Não envolveria florestas. Nem o fato de que ele estava quebrando regras. E definitivamente não incluiria monstros.

– Você quis mesmo – Thomas falou baixinho – escrever… com as letras invertidas?

Andrew levantou a cabeça.

Thomas devolveu a página a ele, mas sua expressão tinha ficado cuidadosamente vazia, uma precaução inútil contra Andrew, que o conhecia o suficiente para dissecá-la.

Ele não sabia escrever invertido. Ele não tinha… não sabia como…

Andrew amassou os papéis e os enfiou na bolsa.

O silêncio se acomodou entre os dois: Andrew paralisado enquanto o cérebro girava em espirais nauseantes, Thomas mordendo o lápis e observando o amigo de rabo de olho.

Em seguida, o garoto bocejou e se levantou.

– Não consigo trabalhar nestas circunstâncias. Preciso de um sanduíche. Bora atrás de sanduíches.

O alívio derreteu Andrew. Que bom, eles iam ignorar aquilo, então.

– Falta uma hora para o jantar.

– Ué, mas eu tô com fome agora. Vem, sempre tem pão, frutas e coisas assim na copa do dormitório. Espera, fica guardando nosso canto de estudo e eu trago pra cá. Pode ser pasta de amendoim e geleia?

Andrew se curvou sobre o notebook.

– Eu não tô com fome.

– Irrelevante. – Thomas espreguiçou, estralando o pescoço e fazendo um esforço descomunal para passar um ar de despreocupado. – Vamos comer agora e pular o jantar. Combinado?

Era manipulação. Andrew teria deixado de ir jantar de qualquer forma, e aquilo significava que Thomas ia supervisionar sua alimentação – o que significava que Thomas tinha, sim, reparado que Andrew andava pulando refeições. Ele devia ficar irritado, mas só tinha energia para franzir o cenho ligeiramente. A resposta de Thomas foi um sorriso tão perverso que era impossível ficar bravo. Ele saiu, cantarolando consigo mesmo.

Sua ausência foi como uma onda elétrica sendo desligada, como se Andrew não pudesse existir sem ter Thomas por perto. Não conseguia se concentrar na redação e sua pele parecia apertada demais, sua nuca formigando como se alguém o estivesse observando por entre as estantes. A biblioteca estava abarrotada de alunos naquela tarde chuvosa, mas todo mundo estava focado em suas próprias tarefas. Ninguém estava olhando para ele, certo?

Então ele se virou abruptamente para pegar os xeretas no flagra.

Olhos amarelos piscaram atrás das estantes.

Depois sumiram.

Andrew coçou o rosto. Ele sabia que estava sobrecarregado. Mas ainda assim, tinha sido…

Não tinha sido nada. Monstros só escapavam da escuridão se Thomas não conseguisse pegá-los e matá-los, e já fazia dias que não aparecia nada na floresta.

Ele se forçou a encarar a tela do notebook antes de ouvir passos familiares. Andrew se alegrou, virando-se para cumprimentar Dove – mas ela passou por ele carregando livros e subiu depressa para os estúdios do piso superior.

– Dove?

Ela não parou. Talvez estivesse com fones de ouvido.

Andrew foi atrás dela. Devia convencê-la a estudar com eles. Evitar a irmã porque ele e Thomas guardavam segredos era como trabalhar com um pulmão perfurado, e ele não queria ter de se acostumar com aquela dor.

Andrew virou depois de uma estante e deu de cara com a bibliotecária, que riu de susto. Ele segurou os braços da mulher para que ela não perdesse o equilíbrio e gaguejou um pedido de desculpas.

– Tudo bem, querido – disse ela. – Aproveitando, chegou um livro que você vai adorar.

– Ah, obrigado… hum, valeu, sra. Ye. Eu volto depois pra buscar.

Sem esperar uma resposta, Andrew disparou escada acima, dois degraus de cada vez, mas, quando chegou aos corredores, todas as portas dos estúdios estavam fechadas. Ele hesitou, mordiscando o lábio, não querendo bater e ver estranhos olhando sérios para ele – fosse por pena, irritação ou gracinha. Ele odiava que o observassem, que fizessem perguntas. Odiava ter que bolar algo para dizer.

Havia apenas uma porta entreaberta no fim do corredor, então ele seguiu em direção a ela – a sala de artes da sra. Poppy. Dove nunca pegara aquela eletiva, mas ele poderia bisbilhotar os projetos novos de Thomas, que tinha voltado a desenhar.

Andrew não viu ninguém dentro, então abriu a porta um tanto mais e passou por algumas fileiras de mesas de arte antes de ouvir vozes. Ele ficou imóvel.

Mais à frente, havia duas pessoas sentadas de pernas cruzadas no tapete, as mesas empurradas para abrir espaço para a bagunça que tinham espalhado no chão. Era como se um arco-íris tivesse vomitado no colo delas. Pedaços de pano cortados e torcidos, enrolados em uma caixa enorme de linha e materiais de costura. Duas garotas estavam curvadas separando os tecidos. Andrew estava prestes a sair de fininho, mas as duas levantaram a cabeça e o avistaram.

Lana arqueou uma sobrancelha.

– Se estiver procurando o Thomas, ele não tá aqui. – Seu cabelo estava preso no rabo de cavalo curto de sempre, o blazer removido e as mangas arregaçadas para trabalhar.

– Eu não estava. – Andrew enfiou as mãos nos bolsos. – Quer dizer. Eu estava procurando... as artes dele.

– Ali no canto. Ele fica com a janela porque é o predileto da sra. Poppy. Toda aquela angústia de artista atormentado. – Lana revirou os olhos. – Sorte a minha ter mudado pra teatro este ano, porque eu não aguentava mais os monstros dele.

O coração de Andrew tropeçou no peito antes de se dar conta de que ela se referia aos antigos desenhos dele. Não a monstros *reais*.

Ele passou ao redor de Lana e sua amiga para chegar à estação de trabalho de Thomas. Mesas de madeira altas com gavetas ocupavam o lugar de carteiras, com banquinhos enfiados embaixo e materiais de arte empilhados por toda parte. Tinha begônias em jarros espalhados pela mesa da sra. Poppy, e ela tinha pendurado no notebook uma plaquinha desenhada à mão que dizia: FUI BUSCAR CHÁ! VOLTO EM CINCO MINUTOS!

Com as paredes cobertas de pinturas e as janelas imensas com vista para a floresta, a sala parecia viva com tanta criatividade. Não era de se estranhar que aquela era a única disciplina em que Thomas ia bem.

Andrew folheou alguns cadernos de desenho, mas Thomas só tinha feito alguns exercícios. Suas telas continuavam em branco. Tintas a óleo ainda fechadas. Os carvões novos já estavam em cotocos, mas Andrew precisou fuçar no lixo para encontrar o papel em que os materiais haviam sido usados.

A folha tinha sido cortada, mas parecia um rosto emoldurado por plumas cinza macias. Penas de pomba. *Dove.*

Ele largou a bagunça de volta no lixo.

Não devia ter ido ali. Ainda que Dove tivesse cortado laços com Thomas, ele ainda estava envolvido com ela, e isso fazia o coração machucado de Andrew se contorcer de maneiras patéticas.

Ele estava partindo, mas desacelerou para observar as meninas separando os pedaços de tecido.

– Ah – disse ele –, essas são suas bandeiras LGBT?

– Uhum – respondeu Lana, secamente. – Alguém cortou elas. Crime de ódio. Mas a Wickwood não se daria ao trabalho de procurar os culpados mesmo se a gente denunciasse. Seria inútil.

A garota ao lado dela falou:

– Talvez tenha sido uma pegadinha do último ano?

– Crime. De. Ódio. – Lana bateu um retalho verde e cinza em uma pilha. – Para de pensar que todo mundo é legal, Chloe. Ou as pessoas são intrinsecamente irritantes ou irrefutavelmente um desperdício de oxigênio. – Ela semicerrou os olhos para Andrew. – Quer ajudar? A gente tá vendo se todas as partes ainda estão aqui, pra costurarmos tudo de novo. A sra. Poppy disse que compraria novas, mas acho que fazer isso deixaria uma mensagem forte. *Não vão* conseguir nos cortar.

– Bem, eu é que vou costurar – contrapôs Chloe. – A Lana precisa praticar o ponto corrente dela.

Lana franziu o nariz, e Chloe engoliu uma risada. Andrew imaginou que ela fosse do terceiro ano, porque sabia o nome dela, mas não a reconhecia da turma. Chloe Nguyen tinha pele marrom-clara e se escondia por trás de um cabelo incrivelmente longo. Seus pulsos estavam cobertos com pulseiras motivacionais vibrantes que diziam coisas como SEU VALOR É INFINITO! e A FELICIDADE É UMA ESCOLHA! Tamanha positividade ia contra a natureza de Andrew e francamente o estressava.

Ele queria perguntar se elas tinham visto Dove subindo, mas as palavras formaram uma poça de piche em sua boca. Talvez, se ele continuasse ali com elas, conseguisse as peças que faltavam para decifrar o quebra-cabeça do comportamento estranho da irmã.

Andrew se ajoelhou e colocou no colo um punhado de tecido rasgado. Lana pareceu satisfeita, mas escondeu com sua carranca de praxe, enquanto Chloe lhe deu um sorriso tímido mas encorajador.

As bandeiras tinham um aspecto macio e sedoso nas mãos de Andrew.

– Por que vocês querem que os outros saibam que vocês são... sabem?

Não é da conta de ninguém. – Ele tinha mesmo dito aquilo em voz alta? O que é que estava pensando? Levantou a cabeça, a vergonha aquecendo suas bochechas. – Desculpa. E-eu não quis... ofender...

– Pode falar, Andrew. Eu não vou arrancar sua cabeça fora – disse Lana, que era conhecida por arrancar cabeças fora. – E tem razão, não é mesmo da conta de ninguém. É só que algumas pessoas não querem se esconder. Não ligo de saberem que sou lésbica. É parte de quem eu sou.

– E é bom encontrar pessoas parecidas. – Chloe deu um sorriso cauteloso para Andrew. – Ninguém vai entender como é ser bissexual tanto quanto outros bissexuais.

– Não é que alguém *precise* falar da própria sexualidade – emendou Lana, tão próxima do ouvido de Andrew que ele teve um sobressalto. – Você não deve nada, e as pessoas já são todas podres de qualquer jeito. Bem – acrescentou ela, mal-humorada –, vocês dois são de boa. Por enquanto.

Chloe cutucou Lana nas costelas até ela dar um sorriso hesitante.

– Você não é tão enfezada quanto finge ser.

Lana fungou.

– Sou, sim.

– O Thomas também não é tão mau quanto finge ser – acrescentou Andrew com a voz baixa.

Lana riu pelo nariz e soltou mais retalhos de bandeiras.

– O Thomas é uma ameaça.

– Espera, o Thomas Rye? – perguntou Chloe. – Metade das meninas da minha turma gosta dele.

Tanto Andrew quanto Lana lançaram olhares alarmados para ela. Gostar de Thomas seria como colocar uma lâmina na boca e se surpreender com o corte.

– Ele é um *bad boy* de verdade – continuou Chloe. – Não aqueles forçados do tipo "Fiquei bêbado e dei PT com a Mercedes do meu pai", mas do tipo que tem segredos obscuros e é bonito, talentoso e misterioso. – Ela percebeu as expressões de horror dos outros dois e ficou envergonhada, voltando a mexer nas bandeiras. – É só o que as meninas dizem.

– O Thomas é uma péssima influência – falou Lana. – Além do mais, ele já está apaixonado por… – Ela olhou de relance para Andrew e então afastou o rosto. – Por outra pessoa.

As pedras pesaram na barriga de Andrew. *Dove.*

Eles separaram os retalhos em silêncio por mais alguns minutos até Chloe começar a falar sobre tipos de pontos em bordados e Lana garantir que podia aprender a costurar na meia hora seguinte. Andrew queria dar alguma desculpa para sumir dali, mas também se sentia atado àquele momento com cordas finas de desobediência. De *vontade*. Uma vez na vida, queria sair da própria pele e ser uma pessoa capaz de falar tranquilamente, socializar com os outros sem querer se desmantelar e esmiuçar tudo que fizera de errado. Ele queria saber se mais alguém no coletivo LGBT era assexual, se mais pessoas também guardavam esse fato dentro do peito porque doía nelas tanto quanto nele.

Ele devia perguntar.

Ele *não podia* perguntar.

Não tinha sido sua intenção fazer as meninas falarem da própria sexualidade, mas o gesto lhe pareceu uma oferta de troca. Tinham aberto uma porta, para o caso de ele querer entrar também.

– Eu acho que sou assexual, mas não como… – Ele parou e tentou recompor os pensamentos. – Eu poderia me apaixonar uma vez, eu acho, mas não quero… a parte física. Sei que isso não é, hum… normal. Eu só… – Por que ele tinha começado a falar? Ele queimava de dentro para fora, e suas bochechas já deviam estar em chamas. Ele praticamente tinha dito "sexo", mesmo sem dizer, e elas provavelmente estavam confusas porque ele estava sendo impreciso, dando voltas e…

Lana o olhou com cuidado, como se estivesse bastante ciente da crise interna pela qual ele estava passando, e falou com toda a sua rispidez contida:

– Tem muita gente que é assim. Mas tira isso de "normal" dessa conversa. É a palavra mais absurda do mundo, e eu odeio. Existem pessoas assexuais que não querem sexo, ou detestam, ou são indiferentes. É um espectro.

O nó no peito de Andrew cedeu. Ele nunca tinha falado sobre aquilo, porque não podia se dar ao luxo de tirar o que sentia por Thomas da caixinha e perguntar se era errado se apaixonar e não querer sexo.

– Está bem. – Andrew mal conseguiu falar. Ele tinha conseguido, admitira em voz alta, e agora precisava desaparecer dentro de si mesmo e respirar por um segundo. Talvez as duas tivessem sentido isso, porque de repente a conversa virou uma discussão de quanto tempo levaria para costurar todas aquelas bandeiras, e elas o deixaram ficar em silêncio.

Ele até que gostava de Lana e Chloe.

Surgiram passos na porta da sala. Eles levantaram a cabeça, esperando ver a sra. Poppy de volta, mas era Thomas parado ali. Como as aulas do dia haviam acabado, ele vestira calça jeans e uma camiseta verde listrada com a bainha desfiada. Sem o uniforme, ele ia de menino marrento e problemático de escola particular a artista distraído que usava metade das tintas em si mesmo. Segurava um saco de papel com os temíveis sanduíches e mordiscava o lábio. Talvez ele os estivesse observando por um bom tempo.

Andrew não sabia se queria que Thomas tivesse escutado ou não. Ele ficou de pé, tomando cuidado para não bagunçar nenhuma das pilhas de tecido.

– Obrigada pela ajuda. – Chloe acenou para ele, o cabelo preto caindo sobre o rosto para esconder o sorriso discreto.

Lana grunhiu, fuzilando Thomas com o olhar, mas deu um puxão de leve na calça de Andrew quando o garoto foi passar por ela. Ele olhou para baixo.

– Se estiver se sentindo só, pode falar com a gente quando quiser.

Ele assentiu, porque falar parecia demais naquele momento. Ela soltou.

Andrew seguiu Thomas escada abaixo, seus passos em sincronia. Parte de Andrew queria contar tudo, mas a maior parte não queria. Não tinha por que começar a encucar com os próprios sentimentos quando a verdade era a seguinte: Thomas gostava de meninas. Especificamente, de Dove.

– Do que vocês estavam falando? – perguntou Thomas, muito casual.

Você já pensou em me beijar?

– Só de como alguém destruiu as bandeiras.

– Provavelmente o Bryce Kane e seus abutres. – Thomas foi na frente até a mesa de estudo deles e deu uma olhada na bagunça. – Vamos comer lá fora. A chuva parou. A menos que você não queira.

– Não sou eu quem está com medo de outubro – falou Andrew, como se não tivesse medo de todo o resto.

DEZESSEIS

$\mathcal{A}$ ndrew seguiu Thomas até o jardim com a disposição de um garoto a caminho da forca. Se fosse uma de suas histórias, ele escreveria sobre uma raposa encurralada roendo a própria pata para conseguir escapar, até nascerem flores da ferida.

A fome aguda dentro dele nunca era por comida, não quando ele já se sentia atolado de monstros, pânico e ansiedade de que tudo podia ficar pior.

Thomas mergulhou fundo nos jardins que rodeavam a mansão e os dormitórios da Wickwood. Quando o sol brilhava, o lugar parecia digno de um conto de fadas, com cercas-vivas e gramados da cor de esmeralda e jade, tudo aparado e minucioso. Trilhas de tijolo contornavam os arbustos de rosas e treliças de videiras, levando a bancos de pedra angélicos e a um gazebo sufocado por trepadeiras. Porém, naquele momento, tudo reluzia sob uma camada de chuva prateada, e o jardim não parecia nem um pouco mágico. Na verdade, ele parecia ter chorado.

– Você disse que não estava chovendo. Estou literalmente molhado. – Andrew sabia que soava petulante, mas não queria estar ali. Ele não precisava ser alimentado e monitorado feito um filhote de passarinho.

– Vai estar seco no gazebo. – Thomas pulou uma poça.

O ar estava úmido o bastante para ser bebido; os pulmões de Andrew já sofriam. Ele apertou o nariz e fechou os olhos com força por um segundo, até perceber que não era a atmosfera densa que o afetava – ele estava começando a ter um ataque de pânico. Como odiava ser daquele jeito.

– Thomas, será que a gente não pode ir...

A trilha sinuosa já se curvava para o gazebo, mas Thomas parou. Bryce Kane e seus amigos já estavam lá, empurrando uns aos outros em meio a risos animados. Tinham sujado todo o piso de madeira branca com lama e jogado pacotes de batata chips por toda parte. Assim que viram Andrew e Thomas, começaram a uivar.

– Olha lá, o Tommy e a namorada!

– Cala a boca, cara, esqueceu que ele matou os pais? Quer ser o próximo? Eles desataram a gargalhar.

Thomas andou rápido na direção oposta, o saco de papel esmagado contra sua perna de um jeito nada convidativo.

– Eu juro que um dia vou fugir pra uma ilha incerta – disse Thomas – e nunca mais vou falar com ninguém.

Andrew suspirou ao segui-lo.

– Quer dizer *deserta*?

– Eu quis dizer o que eu disse, Perrault.

Eles se sentaram no muro de pedra baixo no canto dos jardins. À frente, os campos esportivos se estendiam e terminavam na linha da cerca. A floresta os observava. Eles encararam de volta, sem piscar. A atmosfera parecia ainda mais cinza ali, e eles sentiam o gosto de folhas molhadas, lama e musgo da floresta.

Uma sombra solitária passou pelo rosto de Thomas enquanto ele fitava as árvores. Ele provavelmente sentia saudade dos dias em que fugia para lá apenas por prazer e voltava sujo de lama, com os bolsos cheios de pedras e folhas interessantes. Dove soltava os cachorros dizendo que ele corria o risco de ser expulso, e ele a encarava nos olhos e mentia na cara dura. *Que foi? Eu não fui pra floresta.*

Antes, Thomas beijava árvores. Agora elas o faziam estremecer.

Andrew pegou o sanduíche. A pasta de amendoim parecia cola em sua boca.

– Eu brigo com o Bryce Kane se for ajudar – ofereceu Thomas.

Andrew lançou um olhar vago.

– Ajudar a te expulsar, só se for. Ignora ele.

Thomas vasculhou o saco.

– Então, minha tia até que enfim entrou em contato. Parece que ela está resolvendo as coisas, apesar de o caso não ter sido encerrado ainda. Mas ela... ela sabe do nosso poço. – Ele deu uma mordida voraz em outro sanduíche. – Está coberto de videiras, então a polícia não deve ter visto. Mas pode ser que ela olhe lá.

– Se acontecer – falou Andrew, escolhendo as palavras com o mesmo cuidado que usaria para recolher cacos de vidro –, os policiais vão ter respostas e encerrar o caso. Nada leva a você.

– Mas eu não quero... – Ele parou. – Talvez eles tenham fugido, sabe?

Andrew não destacou que já fazia semanas desde que os pais de Thomas tinham "desaparecido", porque percebera o tom esperançoso na voz do garoto.

– Provavelmente fugiram mesmo – concordou.

– Mas minha tia pode me tirar da Wickwood. É o tipo de crueldade que ela faria só de birra.

Aquilo não podia acontecer, não com Andrew. Se perdesse Thomas e Dove continuasse distante... quão difícil seria ter apenas a si mesmo?

Thomas suspirou, e então olhou hesitante para Andrew.

– Tá tudo bem?

Andrew agarrou o sanduíche. Tinha dado duas mordidas e já se sentia cheio até a garganta, mas não queria que Thomas o tratasse como bebê, então deu outra mordida grande e tentou mastigar.

Tinha gosto de lama. Ele devia estar imaginando, considerando o cheiro forte de floresta no ar e sua inquietação. Porém, havia lama em sua boca inteira, empapada e sufocante, além de lasquinhas de pedra desgastando seus dentes. Ele se engasgou e se curvou para a frente, cuspindo o sanduíche.

Thomas se levantou e agarrou os ombros de Andrew enquanto ele cuspia.

– Ei, que foi? O que aconteceu?

Quando Andrew levantou o pão, a pasta de amendoim estava misturada a terra preta, minhocas se contorcendo com o corpo pela metade onde Andrew tinha mordido.

Andrew derrubou o sanduíche no chão, tomado pela ânsia.

– Mas o que... – Thomas olhou. – Eu não... eu tinha acabado de abrir o pote de pasta de amendoim! Merda. Me desculpa...

Andrew só sentia o gosto de folhas, imundice e minhocas. Respirava rápido demais. Ele tinha *comido* aquilo. Colocara aquela porcaria na boca e...

Thomas se sentou ao lado de Andrew contra o muro, bem próximo, passando a mão pela barriga e o peito do garoto. Sentindo-o hiperventilar. Segurando suas costelas para que não se soltassem. Era um gesto tão íntimo, e Andrew quis mais, *precisava* da forma como Thomas inclinava a cabeça até sua boca quase tocar a nuca de Andrew.

– Tá vendo o que eu falei? – A voz de Thomas saiu baixa e urgente. – Estão nos observando. Estão *aqui*. O escuro não os detém, e é como se estivessem com a gente o tempo todo.

Andrew se sentia enojado. Ele queria uma desculpa para parar de comer, e conseguiu. Como se tivesse *pedido por aquilo*. Ele tirou terra da boca e cuspiu.

– Vamos voltar e pegar um pouco de água. – Thomas se levantou, mas Andrew agarrou seu cotovelo.

Tinha lama em sua boca.

– Tá ouvindo?

Os olhos de Thomas vasculharam o jardim gotejante. O céu parecia pronto para se abrir de novo, e tinha ficado ainda mais escuro.

– Deve ser Bryce vindo encher o nosso saco. – Mas seu corpo estava rígido sob o toque de Andrew.

– Acho – falou Andrew – que você tinha razão a respeito de outubro.

Algo se mexeu atrás das cercas-vivas – algo denso, áspero e malévolo.

Os dois se afastaram do muro, voltando para a trilha. Tinha de ser Bryce. Eles não encontraram monstros para matar na floresta na noite anterior, então não tinha nenhum, certo? Não era…

justo

Um trovão retumbou acima deles, a chuva leve beijando o topo da cabeça dos dois. Um almíscar se espalhava pela trilha – folhas podres, terra úmida e o fedor da putrefação.

Um sibilo veio de trás deles, e os garotos se viraram no instante em que uma sombra passou. Ela deixou uma marca de garra na grama.

Os batimentos de Andrew aceleraram, rápidos como asas de beija-flor. Talvez tivessem causado aquilo consolando um ao outro. Seus toques leves, seus corpos magnetizados se aproximando mais e mais – aquilo devia ter enfurecido os monstros, que não queriam nada menos que suas gargantas dilaceradas e pulsos pálidos oferecidos em sacrifício.

De relance, Andrew viu as pontas de chifres saindo de uma pele sangrenta, um corpo tomado pela imundice da floresta.

Thomas o agarrou pelo braço.

– A gente tem que ir. *Agora.*

A criatura saiu dos arbustos de rosas, alta, muito alta, com torrões de terra e carne crua presa na galhada. O bicho saíra das profundezas perversas; era lá que ele habitava.

E agora estava atrás dos dois.

Quando abriu a boca e mostrou fileiras e fileiras de dentes pontudos, saliva preta e pegajosa escorreu em pingos na grama. O verde murchou, e rosas negras brotaram do chão, as folhas corroendo o que encontravam pela frente ao crescer.

Tudo que o monstro tocava morria e renascia de um jeito *errado.*

Ele tentou alcançar Andrew.

Thomas o empurrou.

– CORRE!

Eles seguiram em disparada para a escola, tropeçando nos calcanhares, sem ar para respirar entre os dois. Pularam um murinho de pedra e se arriscaram na entrada lateral. Trancada. Como podia estar *trancada*? Àquela hora da tarde, os alunos deviam estar indo aos montes dos dormitórios e da biblioteca para o refeitório, e a escola devia estar cheia de gente...

O que significava que eles estavam levando o monstro para um banquete.

– Thomas, a gente não pode... – disse Andrew, mas Thomas agarrou seu pulso e o puxou para a frente.

O monstro vinha depressa, cascos e garras marcando o chão da trilha e matando o jardim pelo caminho. Ele deu um rugido, que se transformou em um grito que mais parecia alfinetadas nos tímpanos.

Andrew cobriu uma orelha com a mão, mas sentiu sangue escorrer pela bochecha. Era como se o monstro só quisesse encontrar uma forma de entrar nele, alojar-se entre carne e osso e florescer ali.

– Só *vem*! – Thomas os levou para a parte de trás da escola, mas havia somente tijolos, trepadeiras, janelas fechadas e portas trancadas.

Eles deram a volta bem quando o monstro avançou, cravando a garra na camisa de Andrew e puxando o garoto para trás, direto para a boca cavernosa e a língua explodindo com larvas. Perto daquele jeito, a galhada parecia afiada o bastante para cortar qualquer coisa, curvada em um formato caricato de coroa.

Andrew se lembrava daquele desenho. Estava colado na parede do quarto de Thomas.

O Rei do Esgalho, que arrancava o rosto das pessoas com facas feitas de seus próprios chifres.

Um arquejo escapou de Andrew. Ele caiu de joelhos, e Thomas se virou e se lançou em direção ao monstro, balançando os punhos. Socou a criatura no peito, fazendo-a cambalear para trás.

– VAI! – gritou.

Andrew se pôs de pé com dificuldade, escorregando na trilha molhada de chuva, e correu para uma das portas estreitas da entrada de funcionários. A maçaneta virou. Ele entrou depressa, Thomas em seu encalço. Os dois bateram a porta um segundo antes de o monstro agarrá-los. Ele rugiu e socou a madeira com tanta força que as dobradiças balançaram. Thomas fez peso contra a porta e Andrew fechou a tranca, atrapalhado.

Eles estavam em um corredor de serviço inutilizado e escuro, tremendo quando se encaravam.

– Preciso do machado – sussurrou Thomas.

Alguma coisa bateu na porta com um estrondo. A madeira partiu.

Andrew se esquivou para trás, mas não antes de ouvir aquilo: uma voz de sangue podre e rançoso.

vocês não deixarão o Rei do Esgalho sem uma oferenda...

cortem do próprio peito...

voltem voltem VVVVVOLTEMMMM...

Andrew tremia tanto que mal parava em pé. Sem perceber, tinha pousado a mão sobre o coração.

– Se esconde – sibilou Thomas. – Eu te encontro depois.

– N-n-não, a gente tem que ficar jun...

– Sou eu que ele quer. – Os olhos de Thomas estavam brilhantes demais. – Eu que estou causando isso a você, tá bem? Vai se esconder e deixa ele me seguir.

Em seguida, ele disparou pelo corredor.

Bambo, Andrew não saiu do lugar. Sua boca se mexia formando palavras silenciosas e inaudíveis. *Por favor não me abandona.*

Um punho atravessou a madeira, garras invadindo o corredor. Andrew engoliu o grito e fugiu.

Ele virou à esquerda, sabendo que Thomas teria pegado a direita, em direção à escola. Mas Thomas estava levando o monstro a um refeitório cheio de adolescentes – como que isso podia ser mais seguro?

E então caiu a ficha de que Thomas sacrificaria o mundo por ele, sem pensar duas vezes.

De que aquilo era horrível.

E de que uma parte do peito de Andrew cedera aliviado ao perceber isso. Por um segundo, ele se odiou – ou talvez tenha odiado Thomas.

– Monstros não são reais – sussurrou Andrew enquanto corria pelas escadas em direção às salas de aula lá embaixo.

Àquela hora, deviam estar vazias. Tudo o que precisava fazer era manter distância da área de convivência e das salas de recreação. Ele seguiu pelo corredor com os braços envolvendo a barriga, que doía, ainda sentindo a terra na boca e o sangue grudado em um ouvido. Havia janelas em uma parede, portas de salas de aula na outra. Na penumbra intensa da tarde, o papel de parede parecia preto.

Não, parecia... estar se mexendo.

Andrew parou. Um leve arranhão atravessou as paredes. Ele soltou um suspiro longo e irregular, tentando se concentrar. O monstro não o seguira, era Thomas que ele queria, não Andrew. Ele queria seu criador.

O papel de parede explodiu.

Andrew lançou os braços sobre a cabeça, levando o corpo para longe dali enquanto gritava. Tudo se perdeu no som do papel de parede rasgando e de vidro quebrando conforme as janelas explodiam para dentro. Ele não entendia o que estava vendo, não conseguia fazer seu cérebro aceitar.

Trepadeiras começaram a sair do papel de parede em direção ao chão, crescendo e contorcendo-se como cobras verdes gordas. Rosas floresceram diante de seus olhos, as pétalas vermelhas como poças de sangue. E tinha mais. As videiras atravessaram as janelas quebradas e arbustos brotaram pelo tapete. Tudo respirou em uníssono – alto, molhado e áspero.

E *cresceu*.

Tendões folhosos avançaram para os calcanhares de Andrew. Ele tropeçou para trás, chutando-os.

Mas os ramos não se detiveram, continuaram sondando o caminho pelos tapetes.

Caçando.

E, como Thomas não estava ali, só podia significar que queriam *Andrew*.

DEZESSETE

O sangue escorria do ouvido de Andrew em uma linha curva e fina que chegava até o maxilar. Metálico, quente e *exacerbado*. As videiras sentiram o cheiro. Ele sabia disso.

O garoto avançou pelo corredor e virou com tudo em um canto. Alguém veria, alguém o ajudaria.

A menos que, sussurrou uma vozinha perversa em seu ouvido, *só você esteja vendo isso. Está tudo na sua cabeça, Andrew. Tudo na sua...*

Por cima do ombro, ele olhou para o chão coberto de trepadeiras. Elas se enrolavam umas nas outras e cresciam a cada batida de seu coração. Mais papel de parede se rasgou à medida que os arbustos cresciam até o teto. Rosas se soltaram e choraram sangue pelas paredes.

Andrew se afastou, o terror avassalando seu peito até ele não conseguir respirar. Ele se virou para pegar outro corredor – e trombou com um corpo.

Afastou-se, as mãos trêmulas voando para cobrir o rosto, mas não havia chifres e garras e ossos cortantes tentando atacá-lo.

O que aconteceu foi que uma mão segurou seu ombro. Clemens olhava para baixo com uma expressão de deboche, os lábios curvados, como se encontrar Andrew suado e com as pernas bambas fosse o ponto alto de seu dia.

– Ah, justamente quem eu queria ver – falou.

Andrew o encarou em um estado de choque entorpecido. Se Clemens virasse para o corredor de onde o garoto viera, ele veria as trepadeiras saindo das paredes. No entanto, o professor só tirou algo do bolso e o balançou na frente do rosto de Andrew.

– Olha só o que achei na floresta hoje. Perdeu alguma coisa, sr. Perrault?

Clemens segurava o celular de Andrew. A parte de trás estava imunda de musgo e lama, e havia terra dentro da capinha e gotas de chuva no vidro.

Gaguejando, ele tentou dizer que o aparelho não era dele, mas Clemens clicou na tela para acendê-la.

Era impossível. O celular tinha passado *semanas* no chão da floresta. Mesmo se a chuva não o tivesse danificado, era para a bateria ter acabado.

Porém, com a tela brilhando em seu rosto, aquela evidência o atingiu como uma tijolada no maxilar. O plano de fundo de Andrew era uma foto antiga dele e de Dove, os rostos unidos para caber na moldura estreita. Dove estava com a mão no queixo do irmão, puxando-o para a foto, e seu sorriso era arteiro, enquanto o dele ostentava uma relutância fingida. Era um momento raro de alegria pura. Sem o estresse das provas. Sem pilhas de lição de casa. Só os dois juntos, gêmeos e melhores amigos.

Mil emoções lhe atingiram o estômago. Andrew se sentiu tonto. A floresta estava literalmente comendo a escola e Thomas tinha ido buscar o *maldito machado* para impedir o Rei do Esgalho de arrancar o coração das pessoas. Tudo o que Andrew queria naquele instante era que Dove aparecesse e levasse o professor na conversa para deixá-lo em paz.

– Considerando que o acesso à floresta é estritamente proibido – dizia Clemens –, devo me perguntar como seu celular foi parar lá.

– Mas por que você estava lá? – O peito de Andrew se moveu em um ritmo irregular, a voz aguda demais, e assim que ele falou desejou engolir as palavras de volta. Aquilo só o fazia parecer mais culpado.

Clemens soltou uma risada fria.

– Sei o que vocês do último ano aprontam na floresta. Como se aquela cerca servisse de alguma coisa… Tem latas de cerveja e bitucas de cigarro aos montes por lá. Fui coletar evidências.

Ele queria dar o troco em Andrew e Thomas por terem saído de sua aula. Era um método típico de opressores – bastava desafiá-los publicamente uma vez que fosse e eles voltavam armados até os dentes para impor sua vingança.

Só que Andrew sabia que o celular era tudo que Clemens podia ter encontrado. Ninguém do último ano andava dando bobeira na floresta. Se tivesse acontecido, a pessoa já estaria morta.

– O senhor não entende. – Andrew tentou se esquivar. – Tem a-alguma coisa no corredor. Eu preciso de ajud…

– Você precisa é dar uma passadinha na sala da diretora. – Clemens fincou os dedos no pescoço de Andrew e o puxou para a frente. – Eu conheço esse seu tipo. Pirralhos fracos, mimados e manipuladores que se escondem atrás desse mi-mi-mi politicamente correto de "saúde mental" pra não estudar. Quer sair da minha aula? Então pode sair da escola.

Ele puxou Andrew até as escadas que davam para as salas dos funcionários. O menino olhou freneticamente sobre o ombro, mas não havia outras videiras explodindo das paredes. Ainda não. Do lado de fora, a chuva estava mais forte, e tamborilava tão alto na janela que abafava qualquer outro som. No entanto, mais cedo ou mais tarde alguém veria aquele corredor. Alguém encontraria o Rei do Esgalho espreitando pela escola.

Andrew tropeçou no primeiro degrau, e Clemens o puxou outra vez.

– Você não vai escapar dessa, Perrault. Mas pode dizer com quem mais você invadiu a floresta, do contrário vou passar o nome do Rye de qualquer jeito. Eu já vi a ficha dele.

– Por favor, o senhor não entende – disse Andrew aos soluços.

Um grito cortou o estrondo da chuva.

Andrew fechou os olhos, um tremor arrepiando sua espinha. Real. Aquilo era real e pessoas iam se machucar.

Clemens franziu o cenho, mas seguiu direcionando Andrew escada acima.

Mais um grito irrompeu, e em seguida berros e passos pesados.

Houve um lampejo de raiva nos olhos de Clemens. Todo o charme elegante de professor jovem fora esmagado, como se a ausência de uma plateia lhe tirasse a necessidade de usar a máscara.

– Deixe eu adivinhar: mais pegadinhas dos formandos. O comportamento nesta escola não é só digno de pena, é negligente. Seu amiguinho tá por trás disso? – Ele chacoalhou o ombro de Andrew. – Acorda. Ficar histérico não vai te ajudar agora, seu merdinha arrogante.

Eles chegaram ao topo das escadas, e Clemens empurrou Andrew em direção à sala da diretora. Todas as portas estavam fechadas, e a chuva lá fora deixava os corredores escuros e claustrofóbicos. O tapete emanava um cheiro intenso e úmido, e Andrew sentiu fungos e terra molhada atolando sua garganta. Ele estendeu a mão para se equilibrar na parede.

Seus dedos afundaram em musgo esponjoso.

Não...

Ele se afastou. Confuso, Clemens olhou para baixo e xingou.

– O quê... isso aí no chão são folhas?

As luzes vacilaram, apagando e voltando.

Apagando.

Os dois ficaram imóveis na escuridão, as paredes próximas demais considerando que o papel parecia respirar. Clemens levantou o rosto para as luzes, irritado. Apenas Andrew viu as videiras serpentearem do papel de parede, inchadas e verdes, as folhas venenosas se abrindo enquanto se aproximavam dos seus calcanhares.

Ele se afastou depressa.

Clemens ficou sério. Estalou os dedos como se Andrew fosse um cão que devesse sentar ao seu comando, e começou a vociferar mais uma ameaça.

Então uma trepadeira agarrou a perna do professor e a puxou.

Ele caiu soltando um arquejo, batendo com tudo no tapete. Trepadeiras subiam por seus pés, seus pulsos, e sua confusão virou pânico. Ele gritou. Andrew, por outro lado, apenas se afastou. Uma parte terrível dele não se importava se a floresta atacasse Clemens. Ele deveria se odiar. Deveria odiar Thomas por abandoná-lo quando era para terem ficado juntos. Precisava correr, fugir, ir atrás de Thomas...

Os arbustos se agarraram à calça de Andrew, e um deles se esticou por seu antebraço, prendendo-o contra a parede. Ele tentou se soltar, mas só conseguiu rasgar a vegetação carnuda. Larvas surgiram e se espalharam por suas mangas. Andrew fez força em vão, frenético enquanto as luzes se apagavam e acendiam cada vez mais rápido. Seu coração martelava nas costelas, e os estilhaços de um grito ficaram contidos na garganta.

Os xingos de Clemens se tornaram mais cruéis. Ele arrancou as videiras das roupas e as jogou para longe. No entanto, surgiram mais. E mais.

A escada rangeu.

Andrew e Clemens se viraram ao mesmo tempo em direção a uma forma que crescia do escuro, avançando em toda a sua grandeza por entre as luzes vacilantes e as trepadeiras grossas que devoravam as paredes.

E então, as lâmpadas do corredor explodiram em um ruído estridente.

Andrew arquejou. Ele precisava que aquilo parasse.

O Rei do Esgalho saiu das sombras. Foi em direção a Clemens, um passo pesado por vez, a pele sebosa coberta pela imundice da floresta. Braços aranhosos avançaram, longos demais para aqueles ombros largos. O peso da coroa de galhada prendeu o pescoço do professor, e Andrew assistiu à cena com a bile subindo pela garganta. Perto como estava, conseguia ver a forma como a coroa tinha sido fincada ao contrário. As pontas entravam no crânio do monstro, o sangue escorrendo preto sobre os olhos.

Era um pesadelo que estava vivo e não havia para onde fugir.

O monstro agarrou Clemens pelo pescoço e levantou seu corpo do chão, fazendo seus pés balançarem no ar e seu grito sair em um chio aterrorizado.

Andrew tentou sumir de vista, mas suas costas só bateram na parede conforme mais trepadeiras se fechavam ao redor dele. Uma se enrolou em seu tronco, outra se contorceu por cima da clavícula e apertou seu pescoço. Gavinhas subiram até sua orelha sangrenta. Folhas verdes macias roçaram sua pele e começaram a crescer – *crescer* – em direção ao pulsar quente de seu tímpano. Ele balançou a cabeça sem parar, mas as videiras serpenteavam com uma persistência insidiosa. Ele morreria preso à parede.

Andrew quis gritar por Thomas.

Mas o que fez foi balbuciar sem voz um mantra desenfreado. *Leve Clemens como oferenda. Leve ele, leve ele, leve ele. Por favor...*

O Rei do Esgalho levantou as garras em movimentos lentos e metódicos e quebrou um pedaço dos chifres. Ele ainda segurava Clemens, garras perfurando a carne e fazendo escorrer sangue do pescoço do professor. O monstro virou o pedaço de galhada como se quisesse inspecioná-lo. Em seguida, encostou a ponta no espaço entre os olhos arregalados de Clemens.

Clemens soltou um grito esganiçado. Ele estava implorando. Chorando.

oferenda oferenda oferenda

O Rei do Esgalho sorriu, exibindo seus dentes.

Em seguida, enfiou o pedaço de osso bem fundo no rosto de Clemens.

Andrew não desviou o olhar.

Clemens gritoude novo. Sangue explodiu no peito do Rei do Esgalho conforme o corpo do professor chacoalhava como uma borboleta presa pelas asas. Seus gritos foram diminuindo, e sua cabeça tombou. Lentamente, o Rei do Esgalho arrancou o pedaço de chifre de entre os olhos da vítima. E o lambeu. Em seguida, começou a remover a pele do rosto de Clemens.

Andrew não sentia as pernas. Cambaleou colado à parede enquanto o verde macio entrava alegremente em seu ouvido. Ele nem ligava mais. Só conseguia chafurdar num terror entorpecente ao ver o corpo do professor parando de tremer enquanto o Rei do Esgalho tirava a pele de seu rosto. Lascas caíram no chão como pedaços de couro molhado.

Em seguida, o Rei do Esgalho olhou nos olhos de Andrew.

aí está você

príncipe

– Para. P-p-p-para. – Andrew tentou se afastar, mas as videiras o grudavam à parede. Precisava acordar daquele pesadelo. Acorda. Aquilo não era real. *Acorda.*

O Rei do Esgalho largou Clemens em uma pilha de sangue. Trepadeiras cobriram seu corpo e invadiram seu rosto para se banquetear.

Andrew tentou se debater, mas não lhe restava energia alguma. Cada respiro seu era mais curto que o anterior, a dor crescia em sua orelha conforme a videira o apertava cada vez mais.

O Rei do Esgalho

abaixou

     e abaixou

        e abaixou

para acariciar o rosto de Andrew, cheio de lágrimas.

Suas garras se esticaram e as pontas começaram a perfurar a pele de Andrew, com suavidade, a princípio, mas levaria apenas um segundo para que seu rosto se juntasse ao de Clemens no chão. Os gritos do garoto se tornaram gaguejos sem sentido do mais puro pânico. Ele ia morrer ali. Ia morrer, ia mo...

O braço do Rei do Esgalho tremeu de repente, e o bicho jogou a cabeça para trás, soltando um rugido.

A ponta afiada de um machado estava afundada em seu ombro.

O Rei do Esgalho tentou agarrar a lâmina, mas Thomas a soltou primeiro e então atacou de novo – golpeando a coluna do monstro.

Os gritos da criatura poderiam talhar o interior dos ossos de Andrew.

Ele conseguiu soltar uma mão das trepadeiras e tentou escapar, amedrontado e feroz. Talvez ele próprio estivesse gritando, mas tudo era abafado pelos rugidos do Rei do Esgalho. A criatura se virou e socou Thomas, que voou para trás e bateu na parede. Mas logo se pôs de pé.

Thomas pisou com tudo nas videiras vivas, seu queixo erguido para desafiar o monstro que o encarava de cima. Havia sangue em sua camisa, e as sardas faziam contraste com a pele clara como osso.

Ele mostrou os dentes e golpeou com o machado, usando as duas mãos.

Naquele momento, Thomas era de uma beleza insana e brutal. Andrew perdeu o fôlego.

O garoto atacou com o machado outra vez, e outra. O monstro se afastou, mas não antes de arranhar o ombro de Thomas. Respingos de sangue voaram. Thomas avançou para o Rei do Esgalho e golpeou o crânio do monstro, que caiu de joelhos, levando as garras ao rosto.

Thomas atacou de novo, de novo, de novo*denovodenovo*...

A cabeça da criatura cedeu e ela tombou. A pele explodiu como se tivesse sido feita apenas de folhas e terra. Thomas arqueou o machado no ar e o abaixou num impulso, como se estivesse cortando lenha. Ossos se partiram, mas ele não parou.

Já fazia um bom tempo que o Rei do Esgalho tinha parado de respirar.

– Thomas. – A voz de Andrew falhou. – *THOMAS*.

O garoto continuou absorto por mais um instante, o machado erguido e o peito se movendo em um ritmo acelerado e irregular. E então deixou os braços caírem pesados ao lado do corpo.

Thomas se virou, devagar e titubeante, sangue nas bochechas, no cabelo, formando uma cobertura brilhante em seus lábios. Ele limpou a boca, espalhando escarlate em um arco cruel pelo rosto.

O silêncio se instaurou, tão denso que daria para andar sobre ele. As videiras tinham parado de crescer – agora estavam quebradiças e pálidas. As rosas sangrentas desintegraram e viraram cinzas.

Andrew soltou um soluço quase imperceptível e escorregou as costas pela parede.

Thomas se forçou a recuar da ruína em que tinha transformado o monstro, que se desfez em folhas de outono, os ossos das costelas parecendo gravetos velhos. O garoto se ajoelhou ao lado de Andrew e usou o machado para soltá-lo. Moveu-se devagar, seus dedos leves nos pulsos de Andrew e ainda mais cautelosos ao tirar as trepadeiras do ouvido do garoto. A planta saiu em um torrão de sangue, que Thomas jogou para trás.

Em seguida, ergueu o queixo de Andrew.

Os dois se encararam nos olhos. Thomas estava ofegante, com a camisa sangrenta grudada ao peito, mas parecia sólido e firme. Andrew sabia que aquilo tudo faria Thomas surtar mais tarde, mas por ora ele ainda era o príncipe glorioso de um conto de fadas, que tinha aparecido para salvar a todos. Andrew, por outro lado, não passava de uma coisa insignificante feita de folhas esqueléticas, que precisavam ser seguradas por mãos estáveis antes que saíssem voando.

Bem no fundo da escola, novos gritos irromperam. O alarme de incêndio soou.

O mundo de Andrew girou lentamente, doentio e pegajoso.

– O Clemens…

– Ele tá morto.

– N-n-n-não, você não tá entendendo. – A voz de Andrew se arranhou em cada palavra áspera. – É você quem está coberto de sangue. Com uma arma na mão.

Ele viu as peças se juntando nos olhos de Thomas, terríveis e abomináveis.

DEZOITO

Eles não se falaram. Suas palavras tinham virado lama e, se os lábios abrissem caminho, ninguém poderia dizer o que sairia. Tudo em que conseguiam se concentrar era:

desaparecer

Andrew arrancou o suéter, e Thomas fez o mesmo. Andrew enrolou o machado, enquanto Thomas usou a camisa suja de sangue para limpar o rosto e os braços. O incêndio feroz da guerra esmaeceu diante de seus olhos. Ele se desfez em dedos trêmulos e movimentos desajeitados, seus olhos encontrando os restos folhosos do monstro como se ele pudesse se reerguer.

Nenhum dos dois olhou para a cabeça sem rosto de Clemens.

No entanto, Andrew passou alguns segundos vasculhando as videiras atrás de seu celular, e depois o guardou no bolso. Nenhuma evidência podia ser deixada para trás.

Eles não podiam saber nada sobre o que aconteceu. Tinham que *não ter estado ali.*

Andrew foi na frente, desceu as escadas com o machado enrolado tão agarrado ao peito que ele sentia a ponta da lâmina em sua pele. Mas ele merecia aquilo. Dor. Castigo.

O quê... o que ele tinha feito?

Um grupo de professores passou correndo e os garotos se enfiaram em uma sala de aula vazia. Em algum lugar, os gritos atingiram um pico. Thomas abriu uma janela e eles desceram para o jardim. A chuva caía em um ritmo estável, e eles sentiram uma gratidão imensa pela forma como as gotas lavaram o sangue da pele exposta de Thomas e levaram com um beijo toda a evidência do rosto lacrimoso de Andrew.

Do lado de fora, era puro caos. Metade dos alunos tinha corrido pela chuva até os campos esportivos como se fosse uma simulação de incêndio. Outros se misturavam no jardim, totalmente confusos enquanto os professores gritavam para que todos voltassem aos quartos.

– Por favor, retornem a seus respectivos dormitórios em silêncio! – Uma professora tinha pegado um megafone. – Permaneçam em seus quartos até receberem novas ordens!

Andrew procurou Dove, o pavor deixando marcas de garras em suas entranhas até encontrá-la seguindo para o dormitório feminino. Ela estava bem – *respira, Andrew, que droga.*

Thomas o guiou para os fundos do dormitório masculino para que não tivessem que explicar por que ele estava sem camisa ou o machado escondido. Assim que escalaram a treliça e entraram no quarto, Andrew fechou a janela com um baque e Thomas começou a andar de um lado para o outro.

– Merda merda *merda*, eles vão jogar a culpa em mim. Eles v-v-vão… eu não sou assassino. Eu não s… – Thomas bateu com os punhos na cabeça. – Não sou, eu não sou…

– Cala a boca. – Andrew pegou toalhas e roupas limpas e abriu a porta do quarto. – A gente precisa limpar o sangue. Cala a boca, *cala a boca.*

Com todo mundo ainda lá embaixo, eles tinham o segundo andar todo para si. Correram para o banheiro compartilhado e trancaram a porta. Thomas tirou as roupas e deixou uma trilha de pegadas lamacentas ao entrar em uma cabine de chuveiro. Havia pequenos raminhos florescendo em sua calça jeans, macios e delicados. Andrew os amassou e os mandou embora pelo ralo.

A floresta deixara marcas de dente neles, e jamais os deixaria em paz.

Com cuidado, Andrew desabotoou a camisa e usou uma toalha para esfregar a orelha inchada. Ela latejava com uma dor imensurável, como se alguém tivesse enfiado os dedos no seu tímpano e *girado,* mas ele ainda conseguia ouvir. Estava bem. Ileso.

Ele encarou o espelho com os olhos vermelhos.

O Rei do Esgalho o fitou de volta.

Havia sangue pingando de sua coroa, e sua pele se desmantelava em pequenas folhas de outono.

leve Clemens como oferenda leve ele leve ele leve ele

Andrew era o assassino.

Ele tinha sido o responsável por tudo aquilo.

Os monstros estavam cansados de morder Thomas e cortar Andrew. Aquela oferenda não bastava. Eles queriam *mais e mais e mais...*

Andrew arfou. Seus dedos se encolheram, formando um punho e esticando as cicatrizes.

– Sai da minha cabeça. Sai. Sai, SAI SAI...

Ele levantou o punho sem saber o que estava fazendo, nem como parar de ver a pele arrancada do rosto de Clemens ou deter os monstros detê-los detê-los det...

Ele golpeou.

Uma mão prendeu seu pulso e o puxou para trás. Andrew escorregou no piso do banheiro marejado de vapor, mas Thomas envolveu os braços molhados nele e o segurou. Andrew cerrou os olhos.

– Não faz isso de novo. – A voz de Thomas saiu bem baixinho. – Por favor.

Andrew se forçou a abrir os dedos. A teia de aranha das cicatrizes o encarou de volta como um mapa da perda de controle.

Alguém tentou abrir a porta do banheiro, e os dois se afastaram. Andrew virou, escondendo o rosto nas mãos enquanto Thomas amarrava uma toalha na cintura. O que significava que ele estava nu quando segurou Andrew um segundo antes, mas isso não podia ter importância alguma. Ambos estavam esquartejados até a alma; aquilo não queria dizer nada.

Andrew tentou se lembrar de como se encaixar de volta no próprio corpo.

– Por que tá trancado?

– Quem tá aí? Ei!

– Não pode trancar a porta do banheiro, vacilão! Abre aí.

A maçaneta balançou.

Andrew encostou a testa à porta.

– Me dá só um minuto.

O vozerio se tornou burburinhos.

E então Bryce Kane disse em alto e bom tom:

– Não, não é o Eckers. Certeza que é o Perrault.

– Por que ele precisa do banheiro inteiro?

– Deve estar vomitando. Já viu como ele tá magro?

Eles discutiram, um mandando o outro calar a boca. Alguém riu.

O sangue subiu queimando pelo rosto de Andrew, e por um segundo sua fúria alcançou um ponto crítico. Ia escancarar a porta, agarrar Bryce Kane pelo pescoço e jogá-lo contra a parede até videiras saírem de dentro dela para se enrolar no corpo desesperado do garoto e...

Alguém bateu na porta outra vez.

Andrew estremeceu. Sua orelha doía tanto que era difícil pensar.

Thomas terminou de vestir a blusa e embolou as roupas destroçadas em uma toalha. O fedor de seiva e sangue escorria pelo ralo, mas, mesmo depois de toda a espuma e sabão no banho, ele continuava com cheiro de terra de túmulo.

Andrew destrancou a porta.

Thomas disparou feito um tiro, passando pelos garotos sem olhar para trás. O sorriso de Bryce cresceu ainda mais ao acompanhar Andrew sair logo em seguida. Quando se virou para o amigo, os dois explodiram em gargalhadas antes de começarem com as piadinhas. As palavras atingiram Andrew pelas costas ao longo de todo o corredor, mas ele se forçou a não reagir, a não se virar.

Foi só depois de ter entrado de volta no quarto e batido a porta que ele se deu conta de que tinha ficado tão atordoado com o horror de ver o Rei do Esgalho em seu reflexo que não se vestira. Ele havia saído do banheiro com a pele do peito tão esticada que seus ossos eram como raízes contorcidas ali por baixo. A vergonha retumbou em seus ouvidos, e ele vestiu um suéter com as mãos trêmulas.

Thomas tinha voltado a andar freneticamente de um lado para o outro, os dedos imersos no cabelo molhado, a respiração rápida e instável. Do lado de fora, vozes e passos inundavam o andar. Indagações e reclamações se empilhavam umas sobre as outras. Ninguém queria ficar trancado no quarto.

Andrew precisava respirar, sentar, pensar... ou talvez não quisesse pensar. Não podia fechar os olhos e ver Clemens de novo.

E então desabou ali mesmo, pois a cama estava longe demais. Assim que seus joelhos bateram no chão, Thomas agarrou seus braços com tamanha força que Andrew estremeceu.

Os olhos de Thomas pareciam de um verde líquido – violentos, selvagens e claros.

– Você se machucou? Eu vou matar qualquer coisa que encostar em você. Eu *juro*.

– A gente tem... a gente tem que... – Cada palavra saía estrangulada. – A gente tem que fazer eles pararem.

Thomas desviou o olhar, seu pomo-de-adão pulsando.

– Vou matar todos. Não sei mais o que fazer. E-e-eu não sei, Andrew. Não sei o que fazer.

Mandaram todos os alunos ficarem nos dormitórios até o dia seguinte.

Os monitores foram de porta em porta repassar a declaração oficial: um aglomerado de raízes podres derrubara algumas paredes da escola. O infortúnio de um imóvel antigo, mas os reparos já estavam sendo feitos. A Wickwood claramente não queria que a verdade de como Clemens morreu se espalhasse, nem pais alarmados tirando os filhos da escola, então apenas disseram:

Tudo ficará bem.

Por favor, mantenham a calma.

Vocês estão em segurança.

Thomas arrancou todos os desenhos da parede, acendeu um palito de fósforo e queimou tudo na lata de lixo enquanto Andrew abria uma janela e tentava jogar a fumaça para o crepúsculo crescente. Ele desejou poder enfiar as cinzas que restaram na boca – todos os monstros feitos de tinta, os palitos de fósforo, as brasas impiedosas. Queimaria de dentro para fora, mas não antes de passar um momento incandescente e escaldante sentindo-se cheio. O vazio enfim banido.

leve Clemens como oferenda leve ele leve ele leve ele

Andrew caiu no sono e só acordou porque a chuva entrou pela janela aberta e molhou sua pele suada. Thomas já estava com metade do corpo para fora, saindo escondido para a hora das bruxas.

Andrew podia ter se virado e deixado ele ir sozinho, mas não merecia aquela sensação de segurança.

Eles viram o primeiro monstro antes mesmo de chegarem à cerca, uma sombra enorme do outro lado da grade. Um lobo, mas não exatamente. Sua cabeça parecia costurada a um corpo diferente, o pelo estava cheio de sangue e amassado até se desintegrar na altura do peito, mostrando as costelas e a coluna branca e nua. Galhos e ramos explodiam dos órgãos pulsantes e ultrapassavam os ossos à mostra. Quando Thomas tentou escalar a cerca, o bicho avançou, uma espuma branca escorrendo de seu rosnado.

Andrew segurou a manga de Thomas.

– Não.

– Eu comecei isso. – A voz de Thomas saiu miúda e quebrada. – Preciso detê-los.

Ele escalou a cerca e matou o lobo da floresta. Depois outro, e outro. Thomas mandou Andrew ficar atrás da cerca com a justificativa de que eles só tinham um machado, mas mais pareceu um castigo por ele ser tão imprestável, magro e fraco.

Quando veio o amanhecer, eles voltaram para o quarto escondidos, Andrew paralisado e Thomas com marcas de garras cobrindo os braços e o peito, as palmas cheias de bolhas. Ele teria de usar várias peças de roupa e mangas compridas para esconder tudo de olhares inquisitivos. Thomas dormiu com uma mão para fora da cama, choramingando enquanto os olhos se moviam incansavelmente atrás das pálpebras, acompanhando seus pesadelos.

Andrew não aguentava. Ficou deitado no piso de madeira, embaixo da mão suspensa de Thomas. Com cuidado, sem ousar respirar, Andrew roçou os lábios nas palmas esfoladas de Thomas.

Beijos, mas não exatamente.

Pedidos de desculpa em vão.

A febre nas mãos de Thomas queimou a boca de Andrew.

DEZENOVE

Um silêncio bizarro recaíra sobre a Academia Wickwood.

Alunos se amontoaram no hall de entrada com o clima sóbrio e hesitante. Os boatos cresciam como ervas daninhas pela garganta enquanto eles trocavam histórias sobre o que tinham visto. A primeira aula do dia havia sido cancelada e todos foram mandados para o salão de assembleia após o café da manhã para ouvirem os anúncios, mas era impossível não notar quais corredores tinham sido bloqueados ou como havia uma grade na frente das escadas do corpo docente.

Disseram que a polícia estivera lá na noite anterior. Um saco com um corpo fora colocado em uma ambulância e levado embora.

Andrew mordiscou o lábio e procurou Dove entre os alunos que seguiam para o auditório. Thomas fora escondido ao banheiro para conferir se não estava sangrando por debaixo dos curativos, e Andrew se forçou a não ir atrás. Ao menos estavam todos preocupados com o fato de que havia trepadeiras crescendo pelas paredes da escola, e não em fofocar a respeito de quais garotos tinham se trancado no banheiro no dia anterior, mas ele não duvidava que Bryce logo apareceria para encher o saco.

Andrew havia carregado o celular e enviara milhares de mensagens para Dove durante a noite, mas ela ainda não tinha respondido. Ela chamara a atenção dele no ônibus da excursão por não atender às suas chamadas – e agora decidia ignorá-lo? Ele não tinha feito nada. Mariposas roeram buracos em sua mente, e o bater de suas asas causou uma enxaqueca atrás de seus olhos. Aquilo era tudo que ele podia fazer para continuar de pé e manter a expressão de seu rosto vaga e inocente.

Ele finalmente viu a irmã do outro lado do hall de entrada e foi depressa até ela. Dove ainda usava o uniforme de verão – uma camisa de manga curta e uma gravata perfeitamente colocada. Nada de meia-calça nem blazer. Atípico para alguém que sempre idolatrara coisas aconchegantes como cardigãs e chocolate quente, mas talvez ela estivesse desnorteada com todo aquele caos.

– E aí? – Andrew foi para o lado dela e pestanejou quando ela lhe deu as costas. – Você por acaso tá... brava comigo?

– Por que tudo sempre tem que girar em torno de você? – O aço congelado na voz dela revelou a Andrew que sim, ela estava brava com ele.

A irritação fez o maxilar do garoto pulsar, mas ele a engoliu.

– Não sou eu que estou ignorando você. Eu te procuro o tempo todo e você desaparece. Não estuda mais com a gente e nem...

– Não estudo mais *por* vocês, né?

– ... procura a gente...

– Acredite ou não, eu tenho minhas próprias lições a fazer.

– ... nem aparece pra comer com a gente no refeitório.

Dove lançou um olhar de esguelha mais afiado que um bisturi.

– Como se você estivesse comendo alguma coisa.

Andew se forçou a respirar devagar. Eles brigavam às vezes, mas nunca daquela forma.

– O que você quer que eu diga? – Ele travou o maxilar. – Eu sei que você brigou com o Thomas, mas ele é meu colega de quarto. Não posso escolher entre você e ele. Para... para de me impor essa escolha. E para de ser assim.

– Assim como? Honesta? Um de nós tem que ser.

Andrew se colocou na frente dela.

– Tá, qual é o seu problema comigo?

Ela fungou e desviou o olhar.

– Dove, deixa disso. – A voz dele ficou mais alta com um pânico animalesco. – Não tô te entendendo. A gente não brigou. E-eu não sei o que eu fiz. Não sei nem por que você e o Thomas brigaram.

– Sabe, sim. Se parasse pra pensar um pouco. – Os olhos dela reluziram em um âmbar brilhante. – Era pra você ter *me* escolhido.

– O quê?! – Andrew tinha perdido todo o controle da conversa. – Eu não vou – ele odiava o quanto estava soando instável – escolher ninguém. Ele também é seu melhor amigo. É *nosso* melhor amigo.

A boca de Dove se contorceu, de ciúmes, talvez, ou de frustração por ele não ter entendido aonde ela queria chegar.

Mas ele não fazia ideia do que a irmã queria que dissesse, a menos que fosse *vou largar o Thomas por você*.

Ele não poderia dizer isso.

O que fez, então, foi deixar o entorpecimento sequestrar seus batimentos cardíacos.

O hall de entrada praticamente esvaziou à medida que os alunos encontravam lugares no auditório, e a vontade de ver Thomas já o consumia por dentro, mas ele queria que Dove fosse junto. Ele queria – não, *precisava* – que os três ficassem bem.

– Preciso ir. – Dove lançou um último olhar para ele, estável e mordaz, antes de sair andando. Ela não voltou a olhar para trás.

Andrew conferiu se não tinha ninguém olhando antes de limpar os olhos marejados. *Se recomponha, Perrault*. Eles eram irmãos – brigavam, depois passava.

Andrew se ocupou com o celular para não parecer patético seguindo a irmã, mas segurar o aparelho fez o chão girar em círculos nauseantes. Só conseguia pensar em Clemens balançando o celular na sua frente com aquele sorrisinho condescendente. Em como a bateria deveria estar arruinada. Em como nada daquilo fazia sentido. O celular era bloqueado por senha, mas ele ainda não checara os aplicativos para garantir que ninguém tinha mexido no aparelho. Quando abriu a galeria de fotos, seu estômago embrulhou.

Todas as fotos antigas haviam sido deletadas. O álbum estava cheio de imagens pretas. Centenas. Ele rolou a tela por infinitos quadrados escuros, as garras do medo deixando marcas malignas em sua garganta. Nada daquilo era possível. Apenas Thomas e Dove sabiam a senha dele, e jamais fariam aquilo.

O ar gélido tocou sua nuca, um frio outonal misturado com o cheiro denso da floresta. Musgo, folhas apodrecidas e *deterioração*.

Andrew aumentou o brilho de uma das fotos e encarou a imagem granulada e embaçada.

Era ele.

Estava de costas para a câmera, a lanterna agarrada ao peito. Havia tufos de samambaias em torno de suas pernas, e as árvores altas atrás dele tinham um ar sinistro.

Ele aumentou o brilho da foto seguinte, e da que veio depois. Ele de novo, a cabeça inclinada para trás para ver as estrelas por entre as copas das árvores, seu pescoço branco exposto como se fosse um convite para monstros.

Na seguinte, ele estava esguio e sujo, enquanto atrás dele espreitava uma figura tão alta que bloqueava as estrelas. Seus dentes reluziam. Chifres se curvavam ao redor do crânio. Um monstro surgira atrás de Andrew e ele não fazia ideia.

Ele semicerrou os olhos e engoliu a bile. Quem tirara aquelas fotos? Quem o estava *observando*? Thomas também estava ali, metade do corpo aparecendo na foto, e mais de uma mostrava os dois apoiados um no outro ou com os membros entrelaçados.

Se Dove visse aquelas imagens, contaria a si mesma uma história amargurada. Talvez fosse por isso que a irmã estava furiosa com ele? Será que era ela tirando as fotos?

Ok, não. Ele precisava tirar aquela ideia da cabeça. Ela jamais faria algo do tipo. Se visse os monstros, teria corrido para pedir ajuda.

A menos que ela não pudesse ver os monstros e só tivesse visto os dois, juntos, a intimidade nítida. Não era à toa que ela estava irada com ele.

Andrew deletou tudo e enfiou o celular no bolso antes de ir atrás de um lugar no auditório com Thomas. Tudo o que precisava fazer era sentar, ficar quieto e ouvir a diretora calmamente mentindo sobre como, por uma tragédia, uma parede tinha cedido e resultado na morte de um amado docente, o professor Christopher Clemens. Havia psicólogos disponíveis para quem precisasse conversar. Um acidente absurdo. Mas as paredes seriam consertadas até o dia seguinte e ninguém corria perigo.

Andrew tentou fazer contato visual com Thomas, mas o garoto estava curvado no assento, roendo as unhas.

Thomas até conseguia bancar o valente quando estava enfrentando monstros, mas depois era sempre isto: uma ruína tomada pelo pânico, mal dando conta de se manter íntegro. Ele precisava que alguém o sustentasse – e não era justamente isso que Andrew fazia? Era a única pessoa no mundo que entendia.

Eles tinham que ficar juntos.

Nunca deveriam se separar.

Naquela noite, o quarto pareceu nu sem as artes de Thomas observando os dois se aprontando para dormir. Com as aulas bagunçadas por causa da interdição de metade da escola e da presença massiva de funcionários da manutenção, os professores passaram uma quantidade criminosa de leitura extra a ser feita na biblioteca ou nos dormitórios. Andrew e Thomas escolheram a segurança do quarto, querendo uma porta trancada entre eles e os olhos fuxiqueiros, os sussurros e a crescente noção de que eles tinham deixado monstros atacarem a escola e, de alguma forma, saíram impunes.

Se bem que – sentado no chão rodeado de livros com a mão em concha sobre a orelha latejante e dolorida, ouvindo os gritos de Clemens ecoarem em sua mente – Andrew não se sentia tão impune assim.

Thomas vestiu a camisa do pijama com dificuldade, a escova de dentes ainda dentro da boca.

– Volto já.

Ele escancarou a porta e saiu marchando como se fosse para uma guerra.

Era justo se sentir daquela forma quando todas as regras tinham sido alteradas: os monstros não eram mais contidos pela floresta, nem pela noite, nem pela cerca, e não tinham medo da machadinha patética dos dois garotos. Andrew puxou as pernas e encostou o rosto nos joelhos, precisando bloquear o mundo todo por um segundo e apenas *respirar*. Eles não sobreviveriam àquilo por muito tempo.

Mesmo com a janela fechada, ele sentia o cheiro da floresta, sentia-a pulsar como um segundo batimento cardíaco decadente sob sua pele. Ele tocou o caroço embaixo da orelha, que ficara do tamanho de uma uva – um inchaço de sangue e pus. Apenas uma infecção de ouvido. O ferimento abaixava quando Andrew o pressionava com a unha.

De repente, ele não aguentou mais.

Vasculhando os materiais de arte de Thomas, pegou um clipe de papel. Desdobrou o arame e levantou a orelha com uma mão, tocando o caroço com a ponta afiada.

Não faça isso, sussurrou uma pequena parte dele.

Ele fincou o clipe com força.

A dor se espalhou por sua orelha em uma explosão estonteante. Ele arquejou quando o inchaço explodiu, fazendo líquido escorrer por sua nuca conforme a agonia tingia sua visão de vermelho.

O cheiro denso da floresta agarrou sua garganta. Quando tirou a mão do ouvido, era lama que sujava seus dedos com torrões de terra aglutinados. Uma seiva leitosa, em vez de pus. Uma única semente coberta de sangue.

Tudo dentro de Andrew se contorceu em uma repulsa bamba, e ele queria fechar os olhos e sumir do universo.

A porta do quarto se abriu com um rangido e Thomas entrou com o rosto molhado, balbuciando algo odioso sobre um calouro irritante até que viu Andrew encolhido e tremendo, suas mãos imundas como se tivesse chafurdado no jardim.

Thomas foi até o garoto, seus olhos arregalados de pânico.

– O quê... espera, por que sua orelha tá sangrando? Isso aí é...?

– Quando o Clemens morreu – a voz de Andrew soou rouca e distendida – uma videira entrou no meu... no meu ouvido.

– Mas eu tirei. Eu juro que tirei. – Thomas pegou uma toalha e a pressionou contra a orelha sangrenta de Andrew.

– Eu preciso que isso tudo pare – sussurrou Andrew.

– Eu sei. Merda. Vou dar um jeito. Custe o que custar.

– A gente precisa dar à floresta o que ela quer. Mais sangue como oferenda?

– Não. – A boca de Thomas formou uma linha sombria. – Ela quer um sacrifício melhor.

Os dois acabaram sentados na cama de Andrew tentando bolar um plano, embora todas as ideias parecessem débeis e inócuas, destinadas ao fracasso antes mesmo de serem colocadas em prática. Tinha de haver uma resposta, alguma coisa a respeito dos desenhos, mas ambos estavam cansados e destruídos demais para buscá-la. Andrew apertou os olhos com força para se distrair da dor asquerosa em sua orelha, mas quando enfim os abriu, percebeu que Thomas tinha pegado no sono. Ainda estava deitado na cama de Andrew, o rosto enterrado nos travesseiros e a respiração já assumindo um ritmo estável. Um cutucão não o despertou. Muitas noites amargas em claro.

A resposta óbvia era ir para o outro lado do quarto e dormir na cama do amigo, mas tudo parecia longe demais e exigia muito esforço. E se ele continuasse onde estava? Não era incomum amigos dividirem a cama, e eles não precisavam se tocar. Andrew se acomodou, o corpo colado à parede, e deixou os olhos se fecharem com a calmaria da canção de ninar que era a respiração de Thomas. Só alguns minutos, depois eles iriam sair para lutar com monstros.

No entanto, foi a hora das bruxas que o despertou. O som de um uivo saindo de uma garganta feroz preencheu a noite do lado de fora do quartinho seguro dos dois. Andrew teve um sobressalto e se sentou na cama, o coração martelando e o estômago embrulhado. Ele pulou o corpo imóvel de Thomas e caiu no chão bem a tempo de vomitar na lata de lixo folhas e brotos de violetas cobertos de sangue. Era tarde demais para irem à floresta, mas ele tremia com um frio sinistro, enojado demais para enxergar direito, e a ideia de encarar a escuridão e os monstros o fez se revirar de desespero. Thomas continuou dormindo, sem se dar conta do que acontecia. Andrew não o acordou.

Levou a mão à orelha e a sentiu inchada de novo, como se algo tivesse voltado a crescer dentro dela enquanto ele dormia. Porém, a coisa não estava mais empurrando a pele para escapar. Estava crescendo para o outro lado. Entrando cada vez mais.

Estava dentro dele, ele sabia.

A floresta.

Era uma vez um garoto que dormia em uma torre encantada, as costas maltratadas com marcas de açoites das batalhas perdidas e dos monstros que o tinham vencido. Ele usava uma coroa feita de galhos de cerejeira e ossos de pássaros de fogo, presentes de suas irmãs, que eram árvores na floresta. Mas nada disso conseguiu protegê-lo, e sua captura significava anos de tortura sem fim.

O garoto choramingou enquanto dormia, esperando as chibatadas recomeçarem.

Contudo, uma bruxa entrou pela janela de seu quarto. Ela usava um manto coberto da poeira dourada dos desejos, e prometeu salvá-lo. Por um preço.

— Pegue este machado — disse ela com um sorriso misterioso — e corte todas as árvores da floresta. Quando terminar, nada mais lhe causará dor.

— Mas as árvores são minhas irmãs — contestou ele, seus ossos já tomados pelo medo.

— Por que se importa com elas? — indagou a bruxa. — Elas não o amam. Não vieram atrás de você. Pegue o machado.

Ele começou a chorar, mas pegou a arma.

VINTE

Andrew sentiu um calor macio contra a lateral de seu corpo. O sono o deixou desorientado demais para investigar, então ele só deixou os dedos traçarem um caminho por entre os cachos grossos antes de uma parte distante dentro de si entender que era Thomas ali.

Eles provavelmente tinham se entrelaçado durante a noite. A cabeça de Thomas estava escondida embaixo das cobertas, o rosto apoiado nas costelas de Andrew. Ele respirava de maneira lenta e estável, e tinha cheiro de sabonete, sono e garoto.

Era agradável, o calor aninhado ao lado de Andrew, sem a expectativa de que aquele toque precisasse se tornar alguma outra coisa. Ele deixou os dedos se enrolarem preguiçosamente nos cachos de Thomas e fingiu que vomitar folhas na horas das bruxas tinha sido apenas um sonho atordoado.

Ele teria até pegado no sono de novo, não fosse o batuque de pés do lado de fora da porta lembrando-os de que era dia de aula e de que já estavam atrasados. Thomas suspirou, espreguiçando-se com um bocejo antes de se levantar abruptamente e sair da cama de Andrew. A forma como o estômago de Andrew se revirou, sua mente acelerada em busca de uma desculpa, uma negação de como Thomas mal tinha percebido que os dois dormiram juntos, o atingiu com uma brutalidade tão nauseante que ele quase não conseguiu respirar até o amigo dizer:

– Merda, *merda*, a gente não matou monstros ontem à noite. Nós dormimos? Como foi que... a gente tá muito ferrado.

Ele voou pelo quarto, tirando o pijama e vestindo a calça antes de meter o pé nos sapatos desamarrados. Andrew continuou imóvel e bastante quieto.

Pronto. Não tinha significado nada. Estava tudo bem. Eles estavam bem. Não precisavam tocar no assunto de como pele e cachos e pernas e braços haviam se entrelaçado, ou de como eles tinham cedido a um desejo impenitente de proximidade e roubado um conforto que jamais mereceriam.

Enquanto Thomas se atrapalhava com a gravata, Andrew esvaziou o lixo com uma rapidez furtiva – a sujeira de lama, sementes e pétalas sangrentas parecendo mais uma pilha de compostagem revirada do que algo que tinha passado por sua garganta – e se segurou ao máximo para não tocar a orelha. Porém, uma dor de cabeça florescia por detrás dos olhos.

Como se pequenas trepadeiras verdes tivessem dado um nó apertado enquanto ele dormia e começado a empurrar a parte interna de seu crânio, sedentas por mais espaço para se esticar.

Para. Depois você se preocupa com isso.

O que ele precisava era se concentrar no pecado que fora a preguiça deles e nos monstros que podiam estar escondidos na esquina de um corredor ou ocultos nas paredes, sua respiração quente e rançosa, línguas vorazes pelo sangue molhado dos dois garotos que as criaturas desejavam tão incansavelmente. A ansiedade e o medo da incerteza faziam Andrew e Thomas estremecerem diante de cada sombra, cada movimento, esquivando-se de janelas e conferindo duas vezes antes de se sentarem nas salas de aula. Paranoicos. *Transtornados.* Quando precisavam se separar para as aulas que não faziam juntos – Andrew indo para a sala de literatura clássica e Thomas para a de artes –, nenhum dos dois acreditava que chegaria vivo do outro lado.

Andrew encontrou uma linha espessa de fungos crescendo debaixo de sua carteira. Quando a tocou, a coisa grudou em sua calça, alimentando-se das fibras, e ele tentou limpá-las desesperadamente enquanto o dr. Reul explicava a matéria. Andrew sentia a imundice dentro dos sapatos, embora fosse impossível. A dor de cabeça visceral, ainda crescendo de dentro de sua orelha até a parte de trás dos olhos, era a pior parte. Ele teve o impulso de tirar o compasso do estojo e enfiá-lo no ouvido, futucar com força e bem fundo para remover tudo que fosse verde e estivesse crescendo ali dentro – antes que a coisa cravasse as raízes ainda mais fundo no seu cérebro.

Mas assim ele pareceria um louco massacrando o próprio tímpano, espalhando sangue pela lateral do rosto. Precisava ficar parado. Tinha que suportar aquilo.

A hora do almoço significava os tormentos do refeitório, mas ao menos ele veria Thomas novamente. Andrew acabou andando atrás de alguns alunos que conversavam em voz alta sobre a infestação de videiras e discutiam se seus pais deviam mesmo pagar a mensalidade alta da escola quando "acidentes assim continuam acontecendo". Ele decidiu virar em um corredor escuro e esperar o grupo passar – mas havia dois alunos na outra extremidade, próximos o bastante para trocarem sussurros clandestinos. Ou beijos. A Wickwood tinha muitos corredores estreitos como aquele, relíquias dos tempos em que os funcionários precisavam circular por passagens rápidas sem perturbar o lorde da mansão. A parede era repleta de obras de arte emolduradas em dourado, cada uma mais obscura que a anterior. Maçãs com casca preta, tigelas de uvas cobertas de mofo, ameixas fatiadas com as entranhas estragadas escorrendo. Ele quase sentia o cheiro, a doce podridão de frutas pingando das telas antigas.

Uma sensação sinistra subiu por sua nuca, e ele começou a se afastar do corredor estreito, quando uma aluna levantou a voz em uma aspereza inconfundivelmente afiada.

– ... pensar por um momento no que você tá fazendo com ele.

Andrew colou o corpo nas molduras das obras e ficou imóvel para escutar. Lana estava com os punhos cerrados e o corpo rijo ao repreender a figura curvada de Thomas encostada na parede. O garoto estava com os braços cruzados, a boca formando um ângulo perverso, mas pela primeira vez na vida não estava tentando fugir dela. Essa era a parte confusa.

– Não tô fazendo nada com ele. – A voz de Thomas carregava menos acidez do que ele geralmente direcionava a Lana. Na verdade, ele só parecia irritado. E cansado.

– Não é a impressão que eu tenho. Parece que você resolveu agir quando ele claramente está em um péssimo estado. Ele não tá nem comendo, tá?

Por alguma razão, Andrew não se surpreendeu ao perceber que estavam falando dele pelas costas. Observou outra pintura: peras com pintas marrons ao lado de queijos com linhas podres, minhoquinhas brancas à espreita nas bordas perfuradas. Era descaradamente grotesco, mas de alguma forma era mais fácil se concentrar naquilo.

– Eu não… – Thomas parou de falar e deu um suspiro. – Você não entende nada.

Lana bufou.

– A Dove me contou o suficiente. Se você não tivesse machucado ela…

A acusação fez Thomas se descolar da parede.

– Eu *não* machuquei a Dove. Jamais faria algo do tipo. E vou proteger o Andrew com a minha vida.

– Pelo visto vai precisar fazer isso mesmo, com essa esquisitice toda rolando na escola. Imagino que você não saiba nada a respeito disso.

– Não – rebateu o garoto. – Desculpa se eu não controlo a porra da escola e não posso impedir a construção de desabar para a conveniência de Vossa Majestade.

Houve um silêncio tenso, ambos com expressões cortantes e maxilar travado.

– A escola – falou Lana baixinho, ríspida – não é a única coisa desabando. Não use ele como distração dos seus monstrinhos particulares.

Andrew se afastou em silêncio, sem respirar, e torceu para que os dois não ouvissem seus passos no carpete. Queria não ter escutado nada daquilo, e queria não pensar no que podia significar.

Se escondeu perto dos banheiros, e então viu Lana saindo do corredor estreito, cada passo uma batida em staccato de fúria moral. Um minuto se passou, depois dois. Quando Thomas ainda assim não deu as caras, Andrew refez os passos pelas paredes de pinturas putrefatas e o encontrou sentado de pernas cruzadas embaixo da moldura dourada que exibia uma tigela de frutas infestada de besouros e ovos de aranha. Ele quase sentia o gosto da perversão embaixo da língua, o mofo feito um tapete venenoso. Certamente a Wickwood não tinha exposto pinturas como aquelas de propósito, mas ele não tinha certeza se estava imaginando a decadência das imagens ou se era um efeito das coisas que escaparam da floresta na noite anterior.

Um monstro em decomposição estava se alojando nos ossos da escola.

– E aí. – Ele chutou o sapato de Thomas de brincadeira.

Thomas continuou parado, olhando feio para o chão. Sem janelas, a luz poeirenta deixava seu cabelo da cor de sangue seco.

– Se destruir minhas ilustrações não os detém, o próximo passo é óbvio. Eu sou o criador. O problema sou eu.

Um sentimento de pânico assolou os pulmões de Andrew, e ele já não queria ouvir o resto.

– Talvez essa *seja mesmo* a resposta. Você é o artista. Você deu vida a eles com os desenhos, então não pode, tipo, desenhar a morte deles?

Thomas fez uma cara de dor.

– E, enquanto eu faço isso, você golpeia com o machado? É para eu lutar essas batalhas, não você.

– E isso importa? – perguntou Andrew baixinho.

– Eu preciso proteger você. – Thomas franziu o cenho e coçou o rosto, exausto. – Foi sempre assim que eu desenhei a gente. Eu, o príncipe com a espada, e você o contador de histórias valente.

– Não podemos matar monstros todas as noites até a formatura. A coisa tá piorando. O Rei do Esgalho foi muito mais sério do que as fadas de cardo.

– Sei disso.

– E se nós matássemos eles com tinta? – propôs Andrew. – A resposta que obteve foi um olhar vago, então se apressou a continuar: – Tipo, faz sentido, não faz? É só você primeiro controlar sua arte para depois controlar os monstros.

– Talvez eu não consiga controlar eles.

– Você tem que tentar. A gente... eu preciso que você tente.

Thomas finalmente se pôs de pé com uma cara sofrida que fez pouco esforço para esconder, levando a mão ao lado do corpo, onde os monstros lupinos o haviam mordido. Ele deu um passo em direção a Andrew, depois outro, só a luz preenchendo o espaço doloroso entre os dois.

– Eu não vou deixar meus monstros machucarem você. – Ele estendeu a mão, titubeante em um primeiro momento, e depois segurou o suéter da Wickwood que Andrew usava, torcendo os dedos com tanta força no tecido macio que Andrew sentiu os ossos dos dedos de Thomas contra as batidas de seu coração. – Se eu perder o controle, você vai me deter, né? Se eu for o verdadeiro monstro, você me enfrentaria.

– Você não é o monstro. – Mas tudo que Andrew conseguia pensar era que, se fosse possível abrir as costelas de Thomas naquele exato instante e se enfiar inteiro ali dentro, ele o faria.

– Mas se eu for – Thomas travou os dentes –, você precisa jurar que vai me deter.

– Não consigo – sussurrou Andrew.

– Consegue, sim. – Os olhos de Thomas fitaram os dele, horríveis, escuros e musguentos. – Prova pra mim que você consegue. Me bate.

Andrew apenas o encarou.

– Preciso saber que você consegue. – Thomas o soltou e deu um passo para trás. – Que você pode se defender de mim.

Eles ficaram a um braço de distância, ambos respirando rápido como se tivessem corrido por mil quilômetros e ainda não tivessem escapado da escuridão. No espaço entre os dois, o mundo se desfez em um vazio escuro e cavernoso.

– Não – respondeu Andrew.

Thomas o empurrou. Os ombros de Andrew atingiram a parede, expulsando o ar de seus pulmões em um arquejo.

– Me bate logo, caralho. – Os olhos de Thomas queimavam. – Senão eu juro que vou te abandonar, se esse for o único jeito de salvar você. Vou te deixar e nunca mais voltar. Nunca. Eu não…

Andrew bateu nele.

Seu punho se chocou contra a pele causando um som denso e terrível, e ele sentiu o sangue escorrer pelos nós dos dedos como uma oferenda escarlate em nome da floresta.

O segundo soco fez Thomas cambalear para trás. Ele levou a mão à boca e, quando afastou, os dedos estavam tingidos de vermelho.

Tudo entre os dois pareceu perverso e elétrico. O suor escorreu pela nuca de Andrew, e um calor cru e vermelho avassalava seus olhos. Ele queria beijar Thomas. Queria juntar as bocas sangrentas com tanta fome que ele achou que fosse matá-lo.

Ele não precisava ter batido em Thomas duas vezes.

Mas foi o que fizera.

Thomas limpou a boca.

– Ok. – Ele parecia mais calmo. – Está bem, que bom.

No fim das contas, era tudo o que eles eram – garotos de barriga vazia e escavada, esperando serem preenchidos pela Wickwood, por florestas e podridão.

VINTE E UM

Era impossível ele ter se safado daquilo.

Ele ficou esperando Thomas tocar no assunto, ou um professor puxá-lo para uma sala escura onde uma detetive sairia das sombras com algemas à mão e uma acusação estampada friamente em seus olhos: *assassino*.

Andrew não conseguia parar de pensar nisso enquanto entrava em uma sala de estudo, com livros amontoados nos braços e usando um suéter por debaixo do blazer, porque estava com frio, sempre com frio. Seu cabelo estava penteado para trás em uma grande onda caramelo, e ele parecia um garoto tímido e gentil, não um que sacrificaria um professor.

leve Clemens como oferenda leve ele leve ele leve ele

Precisava parar de pensar naquilo. Devia se concentrar no lábio esfolado de Thomas, em como o garoto cutucava a ferida durante a aula até abrir de novo, pincelando seu queixo com uma linha perfeita de vermelho.

A violência do dia anterior agora parecia um sonho febril, mas um hematoma fantasma marcava o punho de Andrew com o formato delicado da boca de Thomas.

Ele devia parar de pensar na boca de Thomas.

Encontrar um lugar no salão de estudos se mostrou uma tarefa mais difícil do que tinha pensado, ainda mais considerando que a maioria dos veteranos estava agrupada em duplas ou trios ali, com livros e notebooks ocupando boa parte dos assentos. Estantes altas de mogno dividiam a sala, mesas e alunos enfurnados entre elas. Com o papel de parede escuro, as cornijas esculpidas ornamentadas e os lustres de bronze, o espaço todo parecia opressivo e claustrofóbico. Andrew não podia continuar parado, desajeitado e sozinho, enquanto esperava Thomas ser liberado da aula de artes. Sem falar no tanto de lições atrasadas que precisava fazer.

Ele estava reprovando nas disciplinas; os dois estavam, na verdade. Pelo visto, noites em claro cheias de monstros não combinavam com o cronograma acadêmico rigoroso da Wickwood.

Esconder-se em um canto seria o melhor plano possível, mas ele deu a volta em uma estante e parou. Dove estava no final do corredor, com partículas de poeira dançando na luz acima de sua cabeça como uma coroa de penas, enquanto seus dedos longos e elegantes deixavam um rastro pelas lombadas dos livros. A dor da última conversa – a *briga* – que tiveram voltou com a ferocidade brutal de facadas nos pulmões dele. Andrew queria ir até ela. Queria sair dali.

Ela levantou a cabeça como se o sentisse por perto, ansioso e agitado, e a maneira indiferente como se virou para procurar um livro fez o peito do irmão incendiar.

Andrew foi depressa até ela, tentando equilibrar os livros que ameaçavam escorregar de seus braços e ainda assim parecer sério. Controlado. Ele abriu a boca, mas ela falou primeiro.

– Você ouviu o que as pessoas estão dizendo sobre o Thomas?

Andrew pestanejou.

– Não? Quem tá dizendo o quê?

Dove riu pelo nariz com desdém, como se fosse óbvio que Andrew não estaria atento ao que se passava a seu redor.

– Que ele matou os pais. – Ela pegou um livro, o inspecionou, depois o devolveu à prateleira. – E o Clemens. A escola toda tá falando isso.

Uma onda de náusea assolou Andrew, a dor em seu ouvido de repente atingindo um pico, como se a videira tivesse brotado um novo ramo para serpentear mais fundo no tecido macio atrás de seus olhos. Ele pressionou a têmpora com o polegar.

– E se você falasse com o Thomas... – Mas ele se calou, envergonhado pela tentativa inútil.

– A propósito, aqui: revisei sua história por você. Sugiro reescrever tudo. – Ela desdobrou um papel do bolso e o colocou no topo da pilha de livros nos braços do irmão.

Andrew estremeceu de surpresa e então franziu o cenho ao passar o olho pela folha coberta de riscos de caneta vermelha e erros gramaticais circulados. Sem dúvidas tinha sido tirada de seu caderno, mas, mais do que isso, ele reconhecia a história. O lenhador que roubou uma árvore encantada para acender uma lareira e depois foi cercado pela floresta para ser punido por seus pecados.

Mas Andrew tinha prendido a folha na janela para que Thomas a encontrasse. Como é que Dove...

– Eu... – começou ele, mas a irmã o interrompeu.

– Não dá pra eu ficar corrigindo seus trabalhos o tempo todo. Muito menos quando você comete os mesmos erros. Vê se usa um dicionário ou, sei lá, o cérebro.

As lágrimas subiram aos olhos dele, quentes e selvagens, e a batalha para contê-las e manter a voz estável por pouco não foi perdida. Dove nunca falava daquele jeito com ele, curta e grossa, pegando pesado com a caneta vermelha – ela *sempre* usava roxo –, e nunca corrigia as histórias dele. Eram todas parte de quem Andrew era – sagradas, pessoais e quietas –, e riscar linhas inteiras com um recadinho de "clichê e melodramático" era o golpe mais cruel que ela podia desferir.

Com um movimento abrupto, ele se desvencilhou dela e saiu andando por entre as prateleiras. Dove teve a audácia de fazer cara de irritada, cruzando os braços e franzindo os lábios em uma linha tensa.

– Tá brincando que vai me largar de novo, né? Você vai *chorar*? Você não tem o direito de estar...

Ele se virou para ela.

– Só *cala a boca*.

A dor passou de relance nos olhos dela, e Andew não pôde suportar. Ele – um covarde, não um príncipe como Thomas – fugiu por entre as estantes até não conseguir mais vê-la.

Provavelmente havia falado mais alto do que pretendia, porque diversos alunos o encararam enquanto ele passava por suas mesas, os semblantes variando entre incômodo e ultraje. Ele devia estar parecendo destrambelhado e perturbado, mais um dos alunos que colapsavam sob o peso do último ano.

Só foi salvo quando viu uma mesa no fundo do corredor, bem alinhada ao canto e governada pela presença veemente de Lana Lang martelando os dedos no notebook com Chloe ao lado, destacando anotações em marca-texto pastel. Perfeito. Se Dove o seguisse, não continuaria a briga na frente de uma aluna do terceiro ano que ela mal conhecia – embora andasse agindo de maneira tão inconstante e vingativa que era bem possível que fizesse justamente isso. Talvez Dove *quisesse* que ele chorasse onde as pessoas pudessem ver, rir e revirar os olhos diante de suas emoções descontroladas.

O castigo por um crime que ele ainda não sabia que cometera.

Ele colocou os livros sobre a mesa e se sentou em uma cadeira de frente para Lana, antes de perceber que não tinha perguntado se as meninas o queriam ali, ou se estava pegando o lugar de alguém. Chloe levantou a cabeça, surpresa, a caneta marca-texto riscando uma linha não intencional no papel, enquanto Lana parou a discussão com o notebook para fitar Andrew, desconfiada. Ele se ocupou organizando os livros e, em seguida, rapidamente passou a manga sobre os olhos.

– Tá tudo bem? – indagou Lana com cautela.

– Uhum. – Andrew pegou o caderno de biologia, abriu em uma folha aleatória e a encarou. – Tô só esperando o Thomas, depois vou embora. – O que mais ele poderia dizer? *Minha irmã foi maldosa comigo…* Sim, claro, e dar pinta de bebê chorão.

– Pode ficar. – Lana trocou um olhar furtivo com Chloe, que deu de ombros. – É só que uma pessoa gritou uns dois segundos atrás e pareceu ter sido… você.

Ele decidiu não responder, se perguntando se isso o fazia parecer mais culpado.

– Aliás – Lana falou lentamente, enquanto fechava o notebook com cuidado –, o Thomas se envolveu em alguma *briga*? O rosto dele tá acabado. Não reparei em mais ninguém andando por aí feito um encrenqueiro com a cara destruída, mas duvido que ele tenha levado um soco sem revidar.

Andrew cerrou os dedos machucados em um punho debaixo da mesa, escondendo de olhares perspicazes o corte dos dentes de Thomas.

– Não.

Lana arqueou uma sobrancelha, mas Andrew não tinha uma mentira na ponta da língua, o latejar de sua dor de cabeça liquefazendo todo o senso comum. Ele não deveria ter se sentado ali, era melhor ter se escondido nos banheiros, ou ido à enfermaria pedir analgésicos, ou...

Os dedos de Chloe apareceram em cima do caderno de biologia e ela calmamente o tirou das mão dele, folheou as páginas e depois o devolveu. Quando Andrew olhou para ela, Chloe deu-lhe um sorriso reconfortante.

A vergonha ruborizou suas bochechas. Estava olhando para o caderno de cabeça para baixo.

Ele estava perdendo a cabeça.

Precisava de Thomas, precisava de seus pulmões costurados uns nos outros para se lembrar de respirar. Precisava tirar as palavras da boca de Thomas e colocá-las em sua própria para ter o que dizer.

Houve uma explosão de risadas do outro lado de uma fileira de estantes, e ele enrijeceu quando um grupo de alunos do último ano surgiu. É claro que tinha de ser Bryce Kane, ladeado por seus abutres. Andrew agarrou a borda da mesa com tanta força que o sangue se esvaiu de seus dedos, torcendo para que os garotos passassem reto, mas era difícil ignorar seus sussurros exagerados.

Thomas Rye matou os pais.

Ele tem pavio curto, já percebeu?

Sabia que ele odiava o Clemens?

Estranho, né?

Ainda mais depois do que aconteceu com ele e a Dove Perrault.

Os olhos de Bryce se iluminaram ao encontrar a mesa de Andrew, e era como se ele sentisse o gosto de carne vulnerável, pronta para ser moída. Um sorriso largo se abriu em seu rosto, e ele foi até a mesa, as mangas da camisa dobradas e o cabelo jogado para trás em um ângulo despojado.

– Olá, meninas. – Ele segurou a cadeira de Andrew e se inclinou, seu peso denso e sufocante, perto demais. – Estudando muito antes do próximo ataque?

Andrew se sentia esmagado à finura de um papel, o pânico pulsando dentro de seus dentes conforme Bryce se aproximava mais e mais.

– De que "ataque" você tá falando? – rebateu Lana. – Vai cuidar da sua vida, Bryce.

Chloe olhou para Andrew com uma expressão empática de desolação, mas até ela se encolhia ao lado de Lana. Pelo visto só um deles tinha bravura. Deixariam o trabalho sujo para Lana.

Até que Thomas escolheu aquele momento para dar as caras.

Ele se materializou como chamas se acendendo em um palito de fósforo, sua carranca já monstruosa ao ajeitar os livros no braço, como se estivesse cogitando usá-los para reorganizar as feições de Bryce Kane.

Lana revirou os olhos.

– E lá vamos nós.

– E aí, presidente Cuzão – falou Thomas, mostrando os dentes. – Que tal sair de cima do Andrew antes de eu te tirar daí?

Bryce endireitou a postura com um sorriso magnânimo, abrindo os braços como se para cumprimentar um amigo recém-chegado. Seus abutres chegaram mais perto, e de repente Andrew se deu conta de que havia poucos professores no salão.

– Tommy – disse Bryce. – Quer que eu saia de cima dele pra você subir? A gente tava falando de você agorinha. Eu queria conferir como estão as coisas e se você estava abatido pelo que aconteceu com o professor Clemens… a menos que tenha sido você quem o abateu.

Lana deu um tapa na mesa.

– Isso é tão inapropriado. A morte do Clemens foi um acidente.

Bryce deu de ombros com um floreio, nitidamente fazendo cena para sua plateia.

– Será? Eu vi o Perrault com o Clemens naquele mesmo dia, e parecia que eles estavam indo para a sala da diretora. Então, meio que faz sentido. – Ele passou a mão pelo cabelo perfeito e deu de ombros. – O Perrault se encrenca, o Rye vai atrás pra se vingar. Mas o que foi que você fez, hein, Andy? Ofereceu uma mamada para o professor em troca de aumento na nota, agora que a Dove não tá mais fazendo sua lição? O coitado do Rye já estava se mordendo de ciúmes por ser deixado de fora.

Os abutres sorriram, alguns contendo a risada, sentindo-se seguros atrás do líder, de seu sorriso impecável e seu sobrenome de família rica. Bryce era tão alto quanto intocável, e seus capangas se deliciavam com seu atrevimento.

– Quer saber? – O rosto de Thomas queimava. – Cala a porra da sua boca.

Bryce assoviou.

– E aí está o pavio curto. Continua assim, Rye. Confirma o que a gente já sabe que você é capaz de fazer... Assassino.

Thomas se mexeu.

O pânico cegou Andrew, e ele achou que o mundo viraria do avesso e ele cairia no abismo. Tentou se levantar da cadeira, atrapalhado, seus membros de repente longos demais, escorregadios demais, complicados demais enquanto ele se atracava com a gravidade. Chloe soltou um som aflito, mas foi Lana quem se levantou como uma fênix coberta por chamas de ousadia. Ela provavelmente tinha começado a se mexer antes mesmo de Thomas – agarrou a parte de trás de sua camisa e cravou os calcanhares no chão. Segurou-o com força, como se estivesse contendo um furacão.

– Isso é pela Dove – balbuciou ela. – Você não vai ser expulso por brigar na minha frente.

O ataque deu a Andrew tempo de sair da cadeira cambaleando e se colocar entre Thomas e Bryce.

– Confesso que esse trisal me pegou de surpresa. – Bryce arqueou as sobrancelhas. – Mas acho que se a Lang curte garotas e o Andy é praticamente uma...

A fúria de Lana cobriu seu rosto como uma onda.

– É incrível como você acha que ser um babaca preconceituoso ainda tá na moda e que ninguém vai denunciar seus comentários imbecis. Porque eu vou. A escola tem tolerância zero a bullying.

Bryce deu um sorrisinho de lado.

– A assassinato também.

Thomas tentou avançar, mas Lana grunhiu, ainda prendendo-o. Andrew colocou as mãos nos ombros do garoto e o fez ir para trás.

– É essa a sua resposta? – O sorriso fechado de Lana seria capaz de esfolar alguém. – Não vai se defender dessa sua obsessão por falar da suposta vida sexual de menores de idade? Você já não tem dezoito anos, Bryce? A esta altura já está beirando o assédio.

O sorriso dele se desfez. Um roxo feio se espalhou por seu rosto, e ele foi em direção a ela.

– Se me desafiar de novo, Lang, eu vou…

Chloe se levantou da cadeira, a voz artificialmente descontraída.

– Ah, acho que a sra. Bevan está vindo pra cá.

O risco de alguma figura de autoridade ver o lado feio do garoto de ouro da escola fez Bryce remoldar sua raiva fervente em um sorriso sarcástico. Ele saiu andando, parando apenas para dar tapinhas na cabeça de Thomas, cada batida mais forte que a anterior, depois partiu com os abutres em seu encalço. Os ossos de Andrew pareciam pó, seus pulmões cheios de penas, e ele não tinha dúvidas de que Lana foi quem realmente detivera Thomas. Andrew era um sopro de nuvem tentando segurar um cometa.

Com a barra limpa e nenhum professor à vista, Lana soltou a camisa de Thomas, e quando o garoto tropicou para a frente Andrew o agarrou.

Lana lançou um olhar severo para Thomas.

– Você precisa esfriar a cabeça.

O maxilar de Thomas pulsou.

– Se ele encostar no Andrew de novo, eu mato ele.

– Ou talvez seja melhor não falar assim? – propôs Chloe baixinho, toda tímida. – Depois de tudo que…

Thomas nem se deu ao trabalho de olhar para ela.

– Eu odeio esta escola. Odeio *todos* eles. Todo mundo finge ser tão perfeito e inteligente, uma fonte inesgotável de "potencial", e só o que fazem é esconder as próprias merdas com dinheiro. A única coisa que nasce nesta escola são espinhos feios e venenosos que todo mundo chama de rosas.

Andrew puxou a manga de Thomas.

– Tá tudo bem. – As palavras mal saíram de sua boca, ofegantes, finas demais para oferecer consolo.

Porém, Lana observou Thomas com um semblante quase curioso por detrás da cara fechada.

– Bom, errado você não tá. Aliás, quem te bateu?

Andrew enfiou as mãos nos bolsos, mas os olhos da menina rastrearam seu rápido movimento, e ele desejou não ter feito nada.

– Pode deixar que eu repasso a sua gratidão pelo gesto – respondeu Thomas, frio.

Lana revirou os olhos.

– Dane-se. Vou denunciar o Bryce Kane. Tem gente que sente prazer em fazer as pessoas sentirem que não têm valor. São monstros.

Algo se mexeu por trás das costelas de Andrew.

Eles sabiam bem como lidar com monstros.

VINTE E DOIS

A floresta criou vida naquela noite, quando eles se emaranharam por entre as árvores. As folhas esvoaçavam sob seus passos em uma brisa que eles não podiam sentir, e alguma coisa se arrastava na relva baixa com um formato que não conseguiam distinguir – era a hora das bruxas. Thomas levava um caderno, e Andrew segurava o machado.

O príncipe e seu poeta saltaram por troncos caídos, almofadados de musgo e fungos, e as sombras faziam parecer que eles usavam coroas de azevinho e espinhos.

Andrew escreveria sobre eles um dia. Faria as partes obscuras serem lindas, os beijos seriam sangrentos; a vingança, doce.

Naquela noite, tudo iria enfim funcionar. Eles ganhariam; precisavam vencer. Já tinham a resposta.

A tinta já manchava os dedos de Thomas quando o garoto encostou a coluna em um pinheiro às sombras e se agachou. Ele equilibrou o caderno nos joelhos e apoiou a lanterna ao seu lado, no chão.

– Terminei de desenhar o monstro no salão de estudos – falou. – Assim que ele aparecer, vou desenhar um nó de videiras apertado ao redor de seu pescoço.

O sangue coagulava atrás da orelha de Andrew. Ele esfregou a cabeça no ombro e tentou se tranquilizar de que a ferida só estava soltando pus, que não era mais lama. Um avanço... de certa forma.

Ele ajeitou a mão ao redor do machado e fechou o zíper da jaqueta felpuda até o pescoço.

– Como sabemos que é ele que vai aparecer?

– Eu destruí todo o resto. – A voz de Thomas saiu apertada. – Não faz sentido que eles continuem aparecendo. Se eu não estou mais desenhando monstros, por que não vencemos?

– E na aula de artes?

– São retratos. Tipo, eu até faço pássaros e montanhas saindo de cabeças, mas – ele falou mais alto para interromper os protestos de Andrew – é diferente. Não são monstros.

– Você tem desenhado florestas? Árvores?

A escuridão cobria a maior parte do rosto de Thomas, mas um cantinho de luz tocou sua boca ressentida. Ele sempre odiara que lhe dissessem o que fazer.

– Eu acho – falou Andrew – que o problema está em tudo que você desenha.

– Se eu posso fazer monstros, você... você pensa no que isso faz de mim? – Thomas destampou uma caneta, mas havia receio no olhar de esguelha que ele lançou a Andrew.

Depois de tanto tempo preso entre os monstros e a escuridão, Andrew estava focado em só uma coisa: deter os monstros.

Não em quem havia dado início à coisa toda.

Não no motivo.

Ele sentiu um frio na barriga ao ver o rosto incerto de Thomas, a forma como seu queixo estava inclinado para cima como se ele ansiasse por qualquer tipo de encorajamento que Andrew pudesse colocar em sua língua. A vulnerabilidade o fazia parecer mais jovem, mais sutil.

– Mágico – respondeu Andrew. – Acho que faz de você algo mágico.

Em seu íntimo, o que ele realmente pensava batia em seu coração de um jeito sombrio, fervente e cruel. *Você é um pesadelo, você é um deus de lugares nefastos, para deter o horror que você causa talvez nós precisemos deter voc...*

Thomas se permitiu dar o mais diminuto dos sorrisos antes de voltar a desenhar. No entanto, um pouco da tensão deixou seus ombros, o que fez a mentira de Andrew valer a pena. Ele desejou poder encaixar o rosto na curva do pescoço de Thomas e abraçá-lo até que sua ansiedade esmaecesse e ambos se aquecessem de novo.

Um graveto se partiu atrás deles.

Andrew se virou devagar, agarrando firme o machado. Ele se recusou a se desmantelar como um garoto feito de vidro outra vez.

Thomas desenhou mais rápido.

– Vai ser um demônio com um rosto horrível e flores nos chifres. As raízes das árvores vão estrangulá-lo. Se der certo, não vamos ter que fazer muita coisa.

– O que esse demônio quer?

Thomas o olhou de relance, confuso.

– Sei lá, devorar a gente? É um monstro.

Algo se desdobrou na mente de Andrew, uma peça de quebra-cabeça caindo em sua mão estendida. Todo mundo desejava alguma coisa. Todo mundo queria ou procurava ou ansiava – até mesmo monstros. Clemens queria se sentir esperto fazendo os demais se sentirem burros, e Bryce Kane queria se sentir poderoso fazendo os outros se sentirem pequenos.

O que os monstros da floresta queriam?

Thomas ilustrava com ferocidade e perversão, mas não atribuía narrativas aos desenhos – seus monstros começavam e terminavam no papel. Andrew sabia que Thomas desenhava de acordo com o que sentia, mas será que ele entendia os próprios sentimentos? Ele nunca parecia saber o motivo de estar irritado, assustado ou solitário – o que ficava óbvio em seus picos de animosidade, em seu ultraje quando Dove chamava sua atenção por ser tão odioso e no jeito desesperado como ele se segurava a Andrew.

Talvez eles estivessem lutando errado contra os monstros.

– O que *você* quer? – indagou Andrew, vendo Thomas franzir o cenho em confusão.

O garoto fitou Andrew com a noite formando uma poça preta em seus olhos, e, quando sua boca formou uma palavra, Andrew desejou desesperadamente que fosse:

Você.

Mas não foi isso que Thomas disse. Ele não teve a chance de dizer nada.

Atrás dele, uma garra se esgueirou da escuridão e o agarrou pelo pescoço.

Andrew gritou e avançou para a frente, mas Thomas já tinha sido puxado para trás no mato. Ele se debateu com uma fúria frenética e animalesca. O caderno fora arrancado de sua mão, papéis rasgados se espalhando pelo chão da floresta. A folha com o monstro que tinha desenhado esvoaçou até a perna de Andrew antes de ser levada pelo vento.

O monstro que tinha agarrado Thomas era todo errado.

Seu corpo se contorcia em uma imitação vulgar de um humano. Os braços eram longos demais; a coluna, mutilada. Seu torso estava nu exceto por um barbante que dava voltas e voltas em seu peito, pescoço e cabeça. Por entre as laçadas vazavam terra, frutas podres e galhos. Não havia olhos nem orelhas, somente a boca aparecia em um corte vermelho sem lábios. Quando a mandíbula se abriu, uma língua serpenteou para fora, longa e bifurcada como a de uma cobra.

Não tinha nada a ver com o desenho de Thomas.

Tudo começou a gritar dentro da cabeça de Andrew.

Ele golpeou com o machado, mas a criatura desviou. Ela bateu a cabeça no peito de Andrew e o fez voar para trás, zunindo e aterrissando com força.

A arma caiu entre Andrew e o monstro.

Thomas engatinhou para alcançá-la, mas o monstro gritou e se lançou sobre ele, prendendo seu corpo contra o chão. O garoto deu um soco certeiro no rosto do bicho, fazendo-o chiar e recuar.

Em seguida, sua língua se esticou.

– Thomas! – Andrew fechou os dedos ao redor do machado, mas sua mão suada escorregou no cabo. Ele era lento demais e tremia muito. Acertou a arma nas costas do monstro, mas ela ricocheteou, como se a pele fosse impenetrável.

Andrew cambaleou para trás ao se dar conta de que a língua do monstro não era bifurcada. Era a ponta de uma flecha.

E ela atingiu Thomas na barriga.

O garoto gritou, contorcendo-se debaixo do monstro e rebatendo-se tanto que a criatura precisou se esforçar para manter os membros dele colados ao chão.

Não, *não não não* – Andrew estava falhando. Estava *falhando com ele*.

Ele se lançou às costas do monstro, mas o bicho se desvencilhou como se o menino não pesasse mais que uma borboleta. A criatura se amontoou sobre Thomas e balançou, lenta e despreocupada ao sugar, a língua como se fosse um canudo. Estalos de prazer saíram de sua boca.

Thomas parou de gritar, mas apenas seus ganidos já poderiam ter matado Andrew. Ele de repente parecia tão pequeno, tão cheio de dor. Seus dedos sujos de lama tentaram agarrar a língua, mas ela era escorregadia demais.

Andrew largou o machado.

Uma selva cresceu em sua cabeça, espinhos e fúria e bagas venenosas. Se aquilo fosse uma história, ele teria escrito a si mesmo como forte o bastante para matar o monstro.

Então ele transformaria aquilo em uma história.

Andrew pegou a caneta de Thomas do chão.

Em seguida, correu.

O grito de Thomas irrompeu atrás dele, milhares de estilhaços levados pelo vento. O chacoalhar de seu corpo fazia as folhas farfalharem, mas ele não conseguia escapar. Era uma presa encurralada.

E Andrew o abandonara.

Nem sequer olhou para trás enquanto Thomas soluçava por ele.

Andrew pulou o tronco musguento e se lançou a uma bétula de casca lisa. Colocou uma mão no tronco, forçando a outra a se manter estável enquanto colocava a ponta da caneta na superfície. Pensa, *pensa*. Ele era pura eletricidade estática; estava cheio dos gritos de Thomas.

E então começou a escrever.

A escuridão ocultou cada palavra que sangrava sobre a bétula, mas Andrew continuou escrevendo. A caneta vacilava em sulcos e relevos, mas a história saía dele num impulso.

Bem no centro da floresta oca, uma bruxa gostava de capturar garotos e chafurdar a própria língua no sangue deles.

Os choramingos de Thomas se tornaram outro grito engasgado que deixou buracos na noite. Andrew escreveu mais depressa, o coração disparado.

Mas quando mergulhou a língua em um garoto com cabelo pincelado de chamas, a bruxa queimou de dentro para fora, e tudo o que sobrou dela foram cinzas sopradas pelo vento.

Andrew se afastou da árvore, ofegante como se fosse ele correndo, lutando, gritando. Ele se virou, a mente cheia de machados e sangue, além de um terror dilacerante por Thomas Thomas Thomas...

Então viu o momento em que o corpo do monstro sofreu espasmos e se curvou para trás como se sua espinha fosse feita de borracha. Em seguida, com um grito estridente, ele explodiu em cinzas.

Os floquinhos em brasa rodopiaram sobre o corpo de Thomas antes de o vento soprá-los.

Andrew refez o caminho correndo, tropeçando e rasgando o jeans em rochas pontudas antes de colapsar ao lado de Thomas. Suas mãos tocaram o garoto por inteiro, tateando sua barriga, seu peito e pressionando a palma às batidas do coração antes de segurar seu rosto.

Os soluços de Thomas saíam densos e baixos. Com as mãos trêmulas, Andrew levantou sua camisa.

Mesmo no escuro eles viam o buraco, um furo perfeitamente redondo na barriga de Thomas. Não sangrava. Era um túnel escuro que levava a outro mundo.

Andrew pousou os dedos sobre a ferida.

– Tá tudo bem. O monstro morreu.

– O que você fez? – Thomas engasgou-se com cada palavra. – Co-co--como...

– Eu contei uma história. – Andrew segurou Thomas como se nunca mais fosse soltá-lo. – Eu o matei com tinta.

Precisavam tentar de novo, para garantir que não fora pura coincidência.

Encheram os bolsos de Andrew com canetões pretos, e foi a vez de Thomas levar o machado. Seus olhos estavam fundos e roxos de exaustão, e ele se mantinha de pé com cuidado. Eles tinham limpado e enfaixado a ferida, mas o buraco ainda assim não fechava. Continuou ali, redondo como uma moeda e preto como o breu. Andrew pensou que se enfiasse o dedo nele não encontraria sangue, apenas um túnel que levaria à coluna de Thomas.

Aquilo estava fazendo Thomas surtar de uma maneira que nada jamais fizera. Ele manteve a mão sobre a barriga ao entrarem na floresta, e sempre que os arbustos se mexiam parecia pronto para se despedaçar.

Quando Andrew encontrou a bétula em que tinha escrito seu conto na noite anterior, Thomas apoiou as costas nas do garoto, equalizando suas respirações. Enquanto a dele saía irregular e úmida, a de Andrew era estável.

Ele usou a lanterna para iluminar o tronco e escolheu um espaço vazio.

– Não quero que eles me toquem – falou Thomas. – Eu não consigo... de novo, não. Eu...

– Vou escrever diferente desta vez. – Andrew tirou a tampa da caneta com o dente e encostou a ponta na casca da árvore, preparado. Com a outra mão, segurou o pulso de Thomas.

Foi então que Thomas se inclinou na direção dele, e a respiração de Andrew falhou, uma revoada de borboletas atrás de suas costelas. Eles estavam tão próximos daquele jeito, suas bochechas coladas. Ele pensou que se virasse a cabeça para o lado, Thomas poderia beijá-lo bem ali, o que seria lindo e terrível.

Responderia uma dúvida, e arruinaria todo o resto.

Ou talvez não arruinasse nada. Ele não sabia. Estava sendo consumido pelo fato de não saber e pelo medo de descobrir.

– Andrew... – Thomas pronunciou seu nome com uma delicadeza cautelosa. – Você... – Ele parou. – Quando a gente dormiu...

Eles não podiam falar daquilo, não naquele momento. Andrew não tinha palavras para justificar por que eles tinham se aninhado um ao outro em sua cama, sem dizer nada, como se não significasse nada...

Andrew se enrijeceu um pouco, ou talvez os dois tenham sentido o peso dos monstros se movendo no escuro, porque Thomas se afastou.

– O quê? – indagou Andrew com a boca seca.

– Depois eu pergunto. – A voz de Thomas saiu baixa e rouca.

E então os monstros surgiram.

Andrew os reconheceu de um dos desenhos de Thomas que costumava ficar pendurado acima da cama do garoto. Criaturas esguias como álamos e tão altas que o pescoço de Andrew doía ao olhar para elas. Usavam mantos pintados de preto, e seus ossos tilintavam dentro do corpo conforme andavam.

Tinham crânio de carneiro no lugar da cabeça – eram monstros contorcidos e grotescos com a pele apodrecida e dentes cheios de minhocas.

Líquen e cogumelos brotavam de seus mantos, e seu movimento não era bem um caminhar, mas um arrastar-se à frente.

Thomas atravessou o machado em um deles, e os ossos se desfizeram em uma explosão e caíram pelo chão da floresta. No entanto, quando se afastou, a criatura simplesmente se regenerou por debaixo do manto e se reergueu.

O bicho exibiu os dentes, e Thomas cambaleou para trás na intenção de fugir, esbarrando em Andrew.

Os monstros avançaram estalando as mandíbulas, com as cabeças inclinadas e pedaços de pele morta escorrendo de seus crânios.

– Andrew... – Thomas agarrou o garoto pelas costas do suéter. – São picanços de osso. Quando eles gritam...

Um dos picanços tombou a cabeça para trás e gritou, como se atendendo a um pedido. O som açoitou os tímpanos dos meninos feito um chicote, e ambos cambalearam para a frente aos berros, com sangue escorrendo de seus ouvidos e pelo nariz. O líquido metálico pingou sobre a boca de Andrew, que se apoiou na bétula e começou a escrever.

Em uma noite de preto aveludado, os picanços de osso andavam por suas trilhas prediletas na floresta para confiscar segredos. Se gritassem no ouvido de uma presa, ela não tinha escolha senão desnudar a própria alma.

Thomas cobriu as orelhas com as mãos, largando de vez o machado. Andrew achou que Thomas parecia mais desesperado para se proteger do que de costume, como se carregasse segredos demais que não podia deixar escapar.

Porém, quando os picanços de osso gritaram diante do príncipe de abóbora e seu poeta, seu encantamento se voltou contra eles. Foram os segredos dos picanços que se revelaram. A surpresa e a vergonha de terem perdido seus segredos fez com que suas palavras os devorassem por inteiro.

Andrew esgarçou a ponta da caneta na casca grossa da árvore, mas assim que terminou e se virou, encontrando Thomas golpeando mais uma vez com o machado, a história começou a se tornar realidade.

As mandíbulas dos picanços de osso se escancararam, mas os gritos irromperam ainda antes, perfurando o peito dos monstros. Eles balançaram com a força do impacto.

– Não os ataque – falou Andrew. – Prometo que vai ficar tudo bem, Thomas. S-só não ataque.

O pânico contorceu o rosto de Thomas, que claramente precisava de toda fibra de seu ser para se manter imóvel. Mas Andrew queria ouvir os segredos dos picanços. Não sabia como falariam com gargantas esqueléticas, mas deixou eles se aproximarem mais e mais, e o som do bater dos ossos preencheu a floresta.

Um dos monstros se inclinou sobre Andrew, seus chifres reluzindo como adagas no luar, e seus braços estendidos como galhos de árvore infinitos. Ele passou os dedos pelo cabelo de Andrew, que mordeu a língua com tanta força que o gosto de cobre invadiu sua boca.

Não enfrente eles. Não fuja. Não lute.

– Me conte seu segredo – sussurrou Andrew.

A coisa abriu a boca, cuspindo torrões de terra com minhocas. Fungos cresciam na ligação da mandíbula. O monstro passou o dedo no rosto de Andrew, em direção a seu olho, que o garoto fechou com força, sentindo um frio agonizante de gelar os ossos o preencher.

– Por que está fazendo isso? – A boca de Andrew mal se movia. – O que você quer?

… sacrifíciooooooo…

toda boa história termina com um desejo ambicioso realizado

… um beijo sangrento –

o sacrifício do príncipe.

– arranque um coração –

e enterre-o na floresta.

mas você já

sabia disso, príncipe.

O picanço de osso se afastou. Outro de sua espécie chegou por trás, quebrou pedaços de seu crânio e começou a comê-los. Ficaram todos parados ali, devorando uns aos outros enquanto Andrew observava horrorizado sua história se realizar.

Ele se retraiu e se ajoelhou ao lado de Thomas, que estava sentado, acanhado entre folhas, as mãos ao redor das pernas e os joelhos erguidos até o queixo.

– Disseram alguma coisa pra você? – perguntou Andrew.

Thomas sacudiu a cabeça, mas seu rosto estava pálido. Uma geada descomunal cobria suas bochechas. Poderia estar mentindo, mas não importava. Andrew conseguira as respostas que queria. Ele ajudou o amigo a se levantar.

Quando tudo que restou dos picanços foram as mandíbulas, ainda se mexendo no chão, tentando mastigar a si mesmas até morrerem, Andrew e Thomas escaparam de volta à escola.

Nenhum dos dois conseguia se esquentar. Os segredos aparentemente roubavam todo o calor do corpo. Andrew vestiu outro suéter por cima do pijama listrado e foi para a cama. Em seguida, desligou as luzes para que pudessem aproveitar as poucas horas do amanhecer dormindo, mas, antes que conseguisse fechar os olhos, seu colchão afundou na beirada. Ele mais sentiu do que viu Thomas à espreita, com um joelho já sobre o cobertor, inquisitivo.

Andrew deu espaço e Thomas se deitou a seu lado.

Não dava mais para fingir que aquilo não passava de um acidente, então eles não disseram nada, apenas se aninharam um ao outro até pararem de tremer.

– Você consegue controlar os montros – comentou Thomas. – Esse tempo todo você podia ter salvado a nossa pele com suas histórias. Será que agora a gente acaba com eles? Pra sempre?

Andrew pressionou o rosto nos cachos de Thomas e pensou em príncipes com o coração arrancado.

– Não sei.

Mentiroso. Mas isso ele sempre tinha sido.

Em vez da verdade, o que sussurrou foi:

– Você morreria por mim?

A voz de Thomas saiu quente e macia com o sono.

– Claro que sim.

VINTE E TRÊS

Eles ficaram sentados juntos nas escadas, dividindo um pacote de Oreo. A chuva tinha deixado o jardim brilhante, as cercas-vivas reluzindo com gotas de diamante e a atmosfera pesada com aquele aroma denso e limpo de um mundo recém-lavado. Era um alívio respirar um ar que não fosse o da floresta – sufocante, repulsivo, arrebatador. As escadas levavam a uma entrada lateral da Wickwood que só era usada pelos funcionários que iam ao estacionamento, então os garotos se sentiam seguros em sua solitude. Longe do olhar dos outros.

Deviam estar no refeitório para o almoço, mas Thomas propusera um acordo: evitariam quem quer que fosse, contanto que Andrew se alimentasse.

Ele tentou. Não estava fazendo de propósito. Só nunca mais sentira fome, e a onda de ansiedade que vinha com a prospecção de a comida ter gosto de lama, de folhas e da floresta o impedia até mesmo de se forçar a colocar algo na boca. Ajudava que naquele momento ele estivesse sentado no degrau superior, enquanto Thomas estava um pouco mais para baixo. O garoto continuou de costas para Andrew ao morder um biscoito, inspecioná--lo e depois passá-lo para trás por cima do ombro. Sem contato visual. Sem confronto a respeito do hábito ansioso e carente que Andrew desenvolvera. Não conseguia comer mais nada antes que Thomas tivesse provado.

A língua de Andrew ainda procurava os sulcos deixados pelos dentes de Thomas.

– Eles continuam dizendo aquilo – falou Thomas.

Andrew levantou a cabeça, desviando a atenção do caderno sobre seu colo. Ele tinha uma rotina: morder um biscoito, pensar, depois escrever uma linha. Estava com frio, outubro invadia seu blazer e deixava longos beijos gelados, mas ele não se importava.

– Dizendo o quê?

– Que eu sou um assassino. – De cara fechada, Thomas se virou para passar outro biscoito, que Andrew se inclinou à frente para aceitar. – Sei que o Bryce Kane está espalhando essas merdas para me desestabilizar, mas parece que... que tanta gente *quer* acreditar nisso. Alguns caras com quem eu nunca conversei na vida estavam falando sobre mim, e não pararam mesmo quando passei por eles. Eles deram risadinhas! Tipo "Se ele não é culpado, por que está sempre tão assustado?". Eu só... – Thomas parou de falar e deixou a pausa se estender por um longo minuto antes de concluir com amargor: – Talvez a gente devesse permitir que os monstros comessem eles. Eu *não* pareço ser culpado.

Andrew não contrariou dizendo que sim, os dois pareciam culpados. Uma energia frenética importunava Thomas a todo momento – ele estava tenso e arisco, sua atenção sempre se dividia em mil, sempre estremecia como se esperasse que alguém o socasse, que gritassem com ele, que o esfaqueassem nos flancos. Enquanto isso, Andrew esvanecia até quase sumir por completo.

– Amanhã é Halloween. Se os monstros já estão ruins agora, imagina só o quanto vão ficar piores. Eu sinto. – Thomas deu uma mordida selvagem em mais um biscoito. – Por que você não pode escrever uma história que diga "E aí mais nenhum monstro se manifestou dos desenhos de Thomas e todos vivemos felizes para sempre"?

– Eu tentei – disse Andrew. – Escrevi "E então todos os monstros morreram" ontem à noite, mas eles continuaram vivos. Eu preciso bolar algum tipo de conto de fadas obscuro e macabro. Preciso escrever... sofrimento. Para eles, mas para nós também. Não estou inventando as regras, tá bem? As coisas são como elas são.

Thomas olhou feio para as migalhas no colo e não disse mais nada. De onde estava sentado, Andrew tinha uma visão perfeita dos seus cachos mais finos, na parte de trás do pescoço sardento, da forma como a etiqueta de sua camisa se esgueirava para fora em ângulos estranhos e da mancha antiga de tinta turquesa em sua gola embolada. Thomas, o belo desastre. Aquilo distraiu a mente de Andrew da dor de cabeça pulsante que jamais o deixava em paz. De como ele se sentia tão cheio que enfiar biscoitos na boca parecia ter alargado seu estômago.

E de como ele precisava contar a alguém que tinha algo de errado com ele.

Ir atrás da enfermeira da escola.

Ligar para o pai.

Procurar ajuda.

Mas ele não fez nada disso.

Esmagou os biscoitos nos arbustos de lavanda, onde Thomas não veria.

O amigo começou a falar, parou com um suspiro e voltou a comer.

O silêncio recaiu sobre eles – uma companhia, ainda que monótona –, e Andrew escreveu mais algumas linhas de um novo conto de fadas. Inventar histórias no escuro com monstros respirando em sua nuca era o tipo de ambiente de alta pressão que ele odiava, então arriscou algumas ideias à luz do dia. Seu celular estava aberto ao lado, a tela mostrando as mensagens para Dove, sem resposta.

Ele devia desistir, deixar a irmã ganhar, mas se aquilo era mesmo uma guerra por causa de Thomas, Andrew não podia só abrir mão e...

– Ei, a gente pode conversar? – Thomas ainda estava de costas para Andrew, mas seus ombros estavam tensos.

Andrew sentiu um frio na barriga.

– A gente *tá* conversando.

Thomas deixou a cabeça tombar e passou a mão pelo cabelo. Andrew de repente foi lembrado de quantas vezes Thomas tinha começado a falar e depois engavetado tudo dentro de si de novo, se esquivando.

As palavras que ele disse em seguida atingiram Andrew como um punho na boca.

– Você gosta de mim? – indagou Thomas.

Não, eles não podiam fazer aquilo. Tinham um acordo implícito de *nunca fazer aquilo*. O pânico escalou pela garganta de Andrew, e as batidas de seu coração pareceram rápidas demais, altas demais. Como seria para os dois arrancar seus sentimentos cheios de sangue, doloridos e escancarados, e compará-los? Só para descobrir que não combinavam. Ficar com as entranhas dissecadas sem poder costurar de novo para voltarem a ser como antes.

Thomas ia estragar tudo. E se ele pedisse ainda mais de Andrew, e se pedisse *tudo*?

Ou se pedisse para que tudo parasse?

Andrew sentiu uma vontade desesperada e aflita de tapar a boca de Thomas com a mão e apertar até ele perder o fôlego e se esquecer do que queria falar.

Thomas continuou, sem se virar.

– Eu sei que você não gosta de conversar, tipo falar *de verdade* sobre as coisas, mas...

– A gente conversa o tempo todo, todo dia. – Andrew fechou o caderno, seu coração disparado. – Eu estava pensando: tem certeza de que não esquecemos algum caderno de desenhos seu? Não tem nenhum debaixo da sua cama ou na sala de artes?

Por um longo momento, Thomas não disse nada. Então cutucou o musgo entre os tijolos na escada e respondeu:

– Dei um pra Dove. Um tempão atrás. Ela deve ter jogado fora.

– Vou descobrir – propôs Andrew. – Talvez a Lana dê uma olhada por nós.

– Não acho que seja esse o problema – contrariou Thomas com a voz baixa. – Estamos apagando tudo que eu já criei e não ajudou em *nada*. Talvez seja bom a gente falar disso também. Nunca conversamos sobre o motivo de os monstros não desaparecerem. Ou por que eles sequer surgiram. Não falamos sobre a Dove. Não falamos sobre o que vai acontecer depois que a gente se formar. – As palavras se chocavam umas nas outras, como se Thomas tivesse dificuldade de puxá-las para fora da boca. – A gente tá dormindo na mesma cama quase toda noite e não falamos disso também.

Andrew ficou de pé com um impulso. Seu corpo parecia o de um filhote atrapalhado, seus membros desconexos, e ele quase caiu ao pular Thomas e ir para a trilha úmida. Logo começaria a chover de novo. O ar úmido pressionava sua face, mas não adiantou de nada para resfriá-lo. Ele estava queimando; era feito de febre.

Thomas disse:

– Isso tá acabando comigo.

Mas Andrew não conseguiu olhar para ele.

– Você podia me dilacerar e devorar tudo que eu sou – falou Thomas, fraco e instável. – Eu ia deixar. Eu *te pediria* pra fazer isso. Mas não faço ideia do que significa pra você, do que... do que eu significo pra você.

– É claro que eu gosto de você. – Saiu mais ríspido do que Andrew queria.

– Mas você me quer? – Thomas se levantou também, o colo cheio de farelos e a metade da bainha da camisa para fora da calça. – *De que jeito* você me quer?

Andrew fechou os olhos.

– Para.

– Porque eu vejo você, tá? Eu te observo há anos. – Thomas passou a mão pelo rosto, mas o vermelho de praxe já invadia suas bochechas. – Você não olha pra nenhum garoto. Tipo, a gente já esteve em vestiários, no nosso quarto, e você já me viu pelado. E é como se você desviasse o rosto porque não quer ver. Não... não por ter vergonha de ser pego olhando.

Andrew não conseguia fazer aquilo. Tensionou a mandíbula.

– Você gosta de meninas. De onde foi que esse assunto...

– Não *só* de meninas. – Foi a vez de as orelhas de Thomas ficarem vermelhas feito pimentões. – Mas você sabe disso.

– Eu não sei de nada.

– Que droga, Andrew. – A voz de Thomas começara a oscilar. – Não percebe que sou apa... que eu gosto de você? Porque e-eu gosto muito, tá?

Andrew ouvira o deslize, a rápida correção. *Apaixonado por você.* Seu sangue rugia tão alto que ele não conseguia mais pensar, e tudo em que podia se concentrar era no nó apertado de dor em sua orelha. Oculto, curioso, *voraz.* Como ele. Ele estava morrendo de fome – por aquela confissão, pela expressão desarmada e desolada no rosto de Thomas. Não era aquilo que sempre desejara?

Não era para ser tão difícil assim sussurrar *eu também estou apaixonado por você, mas...*

Mas.

Era uma palavra enorme.

Mas e Dove? Mas e se ela tivesse amado Thomas primeiro? Mas e se Thomas quisesse mais do que Andrew poderia dar? *Mas...*

O mundo pareceu pronto para rodopiar para longe, e Andrew não conseguia engolir direito. No peito, seu coração sangrava ao bater nas costelas. Estava perdendo o controle.

– Tudo dentro de mim está em ruínas – falou Thomas. – Por você.

Um chuvisco leve começou, e tinha o mesmo gosto da floresta. Andrew encarou os nós dos dedos, que tinham ficado brancos, contrastando com a lombada do caderno. Ele poderia arrancar uma dezena de histórias e jogá-las na cara de Thomas. Cada uma delas dizia, de maneiras sangrentas e belas, *eu te amo eu te amo eu te amo.*

No entanto, sua voz saiu como se pertencesse a outra pessoa, distante e mecânica.

– Eu sou assexual – falou Andrew.

O eco daquilo assentou entre os dois. A névoa cobria os cílios de Thomas quando ele piscava. Seu rosto ainda estava cheio de perguntas inquietas e desejo – mas uma ruga surgiu em seu cenho.

A pausa foi longa demais.

– Está bem – disse Thomas, rouco. – Eu não sei... quer dizer, eu meio que sei, mas eu não...

– Eu não tenho sentimentos platônicos por pessoas aleatórias – explicou Andrew. – Eu não quero... eu não penso em... em... dormir com outras pessoas. Não quero. Com ninguém. – Ele estava piscando depressa. Não sabia por quê. – Às vezes é diferente para outras pessoas assim. Mas pra mim... é desse jeito.

– Você não gosta de garotos. – A voz de Thomas saiu desnudada.

– Não foi isso que eu disse.

Thomas se virou em um semicírculo, as mãos no cabelo novamente ao andar até as escadas e voltar. Andrew quase sentia o calor emanando de sua mente rodopiante.

– Eu gosto de você – admitiu Andrew com a boca seca. – Mas não... não da forma como você precisa.

Thomas parou abruptamente.

– Espera, do que você acha que eu preciso?

– Não finja. – A pele de Andrew estava apertada demais. – Você ia querer... você i-ia querer dormir comigo. Um dia. – Ele não conseguia olhar para Thomas.

– Ué, óbvio que sim? Andrew, você é lindo. É claro que eu... eu *te disse*. Eu tô em ruínas por você. Eu te daria qualquer coisa.

Andrew estava prestes a chorar. Aquilo era pior do que tudo, pior do que os monstros fincando dentes em sua pele.

Ele queria dizer *você também é meu tudo*.

Ele queria dizer *eu não existo sem você*.

Ele queria dizer *me beija*.

Mas precisava se afastar, porque não podia ser o que Thomas queria, e por isso o perderia completamente.

Era por isso que eles deviam ter deixado pra lá. Continuado a ser o que quer que fossem antes, sem palavras. Ele sabia que não havia nada de errado com afeição íntima e platônica – mas, para ele, debaixo de todas aquelas camadas apodrecidas e tumultuosas, não existia nada platônico no que sentia por Thomas. Andrew amava aquele garoto tão profunda, total e obsessivamente que não conseguia respirar, e o peso disso o aterrorizava.

– Não posso. – Andrew escondeu as mãos trêmulas às costas.

– Não estou dizendo agora. – Thomas puxou a gravata até ela afrouxar, e pousou o olhar sobre tudo, exceto Andrew. – Eu sei que você é ansioso, mas eu nunca te pressionaria...

– Não é *ansiedade*. É que... eu não posso. Eu não vou. Eu... só esquece, tá? – O caderno escorregou de seus dedos instáveis e caiu no chão entre os dois. As mãos de Andrew tremeram ao pegá-lo de volta. – E a Dove?

Era algo cruel de questionar. Ele entendeu isso assim que o rosto de Thomas se fechou.

– Eu nunca fui apaixonado pela Dove. – Sua voz saiu baixa.

– Vocês ficaram? – indagou Andrew.

Diz que não. *Diz que não*.

Mas Thomas não disse nada. Apenas mordeu o lábio inferior e de repente se abaixou para sentar na escada de novo. Ele coçou o cabelo, seus cachos tão molhados que grudavam na testa.

– O que mais vocês fizeram juntos? – Andrew tinha saído do próprio corpo. – Foi por isso que vocês discutiram no fim do semestre passado? A briga feia que fez ela dar as costas pra você?

Thomas levantou o rosto, a surpresa se misturando à confusão.

– Mais ou menos, mas é complicado.

Só que Andrew deu um passo à frente. Ele sabia que estava falando de maneira tão cruel que devia estar evidente em seu rosto.

– Quantas vezes vocês se beijaram?

– Quando a gente se beijou, pareceu errado. A gente... não devia ter feito aquilo. Nós dois concordamos com isso. – Thomas teve dificuldade de manter o controle dos cantos da boca, mas seus olhos brilhavam demais, a brutalidade da agonia neles exposta. – Por que você tá fazendo isso?

Para me proteger. Para te afastar de mim.

Porque eu não consigo parar.

– Você gosta mesmo de mim ou só tem saudade da Dove?

Foi como se Thomas tivesse levado uma chibatada no rosto. Ele virou o corpo, encolhido depois do golpe invisível. Sua boca estava vermelha demais, os olhos marejados na chuva.

– Lembra quando a gente tinha doze anos e estava fazendo trilha na floresta durante a aula? – Sua voz soava instável, e Andrew levou um segundo para se dar conta de que era raiva abalando o garoto. – A gente decidiu apostar corrida, a Dove e eu. E o tempo todo eu fiquei pensando "Tomara que o Andrew olhe pra mim, quero que o Andrew me veja". Eu te amo desde aquele momento. Então quer saber? Vai se foder. Eu acho que você me ama também, só que... só que é covarde demais pra admitir.

Andrew saiu andando pelo caminho no jardim. Não conseguia enxergar nem ouvir nada além do mundo se acabando ao seu redor. Furioso, ele secou os olhos, mas precisava mesmo era se encolher em posição fetal e parar de existir por um segundo antes de surtar de vez. *Ataque de pânico*. Mas ele não conseguia tirar as palavras à força para alertar ninguém. Não que houvesse alguém a quem recorrer. Ele não só afastara Thomas como fizera questão de cortar seu pescoço antes de dar as costas.

Por que ele tinha feito aquilo?

Os restos de um campo de batalha deixavam seu rastro – espadas partidas e coroas de flores destroçadas largadas para apodrecer entre pilhas de ossos. No entanto, ele mesmo era o responsável pela espada cravada em seu abdômen. Tudo o que Thomas fizera foi pedir para amar um garoto perdido em contos de fadas, e o garoto encomendara sua punição.

– Andrew.

Mais uma vez, angustiado e ofegante, como se estivesse arrependido do que disse.

– Andrew, *espera*.

Ele correu.

VINTE E QUATRO

Andrew não se lembrava da forma de seu próprio corpo, se é que já tinha tido uma.

Não sentia nada, não via nada enquanto o esquecido jardim desaparecia atrás de si e ele corria para os dormitórios. Uma brisa gelada de outono lambia sua pele. Ele nunca se sentira tanto como um papel prestes a ser soprado rumo ao céu. Ele queria que aquilo parasse. Queria *sumir*. De sua pele. De sua cabeça.

Já estava *exausto*.

Trombou com um grupo de alunos saindo da biblioteca, derrubando livros e pastas de suas mãos e fazendo-os gritar. Ele continuou correndo. Nada importava exceto o nome que escorria de seus lábios.

– Dove. DOVE.

Um garoto patético, feito de vidro e coisas delicadas, correndo para pedir a ajuda da irmã. Era uma cena vergonhosa, mas ele não se importava.

Mais à frente, viu o rabo de cavalo dourado como mel virar em um canto, e correu atrás dela. No entanto, o caminho terminava no dormitório feminino – um lugar aonde não poderia segui-la. Ela tinha feito de propósito.

Tudo dentro dele ferveu, uma onda de algo repulsivo, sombrio e maligno escalando pela garganta para cobrir sua língua. Eles eram gêmeos – ela era a outra metade dele. Não podia abandoná-lo no momento em que mais precisava.

– DOVE. *Por favor*. – Ele avançou, o mundo ficando turvo a seu redor.

Ele passou por um grupo de garotas que conversavam na frente do dormitório, e elas levantaram a voz em surpresa e indignação. As palavras atingiram as costas de Andrew e caíram no chão, inúteis. Alguém disse seu nome.

Andrew abriu a porta de entrada.

– Preciso encontrar minha irmã. Dove? DOVE.

Alguém bloqueava seu caminho. Ele estava tão submerso, afogado em tinta, que não conseguia distinguir o rosto ou a expressão da menina, mal conseguia sentir as mãos tímidas em seus ombros, empurrando-o para trás.

– Andrew, volta pra fora. Por favor, me escuta. Nossa monitora vai ouvir. Só... por favor?

Uma parte absorta de seu cérebro assimilou o rosto de Chloe antes de ela levá-lo para fora com uma força surpreendente. Ela franziu o cenho em linhas ansiosas e continuou acariciando o braço do garoto como se para se desculpar por empurrá-lo tão forte.

Assim que cambalearam para a grama, outras garotas marcharam até eles de braços cruzados.

– Vou contar pra alguma professora. Não é pra menino nenhum entrar no nosso dormitório.

Chloe continuou segurando firme o braço de Andrew.

– E eu vou contar pra Lana que você deu com a língua nos dentes. Quer mesmo comprar essa briga?

Aquilo fez a garota se calar. O grupo se afastou, mas Andrew ainda conseguia ouvir a desconfiança e a curiosidade esburacando suas costas. Ele já se esvaíra no tempo quase por completo quando percebeu que Chloe o tinha deixado e reaparecido com Lana. Sabia que devia se sentir grato, mas não sentia nada. Estava entorpecido, cego de raiva e sem conseguir se orientar.

Lana foi atrás dele, parcialmente vestida para a aula de teatro, com sombra de olhos pesada e um semblante ilegível.

– Andrew, que merda foi essa?

Os sussurros golpearam suas costas.

– ... é o Andrew Perrault.

– Você ficou sabendo do que ele fez com a mão no semestre passado?

– ... ouvi dizer que...

– Ai, meu Deus, o irmão da *Dove*?

A floresta brotava em sua boca. A lama se espalhava por entre seus dentes, e ele sentia as folhas úmidas grudadas no fundo da garganta.

Tudo o que ele enxergava era o rosto de Thomas, sua expressão nítida e esperançosa.

Andrew, você é lindo.

O garoto que não amava ninguém amava ele.

Sua explicação sobre ser assexual fora desastrosa. Só que não era justo ter uma única chance de se assumir, de se explicar, e, caso embaralhasse as palavras, de alguma forma a culpa ainda ser toda dele.

– Andrew? Ei. *Oi.* Olha pra mim.

Dedos estalaram na frente de seu rosto, e ele puxou o ar tão fundo que doeu. Tinha parado de respirar.

– Preciso da Dove. – Sua voz vacilou com o esforço de manter um tom estável para não entregar que estava tendo um ataque de pânico. – Preciso falar com ela. E-e-eu preciso.

Lana trocou um olhar com Chloe, ambas com feições tensas. Ele não era problema das duas, e elas não deviam nada a ele, mas as pessoas com quem Andrew contava o haviam abandonado, o deixaram para trás, não davam a mínima, e ele precisava de alguém.

Sua visão embaçou.

– Quer ligar para o seu pai? – propôs Lana, devagar.

Ele engoliu em seco.

– Não. Tá... eu tô bem. Não importa. O Thomas deixou um caderno nas coisas da Dove?

Ela levou um susto.

– Na verdade, sim. Eu ia jogar fora, mas não fiz isso ainda.

– Pode me dar?

– Claro... Você tá bem mesmo?

Andrew não conseguiu olhar pra ela.

– Estou.

– Porque nem parece que você está tendo um ataque de pânico. – Lana olhou por cima do ombro do garoto em busca da sombra familiar que devia estar atrelada aos calcanhares de Andrew, mas não estava por perto. – O Thomas foi babaca com você?

Ele disse que me amava e depois me chamou de covarde.

– Eles ficaram? – Andrew não sabia como estava conseguindo falar. – O Thomas e a Dove? Ele disse que era *complicado.*

Lana titubeou.

– Odeio concordar com ele, mas sim, é complicado mesmo. Eles eram um desastre em muitos quesitos. Eu não deveria dizer isso, mas dane-se: a Dove me contou que, antes, achava que o Thomas tem costume de brigar com as pessoas de quem gosta porque sabe que assim consegue atenção. Mas com você é diferente. Ela disse: "O Andrew é o lugar seguro do Thomas. Ele sempre é carinhoso com o Andrew". – Lana semicerrou os olhos. – Ele tá te pressionando a fazer alguma coisa? Porque eu acabo com a raça dele.

– Eu acho – sussurrou Andrew – que ser assexual é um porre.

– Eu acho – emendou Lana – que o mundo é que é um porre por fazer você se sentir assim.

– Preciso falar com ela. – Ele afundou as palmas nos olhos com tanta força que estrelas brancas explodiram por trás das pálpebras. – Ela estava tão brava comigo, e e-e-eu não entendo. E agora me abandonou bem quando eu preciso dela. Por que ela tá fazendo isso? Nós somos gêmeos. Eu *preciso* dela.

Ele foi em direção ao dormitório feminino de novo, mas Lana o segurou. Andrew era mais alto, mas ela parecia ser mais forte.

– Ser expulso não vai ajudar em nada – alertou ela. – Você precisa se acalmar. Agora me escuta. Eu e a Chloe estamos atrasadas para a reunião do coletivo, mas não vamos te deixar sozinho nesse estado, então adivinha? Você vem junto. Pode ficar sentado no fundo, não precisa dizer nada. – Andrew começou a balançar a cabeça, mas ela o interrompeu. – Do contrário eu vou te levar pra enfermeira e ela vai ligar pro seu pai. Você claramente não está bem.

– Desculpa. – A voz dele ainda soava errada. Do avesso. *Afogada.* Ele estava se afogando na frente de todo mundo. – É bobagem, e eu estou estragando seus planos. Eu vou…

– Errado. Você vem junto. Depois a gente conversa sobre o que aconteceu. Além do mais – acrescentou ela –, você não é proibido de ter amizades além do Thomas.

Ele só não sabia como fazer isso.

Se um monstro saísse dos arbustos de rosas naquele exato instante com dentes longos feito facas, Andrew o deixaria cravar os dentes em suas costelas e parti-lo ao meio como uma ameixa podre.

Ele só queria que tudo

parasse.

VINTE E CINCO

$\mathcal{E}$le tinha uma fera enjaulada no peito e precisava usar toda a sua energia para contê-la.

Precisava de uma distração. Se concentrar em outra coisa. Sentou-se curvado no fundo do estúdio na parte superior da biblioteca, com as duas mãos no tapete, sentindo o tecido áspero raspar em sua pele.

Da última vez que se sentira daquela forma, ele socou um espelho.

A seu redor, o estúdio vibrava com um caos animado. Cadeiras e mesas haviam sido afastadas, e os alunos chegavam para a reunião do coletivo LGBT. Nada parecia organizado. Todo mundo estava em toda parte, falando e brincando e rodeando a pessoa que tinha levado cookies com cobertura delicada da aula de culinária. A sra. Poppy usava uma echarpe enorme que tinha sujado de tinta ou usado propositadamente como pincel – a segunda opção parecia a mais viável, considerando que sua pele marrom também estava manchada em tons de turquesa e lavanda. Em vez de dar início a um debate, ela disse:

– Acho que não tem como escaparmos do Halloween. Vamos discutir expressões de gênero em roupas, e assim vocês me contam sobre as suas fantasias.

Andrew ficou esperando alguém se aproximar sorrateiramente dele para perguntar o que estava fazendo ali. Mas ninguém fez isso. Salvo alguns relances curiosos, ele não gerou reação alguma. Talvez Lana os tivesse avisado, ou talvez a escola toda sempre tivesse presumido que ele era gay.

Dois coturnos Converse roxos pararam em frente dele, e ele levantou a cabeça para encarar Lana.

Ela franziu o cenho.

– Preciso apresentar o grupo para as pessoas novas. Você tá bem aqui?

– Prefiro ir embora – respondeu Andrew com a voz baixa.

– Uma pena, porque você tá preso comigo até podermos ter uma boa conversa. Aguenta aí e me espera. – Lana deu tapinhas no topo da cabeça dele, mas o gesto pareceu mais uma repreensão afetuosa do que um consolo. Em seguida, ela saiu para falar com um grupo de alunos do primeiro ano amontoados à porta.

– A Lana se recusa a deixar alguém se sentir só.

Andrew puxou as pernas para o peito quando Chloe se sentou ao lado dele. Ela segurava dois cookies com cobertura, decorados com flocos de neve tão detalhados que pareciam ter acabado de cair do céu. Ele aceitou um porque não sabia como dizer *tem uma floresta crescendo no meu estômago, então eu nunca sinto fome.*

– Ela anda sempre com aquela cara de quem quer matar alguém – continuou Chloe –, mas é agressivamente amigável. É meu primeiro ano na Wickwood, e assim que botou os olhos em mim ela disse: "Agora somos amigas. Vê se não fica pra trás". Ela sempre fala um monte pra qualquer um que pergunte se somos irmãs, o que acontece com frequência por sermos asiáticas. Como se a gente fosse parecida. Mas acho que ela lida assim com tudo… Esta escola é intensa, e ela aguenta muita coisa. Se fica chateada, ela cuida das pessoas, tipo, se vingando contra o mundo por ele ser tão horrível.

– Ela não precisa ficar me tirando do fundo do poço. – Andrew soava esmaecido. – Vocês sempre têm coisas pra fazer, e ela não me deve nada…

Chloe deu um sorrisinho triste.

– Ela cuida de você porque, bem… você é irmão da Dove.

Ele pensou que a conclusão implícita devia ser: *e claramente está caindo aos pedaços.*

– Você não precisa se sentar comigo se não quiser… – Ele parou de falar, pois terminar as frases havia se tornado uma tarefa exaustiva.

– Na verdade, hum, você pode por favor fingir que precisa de mim aqui? – Chloe olhou acuada para ele. – Eu sou muito, *muito* tímida, e se eu me sentar no círculo, vão tentar me incluir na conversa. Todo mundo é legal, mas eu prefiro só escutar.

– Entendo. – Ele arriscou um olhar de esguelha para ela. – Mas pessoas tímidas não são lá a melhor combinação de amizade. Assim ninguém consegue manter a conversa fluindo.

– Não me importo com o silêncio – garantiu Chloe.

Ela comeu seu cookie. A quietude entre os dois foi uma bela companhia enquanto assistiam ao grupo entrar em uma discussão calorosa sobre roupas e gênero. Nem todo mundo se fantasiou para o Halloween, mas a maioria do pessoal da aula de teatro sim. Lana levara os novatos ao círculo e arrumara um lugar para todos. Ela já tinha pegado o celular para anotar o contato deles. Quando olhou para Andrew e Chloe, ele percebeu que não era uma repreensão por eles serem antissociais. Ela só estava conferindo se estavam bem.

As migalhas do cookie que ele não comeu ficaram presas nas mangas da camisa de Andrew. Ele suspirou e viu Chloe torcendo as pulseiras de borracha. Eram seis em cada braço, as cores vívidas feito balinhas em contraste com sua pele marrom-clara.

Ela percebeu que ele a estava observando.

– Minha psicóloga recomendou que eu usasse alguma coisa em que pudesse mexer. Eu tenho, hum… ansiedade social, sabe? Provavelmente já estava óbvio, eu acho. Bom, isso ajuda.

Andrew flexionou devagar seu punho ferido, esticando os pequenos cortes que os dentes de Thomas haviam deixado nos nós dos dedos.

– Quando fico ansioso, eu me machuco. Ou outras pessoas. – Ele não fazia ideia de por que tinha dito aquilo. Nunca era honesto daquele jeito.

– Quer falar sobre isso? – perguntou ela gentilmente.

– Você já desejou ser outra coisa para… para que alguém ainda te quisesse?

Chloe ponderou a indagação, e Andrew gostou de como ela nunca se apressava a dar respostas.

– Às vezes, acho. Tipo, eu tenho ansiedade, sou queer e sou vietnamita. Eu fico pensando… caramba, ninguém vai dar a mínima pra mim se eu for *tanto*, sabe? Mas isso não é verdade. Você só tem que encontrar as pessoas que te amem por quem você é. Por sorte eu tenho gente assim na minha vida.

– É uma merda que ser amado seja uma questão de *sorte* – disse Andrew.

Chloe ficou séria.

– Concordo.

– Desculpa, eu… desculpa. – Ele fechou os olhos com força. – Eu sei que pareço uma criança birrenta reclamando assim, comparado com as coisas pelas quais você tem que passar.

Ela deu um sorrisinho.

– O Thomas fez alguma coisa com você?

Ele me ama e eu enfiei uma faca nas costelas dele. Andrew se embananou com as palavras no torpor da angústia ainda queimando em sua boca, mas Lana foi em direção a ele e se sentou de pernas cruzadas no chão. Ela demoliu o resto de um cookie e depois fitou Andrew.

– Você vai comer isso? Tô morrendo de fome. O ensaio me destruiu. Aliás, Chloe, amanhã você vai se fantasiar?

– Não. – Chloe pareceu corroída pela vergonha. – Disseram que era *opcional*. Vou só usar um vestido bonitinho.

– Eu vou de bruxa. Comprei um chapéu. – Lana tentou pegar furtivamente o cookie de Andrew, mas ele o deu a Chloe.

A menina deu uma mordida, sorrindo discretamente para Lana, que semicerrou os olhos.

– Deixar vocês dois se aproximarem foi um erro.

Chloe abriu mais o sorriso.

Andrew abraçou as pernas junto ao peito com mais força.

– Você não é do terceiro ano, Chloe? Como você e a Lana se aproximaram?

– Vou te dizer: a Lana caça gente solitária. *Caça*. Mas também somos colegas de quarto, então isso ajudou.

Algo pesou no estômago de Andrew. Ele olhou para Lana, mas ela se ocupou amarrando os cadarços de novo. Ele não podia tirar conclusões precipitadas. Vários dos quartos nos dormitórios eram para três pessoas. Lana disse que estava com o caderno de desenhos que Thomas dera a Dove, então isso claramente indicava que elas continuavam no mesmo quarto. Mas por que então ele nunca via a irmã com Chloe?

Dove tinha se isolado de todo mundo.

Mas *por quê?*

Ele pensou em Lana e Thomas naquele corredor escuro, em como ela o acusou de machucar Dove. Ela saberia, não? Mas Thomas jamais *machucaria...*

– Quando acabar aqui, bora ir jantar – convidou Lana. – Hoje é noite de bolo de carne, né? Que maravilha. É bom servirem bolo de Halloween amanhã. Lembra daquela vez que a Dove levou bolo de limão em uma vasilha e ficou comendo debaixo da mesa durante a aula? Ninguém nunca descobriu.

Andrew riu.

– O Thomas descobriu. Ele ficou atrás dela o dia todo pedindo um pedaço.

– O típico garoto carente. – Lana revirou os olhos, mas não parecia tão afiada quanto de costume.

Andrew não conseguiu se deter.

– Por que você odeia tanto ele?

Lana ficou imóvel abruptamente. Ela lançou um olhar de relance para os adolescentes conversando na sala, cercados de bandeiras LGBT dispostas sobre carteiras e de uma aceitação inabalável. Era um momento feliz, e Andrew arrastara guerra para ele. Ele não devia falar nunca.

Lana se pôs de pé.

– Se eles não tivessem tido aquela discussão, talvez este ano tivesse sido incrível. Todos nós poderíamos ser amigos.

Andrew conseguia mesmo imaginar, desdobrar aquele cenário como uma história: todos eles juntos, um grupo atípico com cotovelos afiados e línguas mais afiadas ainda, mas com risadas e provocações o bastante para amenizar as coisas. Dove suavizaria Lana e Thomas. Andrew e Chloe compartilhariam sorrisos sarcásticos e ficariam de escanteio observando as explosões enérgicas dos demais. Thomas sempre estenderia a mão para que Andrew não ficasse para trás. Dove silenciosamente os manteria unidos.

A falta que ele sentiu foi profunda e dolorosa, embora aquilo nunca tivesse acontecido e nem fosse acontecer um dia.

– Eu entendo você ter perdoado ele. – Lana desviou o olhar. – Mas ele foi o motivo por você ter socado aquele espelho.

Andrew não disse nada; era mais fácil assim. Porém, um vazio crescente se abriu em sua cabeça, um nada preto e infindável no espaço onde devia haver uma lembrança.

Ele não fazia ideia do que ela estava falando.

VINTE E SEIS

O hall de entrada da mansão da Wickwood havia sido decorado com abóboras cobertas de teias de aranha e esqueletos perturbadores que tinham olhos de botões e seguravam baldes de Gostosuras ou Travessuras. O sorriso deles seguiu Andrew enquanto ele andava atrás das meninas, em direção ao refeitório. O tema daquele ano era simples: outono. Ele achou meio tenebroso caminhar sobre um tapete salpicado de folhas de outono douradas e aveludadas. Era como se a floresta tivesse estendido os dedos de galhos para dentro da escola novamente. Ele cobriu a orelha latejante com a mão. Eram só decorações de plástico, estava tudo bem, nada daquilo era real.

Antes de o sinal bater para o jantar, Lana buscara o caderno de desenho no dormitório e o dera a Andrew, sem fazer perguntas. Ele rasgou até a última folha tocada pela tinta, não deixando um único monstro intacto para contar a história. Com certeza aqueles eram os últimos desenhos de Thomas, *só podiam* ser.

À frente dele, Lana estava defendendo que bolo de abóbora era melhor do que torta de abóbora, mas Chloe não dava o braço a torcer. Nenhuma das duas percebeu Andrew ficando cada vez mais para trás. Ele tinha que sumir antes que precisasse dar uma desculpa para não comer.

Só que voltar para o dormitório não era uma opção. Thomas podia estar lá.

Andrew precisava encontrar palavras antes que visse Thomas de novo. Ele precisava se recompor e descobrir uma forma de se explicar de um jeito que fizesse sentido, sem que suas costelas se partissem uma a uma. Ele estava sufocando num vórtex de sua própria escuridão. Precisava que Thomas o prendesse no chão com os dedos firmes ao redor de seus pulsos, quadris colados, seus lábios a centímetros de distância, para que o garoto suspirasse duas palavras para dentro dos pulmões de Andrew...

Se acalma.

Andrew não conseguia se acalmar.

Ele entrou no refeitório e pegou a fila para a comida que ele não ia ingerir. Os funcionários encheram seu prato como se ele fosse um típico adolescente com um grande apetite, não aquele fantasma emaciado de alguma criatura. Lana saiu para guardar lugares, deixando Chloe para levar os pratos das duas com maestria – mais um sinal de que elas se tornaram amigas de uma maneira que não precisava de Dove. Houve uma movimentação logo atrás dele, e algumas pessoas reclamaram de a fila estar sendo cortada.

Andrew nem precisou se virar. Sentiu quem era pelo ritmo da respiração, pela maneira como se inclinava à frente com um ar de imensa familiaridade, como se qualquer parte de Andrew que tocasse fosse reagir instantaneamente.

O coração de Andrew acelerou, mas ele se concentrou em aceitar o prato superlotado de bolo de carne e purê de batata. Passou o olhar pelas longas mesas repletas dos uniformes verdes da Wickwood até ver Lana acenando.

– Eu não devia ter te chamado de covarde. – A voz de Thomas denunciava o esgotamento do garoto. – Fala comigo. Deixa o prato e vamos lá pra fora.

Faz ele implorar. A ideia surgiu impregnada de piche, insidiosa e amargurada, e Andrew odiou a forma como aquele pensamento alimentou o monstro que lambia os beiços atrás de suas costelas. Ele não queria ser aquilo.

Porém, seu maxilar estava travado. Andrew não deu nada a Thomas, nem mesmo um olhar de relance, e seguiu para as mesas.

Thomas xingou e correu atrás dele.

Lana tinha guardado um lugar no fim da mesa, e Andrew deslizou para o banco de frente para ela e Chloe. O barulho estava pior do que de costume porque todo mundo já tinha comido doces de Halloween e os picos de açúcar haviam levado os alunos ao Nível de Barulho Extremo. Os formandos animavam uns aos outros, mostrando vídeos virais no celular e cantando juntos. Bryce Kane parecia ser o líder, um lorde supervisionando sua corte. Nenhum docente tinha pedido para falarem baixo ainda. Ou talvez todos já tivessem desistido.

Barulho demais, corpos demais. Só o cheiro do bolo de carne chafurdando no molho já fez o estômago de Andrew revirar. Ele queria sair correndo, mas Thomas podia encurralá-lo em um corredor escuro, e Andrew não estava pronto para isso. Ele se forçou a pegar uma garfada do purê.

Thomas sentou no banco, ao lado dele – sem o blazer do uniforme, sem prato, sem interesse em nada exceto Andrew. Seu rosto parecia estilhaçado.

– Me desculpa – falou Thomas com a voz baixa. – Eu fiquei de cabeça quente, e foi uma atitude muito merda te chamar de covarde quando você só estava… me contando quem é.

O caos ao redor deles foi eficiente em disfarçar a conversa, mas Lana olhou feio para os dois, inclinando-se à frente em uma tentativa nada sutil de ouvir o diálogo. Ela segurava a faca e o garfo de um jeito ameaçador, mas Andrew deu um singelo aceno de cabeça.

Se ele quisesse que Thomas fosse embora, ele mesmo podia fazer isso. Andrew sabia como arruinar Thomas da mesma forma que Thomas sabia como arruiná-lo.

Eles podiam ser tão fantásticos um para o outro. E tão cruéis.

Andrew pegou ervilhas.

– Não importa.

– Importa, sim. – Os olhos de Thomas reluziam como adagas. – Quer me bater de novo? Eu deixo. Eu peço, até. Eu…

Andrew bateu o garfo no prato e se virou para ele.

– Cala a boca. Você tá se escutando? Você faz merda e quer ser castigado. Quer ser absolvido por meio da violência. Não percebe como isso é bizarro?

O semblante de Thomas ficou vulnerável, e doeu vê-lo daquele jeito. Andrew se virou, o maxilar tão tenso que os dentes pareciam prestes a quebrar.

– Eu quero… eu *preciso* de você. – A voz de Thomas saiu tão debilitada que quase se perdeu sob a onda de risadas que ecoavam da outra ponta da mesa. – A gente pode só ser o que era. Eu juro que não vou pedir mais nada. É só que… eu faço monstros. Eu *sou* um monstro. Perdi a cabeça por um segundo e surtei com medo de você nunca ser capaz de amar alguém tão mau assim.

Andrew sentiu o gosto de musgo e metal, de árvores e sua casca coberta de sangue. Aquele garoto estava em pedaços diante dele, esfolado até não sobrar nada além de um miolo desesperado e trêmulo. Ele cortara o coração de Thomas com uma precisão brutal e não encontrara traços de Dove – então não era para estar se sentindo vitorioso? Thomas não conseguia existir sem ele, nem ia pedir coisas que Andrew não seria capaz de dar.

Ainda assim ele se sentia congelado, enjoado demais para se mexer. A comida em seu prato soltava um líquido marrom e... sangue. A carne tinha um aspecto de malcozida e parecia se remexer no prato, um coração que ainda pulsava.

Mais uma explosão de risadas irrompeu do outro lado do refeitório, e Bryce Kane subiu no banco para fazer uma reverência. Uma professora finalmente foi até o grupo pedir que maneirassem.

Lana estava com os dois cotovelos sobre a mesa e parecia fula da vida por Thomas ter ficado sem palavras antes que ela tivesse ouvido tudo. Ela apontou o garfo para ele.

– Dá um espaço pro Andrew. Tenho certeza de que você já causou danos demais por hoje.

Thomas se virou para ela, sua mansidão reservada para Andrew subitamente arquivada. Ele assumiu a forma de um lobo bestial com uma boca cheia de cacos de vidro.

– Vê se cala essa boca, Lana. Alguma vez na vida você tentou ouvir os dois lados de uma história? Ou você simplesmente tá decidida a me odiar o máximo possível?

Faíscas piscaram nos olhos de Lana.

– Desculpa por me intrometer antes que você machuque mais um Perrault.

Thomas se colocou de pé num impulso e bateu os dois punhos na mesa com tanta força que os pratos sacolejaram.

– Eu não MACHUQUEI A DOVE.

Cabeças se viraram na direção deles. A atenção fora capturada. O jantar tinha se tornado mais interessante com um pouco de drama fresco e suculento. Logo aquilo atrairia um professor e bilhetes de detenção, mas Thomas e Lana não pareciam se importar.

– Hum, não é melhor vocês falarem mais baixo? – disse Chloe, mirrada.

– Você abandonou ela. – Lana também se levantou do banco, e Chloe se encolheu. – A culpa é sua que...

– Eu não fiz nada com ela! – Thomas estava quase gritando. – Você não sabe porra nenhuma do que aconteceu.

– Você não passa de um mentiroso manipulador – acusou Lana. – E uma ameaça. E um...

– Para – pediu Andrew, baixo demais para ser ouvido.

– ... um *monstro*. – Lana cuspiu a palavra.

– É, talvez eu seja. – A voz de Thomas atingiu um frio sepulcral. – Vai ver eu sou o culpado de tudo que acontece de errado nesta escola. Tá satisfeita?

Lana riu, mas foi um som esganado. Ela parecia à beira do choro.

– Ah, vai pro inferno, Thomas Rye. Seu assassino.

Thomas se afastou da mesa. Andrew avançou para ele e segurou os pulsos do garoto, torcendo-os tanto que ele arquejou. Um professor marchou em direção a eles, mas o mundo todo parecia coberto por um eclipse, exceto Thomas.

Thomas.

Thomas.

Sofrendo, machucado, em pedaços.

O nível de crueldade de Lana nem fazia sentido. Talvez Thomas tivesse partido o coração de Dove, mas Dove não precisava dar um gelo nos dois por conta disso. Eles podiam fazer as pazes. Andrew ainda podia fazê-la ouvir.

– Não fala assim com ele – falou para Lana. – Eu conserto as coisas com a Dove.

Lana o encarou.

Dane-se. Ele era quem melhor conhecia a irmã, não ela.

Naquele instante, tudo que ele podia fazer era puxar Thomas para que seus corpos colidissem e a raiva dos dois inundassem os pulmões um do outro.

Andrew segurou o rosto de Thomas e o virou para si, seu coração partindo ao meio quando seus olhos encontraram os do garoto. Verdes e brilhantes, uma floresta em um temporal. Thomas tentava furiosamente esconder o quanto estava perto das lágrimas.

Andrew quis dizer: *Tá tudo bem.*

Mas alguém gritou.

Eles se viraram na mesma hora, no exato momento em que um monstro saiu do papel de parede.

Um garoto seguia lentamente pela floresta, procurando um cervo branco que, rezava a lenda, podia realizar três desejos. Em suas costas, tinham nascido asas de mariposa finas feito teias, que se arrastavam pelo chão e rasgavam ao serem tocadas, e palavras haviam sido escritas à faca em sua pele, que chorava um sangue índigo. Um desejo realizado o curaria dessas lamúrias peculiares.

No entanto, ele se cansou da busca, e seus pés sangraram e suas lágrimas deixaram rastros de sal por suas bochechas exaustas. Ele não encontrou o cervo.

Mas encontrou um príncipe das fadas que tinha um sorriso afiado e rosas brotando dos pulsos.

— Você deveria vir comigo — sugeriu o menino. — Um desejo realizado pelo cervo branco vai me consertar, e pode consertar você também.

O príncipe das fadas olhou confuso para ele. Tirou com os dentes uma rosa do pulso e a girou antes de entregá-la ao garoto com um sorriso tímido.

— Por quê? — indagou. — Você é lindo exatamente como é.

VINTE E SETE

Eles haviam caído em um pesadelo, olhos arregalados e coração paralisado porque aquilo não podia estar acontecendo. Não na frente de todo mundo. Porém, os monstros deles já não seguiam regras; não ficavam na floresta, não espreitavam no escuro, não se limitavam a caçar Thomas.

Não fazia sentido. Andrew tinha destruído o resto das artes de Thomas – não tinha?

O monstro saía das paredes do refeitório com um sorriso provocante, como se soubesse o que o Rei do Esgalho havia tentado fazer e prometesse: *Eu posso fazer melhor.*

Gritos reverberavam pelo salão, adolescentes se levantaram dos bancos e conversas foram interrompidas. Ninguém entendia o que estava presenciando. A realidade ficou turva e a lógica se desmantelou.

A cor sumiu do rosto de Thomas. Ele empurrou Andrew para trás e fez menção de pegar o machado, mas a arma não estava com ele. No entanto, uma calmaria estranha e entorpecente preencheu o peito de Andrew. Era para estar surtando, mas mal sentia que estava ali de verdade.

– É um devorador de sonhos. – Ele soava distante.

– Eu não desenhei isso – falou Thomas, rouco.

A criatura devia existir em algum caderno de desenhos que eles ainda não haviam destruído. Por isso eles não podiam vencer – Thomas tinha desenhado constante e livremente por anos, suas ilustrações carregadas de dor e raiva e vingança catártica. Era impossível coletar e destruir tudo.

Os monstros também não teriam fim até que os dois atendessem às demandas da floresta. E Andrew ainda não contara essa parte a Thomas.

arranque um coração

– Deve ter desenhado, sim – falou Andrew. – Você desenha o tempo todo...

– Eu parei – rebateu Thomas.

O monstro começou a se mexer. Seus movimentos eram mais um fluir do que um caminhar, seu corpo um redemoinho de sombras enevoadas que se reintegravam em cotovelos triangulares, dedos longos e esguios e um maxilar firme que se abria para uma garganta infinita. Tudo se esticava conforme ele se mexia, e sua pele era como casca de árvore sob suas sombras. Os olhos, porém, brilhavam em vermelho.

Antes que o refeitório tivesse a oportunidade de se dissolver em um pandemônio, o monstro uivou e avançou suas sombras pelo salão.

Foi como jogar um cobertor de tinta preta sobre o caos. Tudo que a escuridão tocava ficou imóvel. Gritos aflitos e tentativas de fugir cessaram à medida que todos despencaram sobre as mesas. Corpos tombaram como marionetes cujas cordas foram cortadas. Cabeças bateram com força nos pratos, os semblantes caídos.

Uma quietude horrível e sufocante se espalhou pelo salão.

O corpo de Thomas cedeu, e Andrew mal teve tempo de envolver os braços ao redor do peito do garoto para segurá-lo antes que a escuridão os engolfasse. As sombras pareciam vivas pressionadas contra eles, o gosto opulento de terra, folhas rançosas e tinta derrubada sufocando a todos.

As luzes se apagaram.

Nenhum som ressoou no refeitório exceto o estalo que as unhas do monstro faziam enquanto ele serpenteava para cima de uma mesa. Ele pairou sobre um aluno inconsciente cujo cabelo estava mergulhado no molho, sua respiração superficial e lenta. Em seguida, seus dedos começaram a crescer. Eles se esticaram feito gravetos, cheios de nódulos, e se alongaram sobre o rosto do aluno antes de invadirem sua boca, seus ouvidos e seu nariz.

O devorador estava atrás dos sonhos deles.

Ao redor de Andrew, feixes de escuridão entraram pela mandíbula relaxada dos alunos e se curvaram por suas narinas.

Sentiu uma pontada na orelha e a cobriu com a mão. Como se precisasse de um lembrete do que acontecia quando os monstros entravam em seu corpo.

Nada daquilo fazia sentido. Os monstros iam atrás dele porque ele era próximo de Thomas – mas e o resto da escola? Não, tinha alguma coisa errada.

Ou a força dos monstros tinha dobrado graças ao Halloween ou Andrew nunca tinha entendido de fato como eles funcionavam.

Talvez ele não entendesse nada.

Não é real...

Ele precisava pensar.

Ajoelhou-se e arrastou Thomas para debaixo da mesa, seus membros se entrelaçando à medida que Andrew tentava fazer o garoto despertar. Thomas estava lutando para manter os olhos abertos, mas sua boca tinha ficado mole de sono.

– Enfrenta isso. Esse monstro *é seu*. – Andrew segurou o rosto de Thomas. – Caneta? A gente precisa de uma c-caneta.

Thomas fuçou os bolsos.

Andrew deu a volta nele para puxar Lana e Chloe para debaixo da mesa também, tentando não fazer elas baterem a cabeça ao cambalearem molengas até o espaço apertado. Ganharam tempo, mas não muito.

Ele precisava contar uma história.

– Não lembro de desenhar isso... – Thomas parou de falar, a bochecha apoiada no ombro de Andrew. Ele estava com os braços ao redor da barriga, sobre o buraco que os monstros já tinham aberto nele.

– Fica acordado. Ele não vai encostar em você de novo. – Andrew pegou a caneta de Thomas, mas seus dedos tremiam tanto que ele teve dificuldade de pressioná-la na parte inferior do tampo da mesa. Sem uma bétula em que escrever, aquela parecia ser a melhor opção.

Pensa em uma história. *Agora.*

Antes que o devorador bebesse o sangue de todos ali, levando junto a vida deles.

– Thomas, eu não c-consigo pensar. Eu...

Só que o menino estava de olhos fechados. Ele parecia tão vulnerável, a boca aberta e o corpo pesado. Toda a fúria da briga que tiveram se esgotara a ponto de restar apenas um sopro do que ele era. Os olhos de Andrew pareciam inchados e feitos de algodão, como se os cílios tivessem sido mergulhados em melaço, mas ele mordeu o lábio inferior até escorrer sangue pelos dentes.

Fica acordado.

Thomas passara incontáveis noites enfrentando monstros sozinho. Era a vez de Andrew salvar a todos.

Ele apoiou a cabeça de Thomas no colo e enfiou os dedos em seus cachos macios. *Espera. Se segura.*

Então começou a escrever.

Era uma vez um garoto que colecionava pesadelos e os guardava em jarras de barro. Ele viajou por muitos reinos para incrementar a coleção, e se alguém se recusasse a ceder seus sonhos nefastos, ele esperava a pessoa dormir para tomar sua escuridão com dedos longos e finos.

Acima de Andrew, a mesa balançou com o peso do monstro. O suor escorreu ao redor de sua boca, e ele o lambeu, fazendo seu lábio mordido arder.

Os pesadelos giravam como galáxias pretas dentro das jarras de barro, belos e perversos e estonteantes. Não demorou muito para ele abrir as tampas e dar um gole. Depois mais um, e enfim outro. Logo ele se alimentaria somente daquilo. Todas as outras comidas o envenenavam, e ele se esqueceu de que já tinha sido um garoto. Devorava milhares de sonhos todas as noites e continuava faminto.

Até que, uma noite, ele não pôde mais suportar a fome. Levou comida mortal aos lábios. Ele comeu, e por isso morreu.

A tinta sangrava pelos dedos de Andrew, e ele escreveu até se sentir tonto. Tendões de sombras se enrolaram sob a mesa, deslizando sobre o rosto de Lana e a boca de Chloe.

Aquela era para ser a parte em que Thomas usaria as histórias de Andrew para vencer a batalha. Andrew escrevia o desenrolar das coisas – o golpe de um machado, o esguicho de sangue, o sufocamento de um monstro com videiras, o grito de palavras encantadas – e Thomas fazia a narrativa virar realidade.

Mas o garoto não passava de um peso morto jogado no colo de Andrew. O pânico subiu pela garganta, e Andrew precisou de toda a sua força para contê-lo, para acreditar que daria conta de fazer aquilo sozinho. Ele poderia ser o príncipe só daquela vez.

E então uma mão torta apareceu debaixo da mesa e o agarrou pelo cabelo.

Um grito escapou de sua garganta quando o monstro o arrastou. Andrew se debateu como um peixe fora d'água, mas a criatura o puxou para o ar e bateu seu corpo em cima da mesa. Pratos quebraram. Talheres sacolejaram para longe e copos tombaram, espalhando líquido pela madeira.

– ESPERA... – Saiu com um arquejo, mas monstros não eram de esperar.

E ninguém apareceria para salvá-lo.

O monstro arrastou Andrew pela mesa. Preso pelo cabelo, ele acabou cortando as costas na louça e sujando a calça de comida. Segurou os pulsos do monstro, tentando afrouxar o aperto, mas a dor fragmentou sua visão.

O monstro parou no meio da mesa longa, cercado por uma plateia de corpos inconscientes com feixes de escuridão saindo da cabeça. Pareciam bonecas costuradas com linha preta, sem visão e horríveis. Andrew se engasgou com um ganido. Tentou se soltar contorcendo o corpo, mas os dedos de graveto do monstro eram firmes. A criatura então bateu a cabeça de Andrew na mesa de mogno.

Uma vez – *estrelas, maravilhosas e infelizes...*

Duas vezes – *ouvidos zunindo, um choramingo estridente...*

Três vezes – *sangue em sua boca, o mundo ficando massudo e instável, a parte de trás de sua cabeça molhada, molhada, molhada...*

Ele fechou os olhos enquanto o mundo girava e, quando os abriu novamente, o monstro espreitava por cima dele – a mandíbula aberta expondo dentes longos e afiados.

Andrew tateou a mesa, tonto e ofegante.

Fechou o punho ao redor de um talher. *Por favor, que seja uma faca, por favor, que seja...*

Ele gritou e arqueou o corpo para cima em um lapso de energia, acertando a criatura no rosto.

Coberta de manteiga e migalhas de pão, a faca perfurou a bochecha do monstro. A pele se rasgou como folhas de outono finas, e torrões de musgo caíram dela. O bicho gritou e virou a cabeça em agonia.

Andrew se soltou com um grito aterrorizado. Não largou a faca. Golpeou o monstro novamente, e de novo. A criatura se curvou ao meio, e seus dedos ossudos arranharam a face.

No entanto, sua língua tocara comida mortal. Veneno.

Aquele era o conto de fadas de Andrew, sua tragédia e belo sofrimento tornando-se realidade. Ele vencera. Derrotara o monstro sozinho.

Enquanto a criatura se desintegrava até virar folhas podres, Andrew levantou-se e ficou de pé, machucado e valente, em cima da mesa. Seu peito arfava depressa e num ritmo caótico, e ele não sabia se queria rir, chorar ou continuar gritando. Ficou em silêncio observando as sombras emergirem de volta às paredes e sumirem no tapete.

As luzes reacenderam no refeitório alvoroçado. Havia corpos entrelaçados, pratos quebrados e comida espalhada por toda parte, como se uma guerra tivesse acontecido naquele espaço enquanto todos dormiam.

Alguém grunhiu e levantou a cabeça.

Em um segundo, todos despertariam, mas Andrew continuava parado com a faca ensanguentada na mão. Lambeu os lábios, sentiu gosto de sangue, de putrefação e da floresta. Ele devia... ele precisava... Não sabia. Sentia-se vivo, poderoso, *efervescente*.

Começou a tremer.

Ainda estava tremendo quando braços envolveram sua cintura e o levantaram da mesa enquanto todo mundo acordava e gritos confusos preenchiam o salão. A faca escorregou dos dedos de Andrew, mas ele não ligou. Levou os dedos à boca enquanto era carregado para fora do refeitório.

Ele estava sorrindo. Não conseguia parar.

No corredor, Thomas baixou Andrew contra a parede e se ajoelhou ao lado dele, segurando seu rosto e passando o polegar pelo lábio cortado.

– Sua cabeça tá sangrando, merda, *merda*. Para de sorrir. Você tá me assustando. – A voz de Thomas falhou. – Que droga, Andrew, *para de sorrir*. O que foi que você fez?

– Eu matei ele sozinho. – Andrew agarrou a camisa de Thomas. – Agora eu sou f-f-forte o bastante. Sou mu-muito... muito mais do que eu era antes.

Thomas engoliu em seco. Ainda estava pálido, e sua voz parecia mais desolada a cada palavra dita.

– Acordei e vi sua história. Você não dormiu?

– Eu sou *forte o bastante*. – Andrew estava rindo, ou talvez chorando. A briga deles de repente parecia tão irrelevante. – Eu quero você. Por favor, e-e-eu quero você mais do que qualquer coisa. Não me abandona.

Thomas pressionou os lábios no topo da cabeça de Andrew, e por um longo, longo momento ele não disse nada. Devia se sentir destemido com orgulho ou alívio por Andrew conseguir cuidar de si mesmo. No entanto, seus olhos pareciam assombrados.

Em seguida, ele esmagou Andrew contra o peito.

– Eu te quero sempre.

Eles ficaram ali, entrelaçados, ambos com o coração disparado.

Nada mais importava.

VINTE E OITO

O mundo ficara tênue.

Foi o que Andrew sentiu, sentado na aula. Como se ele conseguisse pressionar os dedos contra o ar e quebrar as teias que separavam aquele mundo de um outro. Um singelo empurrãozinho, e qualquer um cairia para o outro lado.

Ou talvez já tivessem caído.

Sua boca parecia cheia de terra de cemitério, a cabeça suspensa sobre o caderno enquanto ele escrevia com ardor. Precisava mudar a história deles. Precisava inventar um final cruel o suficiente para agradar os monstros, mas leve o bastante para que, quando tudo aquilo terminasse, ele conseguisse se encaixar ao lado de Thomas e sentir-se seguro.

arranque um coração –
e enterre-o na floresta.
mas você já
                        sabia disso, príncipe.

Tinha que haver outra saída.

A aula começara havia quinze minutos, e ainda nada de a professora de história chegar, mas ninguém reclamou. Os alunos se juntaram em grupos com os celulares à mão e conversaram sobre a fala da diretora durante a assembleia daquela manhã. *Intoxicação alimentar depois de uma peça pregada por formandos ir longe demais.* A Wickwood estava determinada a negar que houvesse algo de errado com a escola, que algum monstro saíra do papel de parede. Parecia impossível que seguissem com aquela história, mas, por outro lado, talvez todo mundo só tivesse apagado por alguns minutos. Pareceram horas. Andrew ficara suspenso no tempo, sozinho, engasgando-se com sombras, trepadeiras e a podridão da floresta, e se contasse a verdade achariam que tinha perdido o juízo.

– Feliz Samhain – balbuciou Thomas. – Tenho quase certeza de que isso significa que todos os fantasmas, os demônios e os monstros vão estar mais fortes hoje. E provavelmente com mais fome também. Estamos ferrados.

Andrew sacudiu a mão para se livrar de uma cãibra e continuou a escrever.

– O baile de Halloween ainda tá de pé.

– Claro que tá. Longe da Wickwood dar motivo para que os alunos abram o berreiro para os papais ricos e reclamem que a escola anda assustadora, ou pior, entediante. – Sem perceber, Thomas levou os dedos à barriga.

Andrew devia ter perguntado sobre o ferimento, conferido se o buraco tinha crescido ou mudado de alguma forma. Suas dores de cabeça haviam se tornado quase insuportáveis, e parte dele sabia que era porque a floresta estava cravada ainda mais fundo nele, devidamente instalada e presa aos seus lugares mais obscuros. Se levasse os dedos à boca, conseguia sentir – o musgo crescendo na garganta.

Os alunos nas carteiras à frente dos dois trocavam sussurros a respeito de um *after* da festa, e sobre alguém que tinha conseguido bebida. Ouvir aquilo provocou em Andrew uma sensação desconexa, como se fosse impossível que todos estivessem planejando se divertir naquela noite enquanto ele e Thomas estariam lutando para salvá-los.

Ele voltou algumas folhas até encontrar a história que escrevera na noite anterior. Era melancólica, e ele não deixaria Thomas ler. Nela, um poeta cujo peito era sustentado por videiras de rosas subia em uma torre para beijar seu amor verdadeiro, porém, quando os lábios se tocavam, um monstro com um sorriso encantador surgia de repente. Ele invadia os dois e roubava um pedaço de seus pulmões, um fígado e um osso partido da costela para chupar. O fim só veio quando o poeta enfiou as videiras de rosas na garganta do monstro para estrangulá-lo. No entanto, quando tentou beijar seu amor verdadeiro mais uma vez, não conseguiu. Brotaram espinhos na boca dos dois. Só lhes restava sangrar.

Andrew devia ter rasgado a folha. Todo o seu foco tinha de estar em descobrir a história perfeita para aquela noite.

Ainda com a bochecha colada na carteira, Thomas fitava Andrew com uma vontade meio vazia e dolorosa.

– A gente por acaso...

– Estamos bem. – Andrew se inclinou sobre o caderno.

Eles não precisavam falar sobre o assunto, ainda mais considerando que Andrew devia ter se desculpado tanto quanto Thomas pelas coisas horrendas que disseram no dia anterior. Eles teriam tempo de resolver tudo depois. Tudo que importava era a forma como Thomas o abraçara de noite – reverente, desesperado e aterrorizado, tudo de uma vez – e como ele pressionara os lábios à cabeça de Andrew. Aquilo era certo. Era perfeito.

Eu te quero sempre.

A professora de história finalmente entrou na sala, às pressas, afoita e estressada, dando um sermão rabugento sobre eles terem perdido tempo em vez de estudar enquanto esperavam. Ela parou de falar quando alguém bateu à porta.

– Abram os livros – instruiu, ríspida, antes de ir atender.

– O que está escrevendo? – sussurrou Thomas.

Mas Andrew não teve tempo para responder, porque a porta da sala se abriu e quem apareceu foi a diretora Adelaide Grant, com seu cabelo branco em um coque impiedoso apertado e seu terno impecável. Ela deu um pigarro, mas não precisava ter se dado ao trabalho. A turma toda já estava paralisada olhando para ela.

– Andrew Perrault. Preciso que me acompanhe, por favor.

A onda fria de pânico que assolou Andrew o deixou enjoado, congelado demais para se mexer, para entender por que ela convocaria ele, dentre todas as pessoas. A única coisa que passava por sua cabeça era: *Ela sabe.*

Que ele sacrificara Clemens.

Que ele matara o devorador de sonhos.

Que ele dera um soco em um garoto em vez de confessar que o amava.

Que, se alguém separasse os ossos de suas costelas, veria a escuridão costurada a sua pele.

– Pode deixar suas coisas. – A diretora parecia impaciente com sua dificuldade de fazer o que lhe fora solicitado.

Andrew empilhou os livros, entorpecido e estabanado, mas pegou o caderno de última hora porque sentiu que seria melhor tê-lo à mão.

Um último olhar de relance para Thomas, cujo rosto empalidecera embaixo das sardas, embrulhou seu estômago. Thomas começou a se levantar, mas a diretora afugentou a ideia com um aceno de mão, como se ele não passasse de uma mariposa atraída a uma chama que ela estava prestes a extinguir.

Um silêncio sepulcral seguiu Andrew porta afora, para o corredor. Seria bom perguntar o que estava acontecendo, protestar contra aquilo, ou era melhor ficar quieto? Sua língua dura e desleal tomou a decisão por ele transformando-se em madeira, e ele não disse nada enquanto seguia a diretora até o andar dos docentes. Precisava manter a compostura, porque parecia culpado: os olhos inquietos, os dedos trêmulos, a forma como mal conseguia dizer uma palavra sequer com tanta lama em sua garganta. Andar pelo corredor recém--reformado, onde Clemens fora assassinado, fez a cabeça de Andrew girar. A pior parte era como ele estava bem ao lado da mulher mais poderosa da escola e nem podia contar a ela o que de fato estava acontecendo.

Tem monstros na floresta. A senhora precisa tirar todo mundo da...

A diretora abriu a porta do escritório e indicou que Andrew entrasse. A sala parecia mais intimidadora do que de costume, as estantes de mogno que iam até o teto e a madeira escura e austera de sua mesa pareciam sufocar qualquer feixe de luz que entrasse pelas grossas cortinas cor de vinho. Um peso imponente preenchia o escritório como uma mão apertando a nuca de Andrew, e tudo tinha cheiro de livro velho e sufocamento. Ou talvez ele só tivesse se esquecido de como respirar.

Havia duas poltronas de couro diante da mesa, e o dr. Reul se levantou de uma delas, abotoando o paletó. O professor idoso era conhecido por sorrir como um avô e falar palavras mansas, e sempre exalava um cheiro que era um meio-termo entre naftalina e chá preto. A presença dele ali provavelmente indicava que pegaria leve para compensar o pulso firme da diretora. *O que é que estava acontecendo? Não era para o dr. Reul estar dando aula de literatura clássica àquela hora?* Andrew só teve tempo de assimilar as expressões contemplativas dos adultos antes de ver Bryce Kane sentado na outra poltrona.

Ele parecia calmo e bem-arrumado, o blazer do uniforme impecável e o cabelo dourado penteado para trás. Seu sorriso estava arqueado com satisfação.

– Sente-se, Andrew – falou o dr. Reul.

O garoto se sentia leve demais, sua pele tão fina que, se puxassem a gola da camisa, veriam seu coração pulsando, exposto e sangrento, pelo vitral do peito. Ele se sentou na poltrona vaga e olhou para qualquer ponto da sala que não fosse Bryce. O outro aluno, por sua vez, estava reclinado como se tivesse sido convidado para uma reunião na qual o declarariam o rei do mundo.

A diretora se sentou atrás da mesa e pousou os dedos sobre a madeira, lançando um olhar significativo para o dr. Reul antes de limpar a garganta.

– Tem dois assuntos que preciso discutir com você, Andrew, mas, primeiramente, eu gostaria de ressaltar para todos aqui a necessidade de uma conduta honesta, respeitosa e digna de embaixadores do nome da Wickwood. Continuando: Bryce me trouxe informações alarmantes, Andrew. É verdade que você tem escalado a cerca para ir à floresta?

Por algum motivo, não tinha ocorrido a Andrew que ele devia se preocupar com a possibilidade de aquilo um dia acontecer. Ele tinha surtado por causa de todo o resto com muita eficiência, mas ser pego na floresta? Era improvável que algum aluno acordasse antes do amanhecer para espioná-los retornando aos dormitórios.

E todos deveriam estar gratos.

Estavam sendo poupados de ter o pescoço dilacerado por monstros.

Eles deveriam estar *gratos*.

Os três olhavam para Andrew, que não sabia o que dizer. Sua boca estava seca como um deserto, e quando ele tentou falar, só o que saiu foi o vacilar de voz esganiçado de um pré-adolescente. Ele precisou tentar novamente, as mãos suadas sobre o caderno.

– Não.

Era a palavra dele contra a de Bryce. Aquilo já estava lhe parecendo uma derrota.

– Obviamente, não quero ser nenhum dedo-duro – falou Bryce, a voz sincera e dócil. – Mas ando meio preocupado com o Andy. Tenho a impressão de que ele não está nada bem, e depois de tudo que aconteceu no semestre passado...

– Tipo o quê, o bullying que você faz comigo? – rebateu Andrew, mas depois fechou a boca, surpreso por ter tido a coragem de dizer aquilo. Ele estava quente demais, seu corpo todo começava a tremer, e o que ele mais queria era que Thomas derrubasse a porta e assumisse a batalha por ele.

Bryce fez o semblante *quem, eu?* mais convincente já visto fora de um palco.

– Esse é justamente o segundo assunto de que precisamos tratar. – A diretora falava com frieza, seu olhar cortando o peso tenso do ambiente. – Nós tomamos conhecimento de que Bryce tem feito alguns comentários preocupantes acerca de Andrew, e essa é uma questão que precisamos discutir pois, como bem sabem, não somos coniventes com nenhum tipo de discriminação nesta escola.

Então Lana tinha mesmo feito a denúncia, como ameaçara fazer. Alívio e pânico se espalharam pelo peito de Andrew.

Houve um lampejo de raiva no rosto de Bryce, mas ele logo atenuou o cenho e recuperou seu charme benevolente.

– Posso explicar. Foi uma brincadeira tirada de contexto. Fiz um comentário sobre o Andy estar saindo com o Thomas, e os dois ficaram na defensiva. Tipo – ele levantou as mãos com uma inocência confusa –, eu nem sabia que isso era um tópico delicado. Fico feliz por eles, na verdade. Quem me conhece sabe que eu não sou homofóbico.

– Ninguém o está acusando disso – acrescentou rapidamente o dr. Reul.

Andrew não podia acreditar.

– Não foi isso que aconteceu.

Porém, as palavras saíram pequenas demais.

– Acolhemos e valorizamos um corpo estudantil diversificado aqui – declarou a diretora. – Acredito que o problema tenha sido uma escolha de palavras infeliz e que o erro não vá se repetir. Não é mesmo, sr. Kane?

– De jeito algum – confirmou Bryce. – Estou me sentindo péssimo por ter me expressado mal. Eu e o Andy estudamos juntos desde que tínhamos *doze anos*. Sou muito afeiçoado a ele. Sei que o ano não está sendo fácil.

Andrew quase se sentia saindo da própria pele, indo até Bryce e o socando na boca. Seria como na noite do devorador de sonhos, Andrew em cima da mesa com o coração disparado em uma euforia horrível e sem palavras, a faca na mão e a cabeça cheia de gritos.

No entanto, ele só continuou sentado em silêncio, amassando a capa do caderno devido à força com que o segurava. Ele nunca tinha palavras quando precisava delas. O garoto piscou duro e depressa.

A diretora pareceu aliviada porque aquele incidente poderia ser resolvido rapidamente e não era algo que envolveria relatórios e ligações para os responsáveis.

– Bem, estamos de acordo, então. Que tal vocês dois darem um aperto de mãos? Em seguida, Bryce, pode voltar para a aula.

Bryce se levantou da poltrona e estendeu a mão para Andrew, seu sorriso cheio de dentes.

– Talvez você só não soubesse que a floresta agora está proibida. Espero que peguem leve no seu castigo, Andy.

Andrew encarou a mão estendida por tanto tempo que o escritório ficou tenso. O dr. Reul se mexeu e tossiu de leve, e a diretora pareceu cansada ao esfregar o polegar na têmpora. Deu a impressão de que estava prestes a exigir que Andrew aceitasse o cumprimento, jogasse aquela *sujeirinha* para debaixo do tapete e nunca mais tocasse no assunto. Era um lembrete de quem a escola realmente protegia, então ele pegou rapidamente a mão de Bryce. Um aperto firme. E soltou. Bryce não parou de sorrir ao deixar a sala.

Depois de ele fechar a porta, o dr. Reul foi ocupar a poltrona vaga de Bryce, com um ar ainda mais sombrio que antes. O professor uniu as sobrancelhas em preocupação.

– Antes que negue alguma coisa, já recebemos diversos relatos do zelador sobre encontrar... perturbações na floresta.

Monstros, monstros, *monstros*.

– Posso ver isso? – O dr. Reul tirou o caderno das mãos de Andrew antes que ele pudesse cogitar dizer não.

A perda o atingiu feito um soco no estômago. Ele parou de respirar e fitou as mãos vazias. Ninguém lia suas histórias, ninguém as tocava. Ele devia ter segurado – por que não tinha *segurado*?

O dr. Reul folheou o caderno e então trocou um olhar com a diretora.

– O zelador encontrou coisas escritas nas árvores – disse a mulher. – Historinhas esquisitas. Depois, quando Bryce Kane compartilhou o que viu conosco, o dr. Reul recordou que você escrevia contos em um caderninho.

Era uma dedução. Eles não tinham como atrelar aquilo a ele. Mas Andrew só conseguia pensar que poderiam confiscar o caderno, equiparar a escrita, colocá-lo contra a parede com olhares de desaprovação e respulsa. Um aluno beligerante que transgredia as regras. O dr. Reul ainda analisava o caderno, e o cérebro de Andrew parecia um espelho embaçado, seu estômago tão embrulhado que ele achou que se esvaziaria todo no chão. Ele sabia a impressão que as histórias passavam.

Violentas. Macabras. Cruéis. Perversas.

– Eu gostaria de saber por quê. – Por mais estranho que fosse, a diretora perdera a rispidez e olhou para Andrew quase com pena. – Me admira você ainda ter interesse pela floresta. Sempre foi um aluno tão bom, racional. Devo admitir que estou decepcionada, Andrew.

– Eu... – Mas ele não conseguia encontrar palavras.

O único conforto que sentia era por terem chamado apenas ele. Não Thomas. Bryce devia ter visto os dois saindo da floresta, então o fato de só ter dedurado Andrew significada que ele tinha alguma cartada maligna na manga.

– Compreendemos o que você está enfrentando. – O dr. Reul tirou os óculos para limpar as lentes. – Mas infelizmente acreditamos que você não está se saindo bem aqui, Andrew. Não entregou um único trabalho da minha disciplina este ano, o que é uma pena, e outros professores alegaram o mesmo. Talvez seja melhor passar um tempo afastado. Pelo bem da sua saúde mental.

O professor falou de um jeito tão reconfortante que por um momento Andrew não assimilou o que aquilo queria dizer. Um tempo afastado.

Ele estava sendo expulso.

– Nós nos importamos com o seu bem-estar – emendou a diretora. – Entrei em contato com seu pai, e todos concordamos que seria melhor se ele viesse buscá-lo neste final de semana. Assim podemos discutir os próximos passos.

Andrew cobriu a orelha com a mão. Estava *doendo*. Tudo latejava alto, rápido demais.

Ele precisava de

Thomas.

– Espera – interveio. – Estou b-bem. Não preciso ir embora. – *Não posso deixar o Thomas ficar para lutar com os monstros sozinho, ele não vai sobreviver.*

Ninguém acreditaria que eles estavam protegendo a escola dos horrores que espreitavam da floresta à noite. Eles gritavam por ajuda, e ninguém conseguia ouvir.

A diretora lançou a Andrew um olhar demorado e cauteloso.

– Não acredito que seria produtivo tomar medidas corretivas por você ter saído das dependências da escola, Andrew, então saiba que estamos sendo lenientes com você. Entendo que você não está... bem.

Eles o viam como algo frágil, feito de cacos de vidro, cheio de falhas, e aquela era a maneira mais gentil de dizer: expulso.

O dr. Reul devolveu o caderno e o garoto o aceitou depressa, a cabeça baixa para que não vissem o momento que seus olhos brilharam como a superfície de um rio. Precisava dar o fora dali antes que vomitasse folhas no colo.

Fora do escritório, teve de reunir todas as forças para continuar andando e manter a postura erguida quando o que mais queria era deitar em posição fetal. Não adiantava voltar para a aula. Bastaria um olhar para que Thomas entendesse. Ele explodiria. Iria atrás de Bryce e...

Andrew enfiou o rosto na dobra do braço por um milésimo de segundo, mas ao virar no corredor alguém saiu de repente e bateu o ombro no peito dele com tanta força que ele cambaleou. Ele caiu no chão com um arquejo sufocado, o queixo batendo no tapete e os dentes mordendo a língua até sentir o gosto de cobre se espalhar pelos dentes. Todo o ar foi arrancado de seus pulmões. Ele tinha doze anos de novo, os joelhos ralados, e olhava para Bryce Kane, que exibia um sorriso sonso e o observava como um lorde admirando sua presa atingida.

– E aí, seu arrombado – falou Bryce, seu tom afável nada condizente com a fúria em seu olhar. – Seus amiguinhos quiseram me difamar, e agora vão se arrepender.

Bambo, Andrew ficou de pé, o caderno agarrado ao peito. O corredor estava vazio, repleto de portas fechadas e nenhum professor à vista. Sangue escorria de seu queixo e caía no tapete em beijos escarlates.

– Te expulsaram? Parecia que iam fazer isso. Mas não se preocupe, aposto que o Rye vai chorar por você. – Bryce cruzou os braços, sorrindo. – Isso machuca ainda mais aquele assassino de merda, sabia? Perder você. Bem mais do que se tivesse sido ele.

Andrew limpou o queixo, sua respiração fraca, a visão fora de foco. *Vai embora, só vai...*

– Por que você odeia tanto ele? – indagou Andrew.

– Pfft, até parece que eu dou a mínima pra ele.

Mentiroso, Andrew queria dizer.

– Mas – cedeu Bryce, soando quase magnânimo, como se estivesse compartilhando um segredo – eu acho meio doentio ele estar te comendo depois de ter iludido a Dove. Eu e ela poderíamos ter namorado. Eu ia chamar ela pra sair.

Andrew apenas o encarou.

– Ela jamais acei... – Ele parou de falar.

– Aceitaria, sim – rebateu Bryce. – Ele é só um maluco com algum tipo de fetiche nojento com gêmeos. Eu teria sido perfeito pra ela. Teria até protegido você também. Você deveria escolher melhor seus amigos, Perrault, assim talvez não vivesse na cola de um assassino que é o motivo de a sua irmã...

Andrew o empurrou.

Os ombros de Bryce colidiram contra a parede e uma surpresa genuína cruzou seu rosto, como se ele não esperasse que os ossos de Andrew, finos como plumas, teriam tanta força – ou tamanha coragem. Andrew continuou respirando rápido demais com uma papa de sangue e lama da floresta embaixo da língua. Deixou a raiva se acumular em todos os seus espaços ocos. Sentia nos dentes o ódio que tinha por aquele garoto, por aquele momento, por aquela escola. Ele estava prestes a perder tudo.

Estava perdendo a si mesmo.

– Se me tocar de novo – falou –, eu mato você.

Bryce abaixou o olhar para o blazer, onde a mão de Andrew pousara para empurrá-lo, e viu a camada fina de musgo presa ao tecido. Ele tentou tirar, sua surpresa virando desespero quando a sujeira não saiu.

– Mas o que... – Porém, quando ele levantou o rosto, Andrew estava indo embora, segurando o caderno com firmeza.

Ele se recusou a ver como a própria mão estava, mas sentia.

O musgo da floresta estava crescendo por baixo de sua pele.

VINTE E NOVE

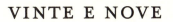

A maçaneta não girou, ou talvez fosse Andrew quem estivesse quebrado. Ele derrubou a chave do dormitório pela terceira vez. A eletricidade pinicava sua pele e ele se sentia superatento a tudo: a mochila pesando em seu ombro, a pele sobre suas costelas tão esticada que chegava a doer, Thomas pairando às suas costas. Eles ainda não tinham tido a oportunidade de conversar depois que Andrew voltou da sala da diretora, pois Thomas fora mandado para a detenção por não fazer os seus trabalhos. Mas o que ele diria?

Vou te deixar sozinho sozinho sozinho...

Andrew não podia contar.

Já estava tarde, o crepúsculo se alongava pelo céu enquanto a floresta espreguiçava suas sombras em direção à escola. A Wickwood deveria ter cancelado o baile de Halloween. Era para todo mundo passar a noite trancado. Porém, o dormitório vibrava com risos caóticos e gritos de garotos se aprontando para a festa, saindo e voltando para os quartos com smokings ou fantasias ridículas.

– Só me diz o que foi que ela falou. Pegaram pesado? – Thomas pegou a chave de Andrew e abriu a porta.

Andrew cambaleou para dentro, a mochila escorregando do ombro e caindo no chão com um baque. Queria fincar as unhas na pele e *despir-se* dela, mas só checou o celular e viu três ligações perdidas do pai, então jogou o aparelho na escrivaninha abarrotada.

Ele não podia deixar Thomas sozinho com os monstros, com histórias que ele não poderia escrever, sem poder colocar um fim naquele pesadelo porque Andrew nunca lhe contara o que os monstros exigiam. Eles não podiam se separar; seus pulmões seriam arrancados de dentro um do outro e eles sufocariam.

A voz de Andrew saiu enferrujada.

– Bryce contou à diretora que me viu na floresta.

– O quê? Ele não pode ter feito isso. A gente pode ser expulso por...

– EU SEI. – Andrew bateu a porta do quarto, e Thomas saiu de perto antes que ela pegasse seus dedos.

Ele parecia assustado, mas não disse nada. Andrew tirou o blazer e caiu de cara na cama. Precisava pensar, mas sua cabeça latejava e pontos pretos surgiam nos cantos de sua visão.

Lentamente, Thomas foi até ele e sentou na beirada do colchão.

Andrew cobriu o rosto com um travesseiro.

– A gente precisa contar sobre os monstros pra alguém.

– Se dissermos que os monstros estão atacando a escola, vão achar que somos malucos. Ninguém vai acreditar, literalmente ninguém. – Ele tirou o travesseiro do rosto de Andrew. – Você tá muito abalado.

Andrew coçou os olhos com um cansaço desesperador e doloroso. Foi o máximo que conseguiu fazer para evitar puxar Thomas para se deitar a seu lado para que sobrevivessem assim ao Halloween – enrolados nos braços um do outro como dois bastões de alcaçuz trançados.

– Só tô cansado.

Thomas se inclinou de repente e pousou um braço de cada lado de Andrew, seus rostos próximos o bastante para que pudessem comer as palavras um do outro direto da boca. Ele passou o polegar pelo lábio inferior de Andrew, depois seguiu o pulso desenfreado de seu pescoço.

– Um dia você... quer ser beijado?

Algo perverso e faminto cresceu no peito de Andrew, mas a culpa veio logo em seguida, como um soco veloz. Pela maneira como tratara Thomas no dia anterior. Por como vencera a briga e fizera com que tudo funcionasse a seu favor. Não era justo, e ele não sabia como consertar a situação. O que oferecer e o que receber.

No entanto, olhando para o rosto de Thomas, só conseguia pensar em beijar cada uma daquelas sardas. Assentiu, com a garganta apertada.

O sorriso de lado que Thomas deu era cheio de satisfação hesitante. Ele saiu da cama, e Andrew sentiu que seu toque lhe fora roubado.

– Bora se vestir. Os suspensórios do meu pai ainda estão em algum lugar aqui no quarto. Meu smoking já não serve há dois anos.

Andrew estava exausto demais para se levantar. Ele precisava desacelerar e se concentrar no que tinha que fazer antes que o pai chegasse. Destruir os últimos desenhos de Thomas era o mais importante. Se os monstros ainda não tinham sido detidos, provavelmente havia mais ilustrações a serem encontradas.

Depois disso, ele precisava...

Beijar Thomas. De alguma forma, em algum lugar.

Encontrar Dove e contar tudo para ela. Absolutamente tudo. Se a irmã quisesse continuar na Wickwood, ela podia. Ele não a culparia por priorizar o último ano do ensino médio em detrimento dele.

Em seguida, Andrew precisava acabar com os monstros, independentemente do que isso lhe custasse. Não tinha a menor chance de deixar Thomas sozinho com eles.

Thomas saiu para tomar banho, e Andrew se demorou para sair da cama e procurar o smoking no guarda-roupa. Preferia não ir ao baile, mas eles precisavam agir com normalidade – e não parecer garotos culpados, transtornados, prestes a perder tudo. A marcha de passos para lá e para cá no corredor e a colisão de vozes indicavam que todo mundo estava superanimado para aquela noite. O evento desligava suas mentes das provas e de todas as coisas bizarras que andavam acontecendo na escola.

Porém, nada garantia que os monstros ficariam longe do auditório. Andrew e Thomas precisariam ir mais cedo à floresta para enfrentá-los e derramar sangue o suficiente para satisfazer seu apetite. Não importava de quem seria o sangue – deles ou dos monstros.

Alguém simplesmente teria que sofrer.

Andrew desabotoou a camisa. E então parou.

Suas costelas doíam já havia tanto tempo que ele tinha se acostumado com a maneira como os ossos afiados pressionavam sua pele. Como conseguia encaixar o dedo nos sulcos. Como ele estava faminto, mas ao mesmo tempo se sentia cheio demais para colocar qualquer coisa na boca.

Aquilo, no entanto, era diferente.

Seu abdômen parecia inchado, a pele esticada como papel de arroz. Ele abriu a mão sobre ela com os dedos trêmulos e empurrou.

Titubeante, cauteloso.

– Mas o que... – sussurrou.

A pele não cedeu. Era como apertar a casca de uma árvore, lisa e implacável. Linhas duras se enrolavam debaixo da pele e se espalhavam pela barriga. Seus dedos instáveis seguiram uma, depois outra, traçando-as até o quadril.

Videiras. Folhas. Raízes.

Era impossível não reconhecer os contornos.

Não podia s...

Não.

Em vez de sentir a pele macia e clemente de seu abdômen, ele sentiu trepadeiras crescendo por seus intestinos. Elas se mexiam sob seu toque, ainda crescendo enquanto se contorciam e se enrolavam em torno de mais um órgão.

O pânico lhe subiu pela garganta, horrível e histérico. Ele ia passar mal. Precisava tirar aquilo de dentro de si. Precisava cortar a barriga e tirar, tirar

– TIRAR TIRAR...

Andrew se abaixou e levou os joelhos ao peito, hiperventilando e sentindo o quarto girar. Ele não poderia mostrar aquilo para Thomas. Ainda não. Os dois tinham muito a concluir naquela noite.

Ele não conseguia. Segurou a porta do guarda-roupa e se concentrou em respirar, mas sentiu os ramos em seus pulmões, sentiu o gosto de sangue no fundo da garganta, onde os espinhos furavam sua língua.

A floresta já crescia dentro dele havia muito tempo, ele só se recusara a encarar isso.

A porta se abriu, e Thomas entrou com o cabelo molhado e uma toalha jogada sobre o ombro. Ele tinha um ar rebelde com os suspensórios e a camisa branca com a gola virada para cima, a barra da calça de alfaiataria dobrada para disfarçar que estava curta demais.

O garoto parou, ainda secando o cabelo úmido.

– Tá tudo bem?

Andrew vestiu uma camiseta depressa.

– Aham. Vai indo na frente. Preciso encontrar a Lana antes e perguntar uma coisa. – Ele sabia que Thomas não sugeriria ir junto se Andrew fosse ver Lana.

Ele franziu o cenho, mas tudo o que disse foi:

– Me encontra no auditório?

Primeiro, Andrew precisava vasculhar a sala de artes.

Em seguida, tinha que encontrar uma faca afiada.

Bastou um toque das pontas dos dedos na madeira para abrir a porta da biblioteca. Geralmente, as luzes ficavam acesas até às oito para estudos autônomos, mas naquela noite todo mundo estava na mansão principal da escola para o baile. A biblioteca deveria estar trancada, mas Andrew entrou e foi recepcionado pela escuridão – sombria, densa e interminável.

Ele tomou cuidado ao subir, xingando a falta de uma lanterna. Mal conseguia enxergar os próprios pés, o que lhe deu uma percepção agoniante de todo o resto. O silêncio absoluto. A umidade fresca do ar, como a da floresta após uma chuvarada. A maneira como o tapete parecia musgo.

Dentro dele, trepadeiras se esticavam.

Lá em cima, ele colocou a mão na parede e a tateou até chegar ao fundo do corredor. A sala de artes com certeza estaria trancada, mas ele estava desesperado o bastante para tentar arrombá-la caso fosse preciso. Teria de acrescentar depredação de propriedade a sua lista de pecados. Era tarde demais para remorso.

No entanto, a porta cedeu com seu toque. Algo se rompeu e caiu da maçaneta quando Andrew a empurrou, e ele franziu o cenho. Uma corda? Foi só quando a porta emperrou, recusando-se a abrir mais e o obrigando a passar pela fenda estreita, que ele entendeu o que era aquilo enrolado na tranca.

Trepadeiras verdes vívidas.

Ele apertou o interruptor.

Uma lâmpada se acendeu no centro da sala e piscou em uma dança melancólica que mal conseguiu sanar a penumbra. Ele se retraiu, as costas batendo na parede à medida que a vontade de gritar lhe subia pela garganta.

A floresta estava ali.

Era impossível, aquilo estilhaçou *toda a sua mente,* mas dentro do espaço crescia um País das Maravilhas de árvores, videiras e folhagem ostensiva. As trepadeiras seguiam até as janelas, e fungos cresciam sobre as carteiras. Troncos saíam do tapete e iam até o teto, seus galhos circundando candeeiros e cornijas. Violetas delicadas floresciam pelo chão, e arbustos de rosas cruéis brotavam da mesa da sra. Poppy.

Não podia ser real. Andrew esticou a mão, e as pontas macias e felpudas das folhas roçaram sua palma. Elas se inclinavam em sua direção como se ansiassem por seu toque.

Ele precisava pegar os desenhos e dar o fora dali o mais depressa possível. Não fazia ideia de como a escola explicaria aquilo, mas não podiam jogar a culpa em Thomas – embora, por uma vez na vida, de fato fosse culpa dele. O garoto provavelmente tinha mentido e não parara de desenhar. Era a única explicação para os monstros continuarem surgindo.

Só que Thomas nunca mais tinha aparecido com tinta nos dedos, com manchas de grafite na mão ou com a boca pintada porque mordera o pincel enquanto se concentrava.

Andrew avançou lentamente pela floresta da sala de aula. Tentou não encostar em nada, embora cada ramo e galho se esticasse em sua direção, tocando seus braços, seu pescoço. Talvez aquilo tudo sentisse que aquele era seu lugar, considerando que ele também tinha uma floresta crescendo dentro de si.

Abaixou-se para passar por um galho com maçãs apodrecendo até o miolo e encontrou a carteira de Thomas. Videiras cresciam por tudo: o cavalete, a cadeira, as caixas de carvão e as canetas. Andrew tirou punhados de folhas do cavalete, e o verde manchou suas mãos. Seu smoking ficaria arruinado, mas ele não ligava.

Só tinha olhos para aquilo.

Não havia monstros retratados na tela em tinta nefasta, nenhuma criatura com dentes, garras e um vazio preto no lugar dos olhos.

Thomas usara cores pastel, algo que raramente fazia, o lápis tão leve na página que a ilustração parecia esmaecer. Estava quase concluída.

Eram eles três.

Thomas, Andrew e Dove.

Os rostos pressionados juntos, as bochechas coladas. Thomas no meio, com as sardas, a carranca e a boca hostil aberta com rosas saindo do espaço entre seus lábios. Uma coroa de penas caía sobre um dos olhos de Dove, e o rosto da menina estava inclinado para o céu com tamanho sofrimento que sangrava para fora da página. Andrew era quem estava incompleto – o mais difícil por último. Seu cabelo formava ondinhas cor de mel com dentes-de--leão entremeados nas mechas. Porém, faltava a boca.

Como se Thomas quisesse aprender o formato dela antes de desenhá-la.

Doía olhar para eles daquele jeito – o luto, a raiva e a alegria. Mas estavam todos juntos, não? Naquela realidade de papel, nada os havia separado.

Andrew não era ele mesmo quando pegou a folha e a rasgou no meio.

Transformou-se em algo mais diferente ainda ao rasgar o rosto de Dove em dois. Em seguida, o de Thomas.

Por fim, o seu próprio.

Sabia que aquilo significava que ele tinha cravado uma faca entre os ossos da costela de Thomas e a torcido. Thomas podia odiá-lo, mas ao menos eles estariam vivos quando chegasse a manhã seguinte. Aquela tinha de ser a última ilustração.

Sem mais desenhos. Nada de monstros.

Andrew vasculhou a carteira até achar um estilete, o que não era lá uma arma páreo para monstros, mas era tudo o que tinha. Virou-se para ir embora, tropeçando no chão coberto de raízes de árvores, folhas douradas úmidas, castanho-avermelhado e escarlate. Encontrar a porta. Dar o fora. O pé dele escorregou em um trecho molhado, e ele esticou o braço em uma tentativa desesperada de se segurar. Pensou ter segurado um galho baixo, indistinto no escuro.

Porém, o que seus dedos agarraram foi pele lisa e macia.

Ele ainda estava olhando para o molhado das folhas; uma poça de chuva em uma sala que chuva nenhuma conseguiria acessar. Exceto que ela parecia ser metálica e densa. Exceto que ela parecia ser sangue.

Foi então que ele se obrigou a olhar para o calcanhar que tinha segurado. Estava suspenso na altura de seus olhos, sem sapato, apenas o pé descalço e com lama entre os dedos, brancos feito porcelana e muito, muito gelados.

Ele sempre viveria naquele momento, seus dedos tocando a pele morta, seu pescoço arqueado para olhar para cima e para cima e para cima enquanto dentro dele nascia um grito que jamais cessaria.

Havia um garoto pendurado nas árvores, com videiras enroladas em seu pescoço e enfiadas em sua garganta. Folhas saíam de suas orelhas, crescendo, e as roupas estavam rasgadas onde os espinhos das rosas agarraram a pele para se alimentar do sangue.

se me tocar de novo, eu mato você –

não está satisfeito?

isto é exatamente

o que você queria

O rosto de Bryce Kane encarava Andrew de cima enquanto uma floresta brotava do buraco de seus olhos.

TRINTA

Nada mais importava senão encontrar Thomas.

Antes que a floresta o achasse primeiro.

Andrew atravessou um mar de ombros, smokings, vestidos e fantasias, risos reluzentes e olhos repicados e cruéis. Todos usavam máscaras, asas e chifres com glitter dourado. Os sorrisos pareciam cortes vermelho-sangue no piscar das luzes. Monstros dançavam de mãos dadas com os alunos da Wickwood, todos emergindo em um só terror imaterial e arrasador enquanto Andrew era o único que os enxergava como de fato eram. A floresta fantasiada de pele humana. Ela tinha ido buscar seu príncipe.

O som vibrante do baixo fazia o chão tremer sob os pés de Andrew, que avançava trôpego pelo auditório. As fileiras de cadeiras de veludo tinham sido removidas e guardadas, e o palco estava decorado com abóboras e espantalhos, o teto enfeitado com serpentina e balões laranja. Cada batida da música pulsava dentro de seu crânio até não deixar espaço para pensar. O suor escorria pela testa, e ele não conseguia parar de tremer, não conseguia equilibrar o chão sob seus pés, não conseguia ver o mundo distorcido e turvo diante dele. Afinal de contas, o próprio Andrew também estava fantasiado – fingia ser um garoto esguio com uma boca séria e olhos sempre em busca de Thomas, mas bastava despi-lo disso tudo para encontrar a verdade.

Ele era algo vil, algo podre, um esqueleto com as entranhas já devoradas pela floresta.

Era tarde demais para salvá-lo.

Dançarinos rodopiavam no meio da pista de dança, luzes coloridas pulsando e borrando suas feições como água jogada sobre uma pintura. Os professores se movimentavam por entre a multidão, procurando sinais de perigo e não encontrando nada. A inquietante necessidade de alertá-los de que monstros lotavam a pista de dança fez Andrew se engasgar, mas ele sabia bem da própria aparência naquele instante. Febril e suado, de olhos arregalados e ensandecidos. Em ambos os punhos, segurava desenhos rasgados de amizades destinadas a acabar.

Ele precisava contar a alguém sobre Bryce, mas seria quase uma confissão. Ele praticamente pedira à floresta para fazer aquilo. Tinha sido por causa dele – sua culpa apodrecida, corrupta e monstruosa.

Ele tropeçou na cauda de um vestido de renda longo e gaguejou um pedido de desculpas enquanto a menina que o usava se virava para gritar com ele. Em seguida, recuou direto para um peito largo.

– Olha aqui o vacilão.

Andrew tentou sair do caminho, mas um dos abutres de Bryce agarrou seu braço e o jogou para o lado com uma violência tão abrupta que ele quase perdeu o equilíbrio. Seu arquejo se perdeu na música, na risada, no bater de pés e no esvoaçar de vestidos.

– Se estiver procurando sua namorada, saiba que ele tá ocupado. – O garoto era mais alto que Andrew, musculoso e rápido. Seu sorrisinho de sempre fora substituído com um desdém maldoso, e ele segurou o queixo de Andrew e o forçou a olhar para a mesa de bebidas no fundo do auditório.

Como a escola era tão rural e os alunos raramente tinham a oportunidade de espairecer, a Wickwood permitia extravagância em seus bailes anuais. A mesa estava apinhada de aperitivos, desde canapés de salmão até tábuas de frios e folhados. Havia também algumas abóboras ao lado da fonte de chocolate, e a cumbuca de ponche estava cheia de gelo seco. Andrew avistou Thomas próximo ao fim da mesa com um copo de plástico negligenciado entre os dedos. Ele estava lindo e com cara de entediado, o cabelo perfeitamente bagunçado e a camisa branca apertada ao redor dos bíceps. Andrew não tinha reparado naquele detalhe antes. Balançar um machado para retalhar monstros o deixara mais forte.

Ao lado do garoto estava Lana.

O que desmantelava a mentira de Andrew sobre com quem estaria. Mas será mesmo que ainda importava? Ele precisava contar a Thomas a respeito da sala de artes. Ele precisava… ele… deveria…

Andrew não conseguia pensar. Sua visão se confundiu e sua garganta parecia embrulhada por espinhos.

Daquela distância, mal conseguia ouvir os dois, mas Lana gesticulava ferozmente com as mãos, o chapéu de bruxa frouxo obscurecendo parte de sua maquiagem teatral dramática. Ela usava uma saia de tule preta mirrada com leggings pretas e roxas, e seus braços estavam cobertos com luvas de arrastão. Pulseiras com pequenos crânios de plástico completavam a fantasia. Thomas fez cara feia para o que quer que ela estivesse dizendo, depois balançou a cabeça, indiferente.

Andrew imaginou ter ouvido Lana falar:

– ... chamando a Dove. Você precisa ter certeza de que ele sabe.

Thomas a encarou.

– Ter certeza de que ele *sabe*? Tá de brincadeira? É óbvio que ele sabe, Lana.

O abutre de Bryce passou a mão pela nuca de Andrew e começou a empurrá-lo para a saída. Andrew escorregou tentando manter a postura, a necessidade de gritar por Thomas enlaçada nos espinhos que cresciam em sua garganta.

– Vamos ter uma conversinha. Especificamente sobre onde o Bryce tá. – O garoto empurrou Andrew com mais força. – Ele falou pra gente da sua *ameaça*. Depois foi contar pra um professor e do nada sumiu. O que foi que você fez, hein, seu fodido?

Mais amigos de Bryce se aproximaram – olhos brilhantes, dentes de tubarão, ternos imaculados e cabelos impecavelmente arrumados. O garoto que segurava Andrew o soltou de repente e o empurrou para um dos outros, que esfregou os nós dos dedos em seu cabelo antes de jogá-lo para o abutre ao lado. O pânico tomou conta de Andrew com tamanha velocidade que ele não conseguia mais respirar. Estavam por toda parte ao mesmo tempo – empurrando-o, apertando os dedos em sua pele, girando-o, estalando os nós dos dedos na parte de trás de seu crânio. Ele não conseguia manter o equilíbrio, mas toda vez que quase caía alguém o endireitava, só para empurrá-lo novamente.

Ele não-não-não...

estava bem

– Você mandou seu namorado escroto fazer alguma coisa com o Bryce? – rosnou um deles.

– Leva ele pra fora. Pros fundos da escola.

Uma mão agarrou a parte de trás da camisa de Andrew e o ergueu um pouco para levá-lo em direção à porta. Tudo o que passava por sua mente era o quanto era patético que ele podia enfrentar monstros na floresta, mas ali – debaixo das luzes claras que giravam, da música pulsando e da risada vibrante – ele fora reduzido a um esboço estremecido e amedrontado de algo que precisava desesperadamente ser salvo. Ele estava sufocando, afogando. Pelo visto, todos pareciam apenas garotos brincando, porque nem um único professor foi até eles, nenhuma cabeça se virou naquela direção. Ninguém se importava. Ninguém percebia.

Exceto uma pessoa.

Thomas bateu o ombro em um dos abutres de Bryce com tanta força que ele cambaleou. Em seguida, invadiu o círculo apertado com os olhos em chamas e os dentes já expostos num rosnado. Porém, quando tentou alcançar Andrew, alguém o bloqueou com o braço.

– Sai, esquisito. A menos que tenha vindo confessar um assassinato.

– O seu? Continua pondo as mãos no Perrault que a gente descobre rapidinho. – Thomas golpeou o garoto seguinte com o cotovelo.

Daquele jeito, ele começaria uma briga, uma disputa impossível de vencer. Andrew não podia deixar... ele tinha que impedir... Sua pele era um vazamento de óleo quente, e todos os abutres tinham palitos de fósforo à mão.

– Cadê o Bryce, hein? – Um dos amigos deu um passo ameaçador à frente. – O que foi que vocês dois doentes fizeram?

Alguém pegou as ilustrações rasgadas das mãos suadas de Andrew.

– Olha aqui, o Rye ainda é obcecado pela Dove. Depois de tudo que ele fez com ela. – Ele jogou os pedaços na cara de Thomas.

– *Para.* – Andrew pensou no estilete em seu bolso.

Devagar, Thomas se abaixou para pegar os papéis que caíam ao chão e seu rosto ficou branco. Seus olhos encontraram os de Andrew e, por um segundo, eles se observaram, no mesmo instante em que a dor devastou o semblante de Thomas. Ele tinha virado um nada, uma caixa vazia de desolação, e seus lábios formaram as palavras:

– Isso era tudo que restava da gente.

Seu último desenho.

Seu último pedaço de Dove.

Um abutre empurrou Thomas com força.

– As pessoas ouviram sua briga com a Dove. Você devia ter sido expulso. Era pra terem acabado com a sua vida num tribunal. Ela te mandou não tocar no irmão dela e foi exatamente isso que você fez.

O tempo vacilou e tombou para a esquerda. Andrew começou a escorregar. Ele cairia da beira do mundo e nunca mais pararia de despencar. Sua boca latejava como se tivesse acabado de levar um soco, o sangue umedecendo seus lábios como se ele tivesse rasgado a própria língua. Ou talvez fossem os fungos invadindo os espaços entre cada dente.

Então Dove o sabotara.

Uma parte pequena dele já sabia disso, sabia que ela estava brava com a forma como ele e Thomas tinham se aproximado. Mas se Dove dissera a Thomas que ele não podia ter Andrew e Thomas obedecera por tanto tempo...

– A ideia de você machucar ela não me surpreende nem um pouco – cuspiu o abutre bem na cara de Thomas.

– Pela *última vez* – gritou Thomas –, eu não estava na floresta com ela! Eu não estava lá! Eu *não estava lá*.

As pessoas tinham começado a reparar, e os professores observavam com atenção. A música pareceu aumentar um pouco para encobrir o alarde, mas só levaria mais um instante até tudo se espatifar. Um docente interviria. Ou Thomas bateria em alguém.

Andrew passara aquele tempo todo acreditando em Thomas, mas e se... e se ele só estivesse ignorando as evidências? Aquele garoto tinha algo monstruoso vivendo debaixo de sua pele, coisas saíam de seus desenhos de tinta e viravam carne e osso. Dove cortara relações com ele, recusara-se a perdoá-lo como geralmente faria. Por que ele estava tomando o lado de Thomas quando deveria ser leal à própria irmã? Talvez ela não quisesse Andrew com Thomas porque Thomas era...

Às vezes era impossível conter a dor. Tudo o que podia ser feito era descobrir o quanto conseguia engolir antes que vazasse por sua garganta.

Andrew se soltou do abutre que ainda tinha as garras em sua gola.

– Se quer o Bryce, ele tá na sala de artes. A floresta comeu os olhos dele. E-e-eu preciso falar com a Dove. Vou atrás dela.

Os garotos ficaram paralisados, suas expressões indo da confusão ao horror, mas ninguém ficou tão estupefato quanto Thomas.

– Andrew… – Ele parou, o rosto desnudo, miserável e sofrido.

Mas Andrew já tinha se virado, correndo para as portas em direção à noite, ao chamado fétido e terrível da floresta.

TRINTA E UM

Não restava muito de Andrew para agarrar, então ele se desvencilhou no escuro sem dificuldade. O ar da noite afagou sua pele febril e, quando limpou a boca, a palma de sua mão ficou suja de terra densa e sangrenta. Ele não estava chorando, mas era provável que parecesse isso.

Ele cambaleou pela área externa da escola, tateando tijolos cobertos de hera enquanto uma luz dourada emanava das janelas arqueadas, como se prometesse que ali residia apenas calor e segurança. Os monstros estavam por toda parte, e todas as oportunidades de escapar haviam sido perdidas.

– Dove. – Sua voz se elevou contra o escuro aveludado. – Preciso de você. DOVE.

Ele colocou os braços ao redor do abdômen dolorido e tentou ignorar a forma como a floresta se contorcia dentro dele. *Arranca*. Isso ele conseguia fazer. Se ao menos ele pegasse o estilete no bolso...

Seu próximo respiro vacilou em um soluço. Talvez estivesse mesmo chorando. Ele fez menção de secar as bochechas – porém, duas mãos frias afastaram as suas e limparam as lágrimas quentes.

– Ah, Andrew.

Ele levantou o rosto e viu a preocupação estampada no da irmã.

– Dove. – Sua voz falhou. – Está tudo tão, tão ruim agora e e-e-eu preciso... eu preciso de você.

A garota ficou imóvel. Por um segundo de aflição, Andrew imaginou que ela fosse embora, cansada dele e de suas emoções turbulentas que sempre vazavam em desordem quando ele deveria ser ponderado, sossegado, esperto e autoconfiante como ela. Andrew estava cansado de ser o irmão defeituoso, o incapaz, o sopro de uma brisa quente mais propenso a se dissipar na atmosfera do que merecer a afeição de alguém.

Dove se acomodou na trilha ao lado do irmão e abraçou as pernas. Era óbvio que ela tinha evitado a frivolidade dispensável do baile, seguindo com seu uniforme da Wickwood, impecável e bem passado, o cabelo preso em um rabo de cavalo apertado, ainda com um lápis atrás da orelha. Apenas Dove escolheria estudar no lugar de qualquer outra coisa. Ela tinha seu futuro todo planejado – universidades de alto escalão, estágios e as estrelas todas a seu alcance.

– O pai te ligou? – Andrew coçou o rosto de novo, envergonhado pelo nariz escorrendo e os olhos vermelhos. – Vão me expulsar. Mas você pode… continuar aqui. Não precisa ir embora só porque eu sou um desperdício patético de espaço. – Foi inevitável acrescentar uma balbuciação sofrida: – Você sempre prefere estudar a ficar comigo mesmo.

– Eu preciso estudar – falou Dove. – Preciso… de alguma coisa que me ajude a seguir em frente.

– Mas *por que…*

– Andrew, esquece isso. – Ela falou, com firmeza. Se ele a pressionasse, sabia que ela levantaria e iria embora. – Talvez eles tenham razão, sabe? Sobre você precisar tirar um tempo pra cuidar da saúde mental. Você sabe que tá magro a ponto de ser perigoso, né? Sem falar que… Bem, você parece estar no seu próprio mundinho.

Ele soltou um suspiro trêmulo.

– Preciso te mostrar uma coisa. Na floresta.

Dove olhou incrédula para o irmão.

– De jeito nenhum. Esqueceu que você arrumou problema justamente por ir escondido pra lá? Além do mais, está um breu total. Não é seguro. Vamos procurar a enfermeira e dizer que você não está se sentindo bem. – Ela se levantou e ofereceu a mão. – Vem, eu te levo.

– É por isso que você enjoou de mim? – O maxilar dele estava travado, e ele não quis pegar a mão da irmã. – Porque cansou de ter que ser minha babá, me remendar e comprar minhas batalhas?

Dove suspirou, igualmente exasperada e cautelosa.

– Pode se levantar, por favor?

Devagar, com o corpo latejando pelo esforço, Andrew ficou de pé sem ajuda.

– Eu vou lá com ou sem você.

– Não vai nada.

Andrew se obrigou a seguir pela trilha que levava aos campos esportivos enquanto Dove gaguejava descrente atrás dele. Se ela acabasse indo embora com raiva, dane-se. Thomas tinha sido certeiro em sua teoria sobre a força do Halloween, e era improvável que a floresta fosse parar depois de devorar um aluno. A fome persistia.

Ele escorregou um pouco no chão musguento e úmido de orvalho, e se assustou quando Dove apareceu a seu lado. Ela cruzou os braços e o fuzilou com os olhos, mas seguiu o irmão.

– Sei que não vai acreditar em mim – disse Andrew. – Mas só tenta, tá? Por favor? Tem monstros na floresta. Eles saem dos desenhos de Thomas, e todas as noites nós os enfrentamos, e todas as noites quase morremos por isso. Eles querem um... um sacrifício do príncipe.

– Andrew – ela disse o nome dele com cuidado. – Deixa eu te levar pra enfermaria. Prometo que vou continuar do seu lado.

O garoto cerrou os punhos.

– Eu não estou louco. Vou provar que os monstros existem. Só vem comigo.

Dove não disse nada, mas com certeza pensava que ele estava tendo um surto psicótico, Andrew sabia. Dove, toda cheia de lógica e fatos, que esbanjava planilhas categorizadas por cor e listas de afazeres, sempre veria seu irmão delicado e sonhador como instável. Bem, não ia tardar até que ela descobrisse a verdade.

Ele precisava que ela visse.

Estava tão cansado de sofrer por vagar pelo mundo de um jeito diferente do das outras pessoas. Não tinha só a ver com os malditos monstros, mas também com a forma como ele nunca parecia conseguir lidar com tudo, como o mundo não se encaixava em sua pele, como ele sentia demais e se machucava muito e não conseguia arquivar as emoções em caixas organizadas e palatáveis. Ele precisava de ajuda. Precisava ter alguém. *Precisava* que acreditassem nele. Não importava se o que o estava machucando fosse um peso invisível dentro de sua cabeça ou algo que deixasse feridas de verdade em sua pele – sua dor era real.

O luar iluminava um caminho prateado no campo esportivo, e eles seguiram em direção à cerca, alta e sinistra no escuro. Dove continuou um passo atrás do irmão, os dedos agarrados à manga da camisa dele em uma tentativa fraca de fazê-lo desacelerar, mas Andrew andava com um foco determinado. Ele foi o primeiro a ver o problema.

Havia um buraco na cerca, irregular e grande, com tufos de penas e pelos empapados de sangue no arame farpado.

— Viu? Os monstros passaram por aqui. Eles entraram na escola. — Andrew se virou para Dove, mas os lábios da irmã permaneciam em uma linha fina. — Mataram o Bryce Kane.

— Você sabe que os alunos do último ano fazem festas na floresta, né? Obviamente cortar a cerca é um novo patamar de idiotice, e vai ter gente sendo expulsa por isso. — Dove pegou uma pena ensanguentada. — A parte triste é algum animal ter sido ferido no meio dessa gracinha toda.

Ele arrancou a pena da mão dela.

— Isso aqui é de um *monstro*. Você tá literalmente segurando uma prova e ainda assim não acredita em mim.

— Andrew, você tá se ouvindo falar? — Dove gesticulou para a floresta, perplexa. — É a pena de um pássaro porque pássaros *existem*. Pode até ser que tenha lobos… não sei. Será que tem lobos na Virgínia?

A frustração ferveu o peito de Andrew, e ele passou pelo buraco na cerca. Dove o seguiu, indo com calma para não rasgar o uniforme.

O garoto pisou duro floresta adentro, sem se importar com o quanto estava escuro ou com o quanto a irmã estava ficando para trás, seus pés hesitantes sobre as raízes e a relva entremeada. Ela apertou o passo, gritando para que ele esperasse, e ele se sentiu vingado por ela parecer assustada.

— Cinco minutos — concedeu Dove, como se o acordo fosse um presente. — Depois voltamos, ok? Juntos. — Ela falou como se estivesse fazendo um agrado para o irmão. Tão condescendente que Andrew quis gritar.

A floresta lambeu seus beiços nefastos, observando-os. Imóvel e silenciosa. Nada se mexia no chão, nada suspirava com pulmões de trepadeiras e arbustos. O cheiro denso de barro e folhas impregnou sua garganta, mas monstro nenhum espreitava nas sombras desenrolando os intestinos víscidos de dentro da pele perfurada ou babando veneno dos dentes pontudos.

Não tinha vento tocando as árvores. A floresta nunca estivera tão perfeitamente

p a r a d a

Dove tocou o ombro de Andrew, que estremeceu.

– O Thomas deve estar aqui – arriscou ele. – Ele deve ter ido buscar o machado e vindo me encontrar.

– Andrew...

Ele colocou as mãos ao redor da boca para gritar pelo garoto, não tão alto, a princípio, porque sabia que sua voz convidaria um ataque, e só se deu conta naquele momento de que não estava armado. No entanto, quando não veio resposta alguma, elevou o tom. Nada se mexeu na floresta – nenhum monstro, mas nenhum Thomas, também. Ele podia estar nos dormitórios, pegando o machado de debaixo da cama e trocando a calça de alfaiataria curta por um par de jeans que aguentaria o sangue e a lama que viriam com a batalha.

Mas algo parecia... errado.

Andrew chutou as folhas até encontrar uma trilha de chão batido. Ele se virou em um círculo lento, mas só encontrou árvores até onde sua visão alcançava. A atmosfera tremia de frio, inquieta e ansiosa, como se escondesse um garoto ou um monstro e não quisesse mostrar nenhum dos dois.

– O Thomas não vem.

Andrew enrijeceu, sentindo um pânico doentio esmagar suas entranhas. Ele teve dificuldade de manter a voz neutra.

– Como é que você pode saber disso?

No escuro, o rosto de Dove se perdera – havia somente o contorno sombrio de um nariz, um maxilar, a curva de um olho preenchido de preto.

– Acho que errei ficando longe de você este semestre. Mas pensei que você precisasse de espaço para se ajustar.

O medo ficou mais denso na boca de Andrew.

– Do que você tá falando?

Dove deu um passo titubeante à frente.

– Às vezes você escolhe sua própria realidade, Andrew. Você sempre foi assim, e não estou brava com você por isso. Eu entendo. Que nem quando a gente era criança e você contava umas histórias longas e fantásticas mas que nunca *terminavam*. Mesmo quando eu cansava de brincar, você continuava. Ficava deitado no tapete por horas brincando sozinho... na sua cabeça. – A voz dela tinha ficado baixa e enferrujada, e ela se esforçou para se manter estável. – O Thomas te deixou interessado *neste* mundo. E eu entendo. Sou grata a ele por isso. Mas...

As costelas de Andrew começaram a ruir, as raízes se contorcendo e partindo conforme as palavras de Dove o despedaçavam como uma tesoura.

– Do que você... E daí que eu tinha imaginação fértil quando era pequeno? O que tem a ver com isso tudo? – Ele começou a tremer. – Não estou *imaginando* os monstros.

Os dedos de Dove tocaram a mão dele, e as cicatrizes pareceram se iluminar como se tivessem sido pinceladas com ácido.

– Não. – Ela nunca falara com tanta delicadeza. – Acho que você está imaginando o Thomas.

Ele afastou a mão como se ela o tivesse cortado.

– No início das aulas deste ano – falou Dove lentamente –, o Thomas foi preso por assassinar os pais.

Andrew a encarou.

– Ele não voltou para a Wickwood depois disso. É horrível. É... difícil de aceitar. E acho que você não conseguiu mesmo. Na sua cabeça, ele ainda tá aqui. – Ela secou os olhos depressa. – Eu não achei que as coisas estivessem tão difíceis assim pra você, senão teria contado para o pai.

– Você tá mentindo. – As palavras mal saíam dos lábios dele.

– Eu sei que está sendo difícil...

– VOCÊ TÁ MENTINDO. – Andrew deu as costas para ela, e havia tanta dor, fúria e histeria vazando dele que seu peito parecia prestes a explodir e abrir um buraco no mundo. – Ele assiste às aulas comigo, luta contra os monstros comigo e... e a Lana! Pergunta pra ela. Eles dois brigam o tempo todo.

A pena nos olhos de Dove o atingiu como uma chibatada no rosto.

– A Lana não fala com você. Ela nunca foi sua amiga.

– Mas ela começou a falar este ano. Ela... – Ele parou. – E a Chloe? Ela divide o quarto com você e a Lana. Ela é... minha amiga.

– Não sei quem é essa e, hum, Andrew, você não tem amigos.

Andrew queria rasgar mil árvores e jogá-las às estrelas.

– Você tá querendo bagunçar minha cabeça e… e para! Só *para*. – Ele se desvencilhou de Dove quando ela tentou tocá-lo. – Não *se atreva* a me tocar.

– Desculpa. Eu não devia ter te contado aqui. Por favor, me deixa te levar de volta pra escola. Lá a gente te acalma, liga para o pai e…

– Não é coisa da minha cabeça.

– Andrew.

– É real. É real e você tá *mentindo*…

– Para de gritar comigo! – Dove o agarrou pelos ombros, aproximando o rosto do dele antes que ele pudesse se afastar. – Caramba, Andrew. Tô tentando te ajudar. Você. Precisa. De. Ajuda.

Do outro lado da floresta, um lamento baixo soou, e de repente se tornou um grito de gelar o sangue.

E então veio o barulho do golpe de um machado.

O grito cessou.

O coração de Andrew disparou. Alívio explodiu em suas veias, e ele sorriu para Dove – de um jeito selvagem, instável e completamente aterrorizante, mas que não conseguia evitar.

– Ouviu isso? Ouviu? Monstros. Thomas está matando eles.

Dove segurou o rosto do irmão com os dedos frios, e pareceu à beira do choro enquanto analisava seus olhos.

– Quero que você saiba que independentemente do que acontecer, eu te amo e vou conseguir ajuda pra você.

Aquilo pareceu uma despedida. Parecia que ela estava desistindo dele.

– Você não… tá escutando? – sussurrou ele.

Lágrimas escorreram pelas bochechas dela enquanto balançava a cabeça.

– Vai ficar tudo bem.

Mas não era verdade.

Ele estava despencando.

Estava caindo em direção a lugar nenhum sem nada em que se segurar. Dentro de seu peito, a floresta crescia – cruel, viva e voraz – e o preenchia até o topo da garganta.

Ele sentia como aquilo era o fim, como logo ele não conseguiria mais impedir.

Andrew se virou e começou a andar, lentamente primeiro, ignorando os gritos inúteis de Dove atrás dele. Em seguida, sem pensar, foi mais depressa, e mais, nada em sua cabeça a não ser pétalas de rosas se abrindo e o suave farfalhar de folhas. Não demorou muito mais para que estivesse correndo.

A floresta era um borrão preto e infinito enquanto Andrew corria tão veloz pela trilha que parecia voar. Dove tentou seguir, mas não conseguiu acompanhá-lo pelo chão irregular. Ele conhecia a floresta íntima e intrinsecamente. Não cairia.

Andrew abriu a boca e começou a gritar.

Uma palavra, a única que importava.

– THOMAS.

– THOMAS.

– THOMAS THOMAS THOMAS...

Ao redor de Andrew, os monstros tiraram os dentes das árvores e pousaram olhos amarelos nele. Ossos batiam, e a relva baixa se curvava. A podridão deles, aquela malevolência, inundaram seu rosto, e ele engoliu tudo com um soluço.

À frente, uma silhueta se formou entre as árvores e começou a ir em direção a Andrew. Ela era ágil, e ele estava correndo rápido demais para parar, mesmo se quisesse. Mas ele não queria parar. Ele era um garoto próximo ao fim do infinito e se lançaria da beira do mundo se fosse preciso.

Andrew era pura angústia e velocidade, os dedos esticados para a única coisa que ainda fazia sentido no mundo.

Os dois colidiram como árvores derrubadas em uma tempestade, os braços envolvendo um ao outro e as cabeças batendo com a força do encontro.

Andrew jogou os braços ao redor do pescoço de Thomas, e o apertou tanto que os dois perderam o ar. Ele respirou o outro garoto – todo o cheiro de floresta e de lápis de carvão –, o corpo forte, esguio e impossível de romper. Thomas jogou o machado para o lado, que caiu nas folhas sem fazer barulho. Em seguida, pressionou os lábios com força no cabelo suado da lateral da cabeça de Andrew, depois no maxilar, tão perto da boca que Andrew quase morreu. Thomas limpou as lágrimas das bochechas de Andrew e simplesmente o abraçou, como se nada mais importasse.

– Eu p-p-p-preciso que você seja real. – Andrew mal conseguia puxar as palavras presas por espinhos e hastes de vime. Ele queria morder o maxilar de Thomas, só para sentir a pele quente e suada, já suja de sangue e terra úmida.

– O quê? – falou Thomas. – É claro que sou real. Imaginei que você tivesse corrido pra cá e vim o mais rápido que pude, mas...

– O Bryce está...

– Não é culpa sua. – Thomas se soltou dos braços de Andrew e pegou o machado.

Ele moveu a arma com uma agilidade graciosa que fez o coração de Andrew errar as batidas, e então cravou a lâmina em um monstro que se contorcia nas folhas. O bicho fez um ruído estridente e sujou a camisa branca de Thomas em um jato quente e vermelho. Um dos suspensórios tinha escorregado, mas ele não pareceu perceber ao usar o machado com facilidade para cortar mais um monstro.

O menino então se virou de volta para Andrew, o sangue respingado em seus malares, os olhos como carvão em brasa. Ele esticou a mão para ver se Andrew estava bem, como sempre fazia.

Mas Andrew recuou. Agarrou o próprio cabelo – sua cabeça tremia, e um grunhido baixo escapou de sua garganta esfolada.

– Eu não sei... eu não sei se-se-se você é real.

Thomas segurou o pulso de Andrew e o virou, tocando o latejar frenético com o polegar.

– Ei – disse, bem baixinho. – O que você precisa que eu faça?

– Isso é tudo coisa da minha cabeça? – continuou Andrew, quase esvaziado de coerência. – Eu inventei tudo? Os m-monstros, as-as histórias, o...

– Sou de verdade, Andrew. Tá vendo o sangue na minha camisa? Como é que...

– Então me beija. – O pedido saiu dele em uma explosão, desvairado e feroz. – Me beija.

Thomas segurou o rosto de Andrew, passando os polegares nos seus lábios ao inclinar a cabeça para baixo. Seus lábios quase se tocaram – os de

Andrew inchados e com sangue seco, os de Thomas calorosos e agradáveis como uma história.

E então ele sussurrou:

– Eu sou real. Você é real.

– *Me faz* acreditar em você.

E Thomas o beijou – com força e coragem. Sem piedade. Seus dentes e sua língua tomaram tudo de Andrew, devorando o garoto por inteiro. Os dentes de Andrew fincaram no lábio de Thomas até a ferida antiga abrir de novo, e então foi impossível eles fazerem qualquer coisa que não respirar como um só.

Eles eram uma catástrofe explodindo.

Thomas se afastou e agarrou o rosto de Andrew com brusquidão e firmeza, unindo suas testas.

– Tá sentindo isso? Eu tô aqui e eu tô aqui e eu tô aqui.

Andrew não podia estar inventando aquilo, podia? A maravilha extraordinária de dor, sangue e Thomas.

– Dove disse que estava tudo na minha cabeça. – Ele mal conseguia fazer as palavras saírem, de tanto que tremia. – Ela f-falou que eu invento coisa e que você não estava mais aqui, mas você não pode me abandonar, e-eu não posso ficar sem você... – Ele se engasgou com um soluço; sentia-se como uma folha de outono, desintegrando ao toque. – Quando ela alcançar a gente, você tem que... tem que fazer ela ver os monstros para que...

– Espera. – Thomas se afastou um pouco, sem tirar as mãos do rosto de Andrew. – Quando ela... alcançar a gente?

– Ela estava vindo logo atrás de mim. – Andrew se virou para olhar para a trilha vazia. – Só não entendo por que ela mentiu. Eu tô tão confuso, eu tô sempre... eu tô tão confuso.

– Andrew. – A voz de Thomas saiu mais ríspida quando voltou a falar. – Olha pra mim.

Andrew soluçou ao respirar e tentou se concentrar, inclinando o corpo em direção à única pessoa que sempre o manteria de pé. Porém, quase tarde demais ele assimilou o pânico que crescia no rosto de Thomas, uma preocupação que não tinha nada a ver com monstros, com a noite ou com todas as regras que eles estavam quebrando.

Thomas beijou o canto da boca de Andrew com tanto carinho que ele poderia até chorar.

– Você precisa me ouvir – falou baixinho e com urgência. – Você não estava conversando com a Dove.

– Eu estava...

– Aquilo... aquela *coisa* com que você estava conversando. Não era ela.

– Ela é minha irmã. Eu conheço...

– Andrew. – A voz de Thomas falhou. – Não pode ser ela. Você sabe disso. – Seus olhos pareciam mil espelhos estilhaçados quando ele pressionou o polegar à boca de Andrew. Ele só sentia o gosto de arbustos de amoras, terra e podridão da floresta. – Aquilo não era a Dove porque a Dove morreu.

CINCO MESES ANTES

Andrew mordera tanto a caneta que ela enfim acabou sangrando tinta no canto de sua boca. Thomas não parava de olhar para os lábios dele, e só podia ser por esse motivo. Que outra explicação haveria?

Eles estavam deitados na grama dos jardins de rosas da Wickwood, livros espalhados a seu redor em uma exibição infrutífera de estudo. O sol aquecia suas cabeças de um jeito perigosamente confortável. Seria fácil dormir daquela maneira, bochechas pousadas nos braços, os ecos de uma tarde atarefada zunindo ao redor deles. Do campo esportivo vinham assovios do treino de futebol, e grupos de alunos conversavam pelas trilhas do jardim enquanto entravam e saíam da biblioteca. As provas logo acabariam, e então chegaria o verão – glorioso, longo e livre.

– Vem passar as férias com a gente. – Andrew estava deitado de bruços com o caderno aberto à sua frente e metade de uma história vazada de sua caneta.

Thomas estava sentado de pernas cruzadas, o cenho franzido em concentração ao desenhar uma coroa de flores e videiras de amora em um rei das fadas perverso.

– Claro, deixa só eu pegar aqui no bolso uns milhares de dólares pra pagar a passagem de avião.

– Meu pai pagaria. – Andrew mordeu a caneta de novo. – Não é como se seus pais fossem sentir sua falta, né?

– Não vão nem lembrar de me buscar. – Thomas falou com despreocupação, mas seus ombros enrijeceram. – Quem sabe eu só não fico na floresta tal qual um duende, comendo frutas do verão e virando um bicho.

Ele já estava no meio do caminho, suas carrancas sempre um tanto afiadas demais e o caos escapando de seus bolsos durante as aulas. Na noite anterior, tinha ficado de pé sobre o galpão do jardim enquanto observavam as estrelas, e uivado para a lua, com poeira estelar salpicando suas bochechas.

– O que tá escrevendo? – Thomas jogou o desenho de lado e se inclinou para bisbilhotar, mas Andrew cobriu a página com o cotovelo.

– Ei, eu não terminei ainda!

– Quero uma prévia exclusiva.

– Só quando acabar. – Andrew fechou o caderno e o enfiou embaixo do corpo. Ele ainda precisava decidir se estava envergonhado por aquela história. Nela, duas dríades se beijavam e entrelaçavam seus braços de madeira enquanto um lenhador as separava para ter algo com que alimentar a fogueira. Era lindo e angustiante. E Andrew escrevera as duas como meninos.

Era emocionante de escrever, mas também estranho. Ele nunca tinha olhado para um garoto com desejo.

Exceto um.

Um brilho malicioso assumiu os olhos de Thomas.

– Desafio o príncipe bastardo a um duelo com espadas de bétula pelo direito de acesso vitalício a suas histórias.

Andrew lançou um olhar cético para ele.

– Você é o príncipe, não eu. Eu posso ser o poeta ou algo do tipo.

– Tá, então é uma exigência do príncipe para seu leal poeta. Desobedeça e sinta uma lâmina de ossos em sua garganta.

Andrew começou a protestar contra a narrativa fraca, mas Thomas deu o bote. Ele se jogou nas costas de Andrew e prendeu os braços debaixo de seus ombros para fazê-los rolar pela grama. Eles bateram nos livros e folhas se espalharam por toda parte. Andrew deu uma cotovelada na barriga de Thomas e recebeu um arquejo sólido em resposta. Porém, logo começou a rir demais para fazer qualquer coisa senão perder.

Acabou de costas e com Thomas em cima dele. Quando cutucou a costela de Thomas para fazer cócegas, ele prendeu seus pulsos ao chão.

Ambos estavam ofegantes.

Thomas fitou Andrew com olhos reluzentes como a floresta depois da chuva. Naquele momento, ele era tão real, tão vivo.

O mundo tinha um cheiro inescapável de rosas.

– E agora? – Andrew fingiu que não estava impressionado. – Vai ter que me soltar para pegar meu caderno, e eu sei o quanto você sente cócegas. Vou acabar com você.

Thomas se inclinou para a frente, o corpo todo esmagando Andrew até ficar fino como papel. Mas ele se esquecera de que queria lutar.

– Posso te fazer uma pergunta? – A jovialidade havia deixado os olhos de Thomas, e ele pareceu incerto ao falar.

– Negado – respondeu Andrew sem precisar pensar. – Sai de cima de mim antes que eu te dê uma cabeçada e estrague seu nariz perfeito.

– Você acha meu nariz perfeito?

– Bom, ele é reto.

Thomas deu um sorrisinho.

– Pelo menos *uma* parte de mim não é desviada.

Andrew franziu o cenho e começou a contestar, porque Thomas também tinha os dentes retos, mas alguém deu um pigarro com uma irritação teatral. Ele olhou sobre o ombro de Thomas e viu Dove.

Thomas saiu de cima de Andrew – o movimento, de alguma maneira, pareceu ter colocado mil quilômetros entre os dois no tempo de uma pulsação. Ele estava com o caderno de desenho sobre o colo. Grama no cabelo. Seus olhos pareciam eletrizantes, como se tivesse sido pego quebrando todas as regras.

Apesar do longo dia de aulas e de uma prova rigorosa de inglês, Dove estava impecável e ponderada, como se fosse fazer uma apresentação ou ir a um jantar formal. Não havia um fio de cabelo fora do lugar. Nenhuma mancha no uniforme. Ela cruzou os braços ao analisá-los com os olhos semicerrados.

– Estávamos estudando – justificou Andrew. – Seus cartões de estudo estão… hum, em algum lugar por aqui.

– São vinte e sete – falou Dove. – Você precisa decorar *vinte e sete* cartões antes de amanhã, Andrew. Por que vocês precisam de supervisão pra conseguirem fazer qualquer coisa?

– Você bem que podia estudar com a gente – sugeriu Thomas.

Dove olhou com frieza para ele.

– Tenho quase certeza de que não estou estudando a mesma coisa que você, Thomas Rye.

Ele olhou feio para ela, mas Dove o ignorou e desamassou as folhas de um dos livros que eles tinham estragado enquanto brincavam de lutinha. Ela pegou os cartões espalhados e bateu com eles na cabeça de Andrew, o que o fez reclamar sem muito entusiasmo. Se Dove não organizasse sua preparação para as provas, suas notas o teriam tirado da Wickwood muito tempo antes.

O que ele queria mesmo era se deitar entre as rosas e dormir na tarde quente. Talvez com a cabeça de Thomas sobre o peito.

– Quero conversar – declarou Dove.

Aquilo pareceu ser um "conversar" com C maiúsculo, e Andrew imediatamente entrou no modo evasivo. Em casa, se o pai deles tentasse levantar uma discussão, Andrew enfiava o rosto debaixo de almofadas no sofá ou tampava as orelhas e se enfurnava no armário de roupa de cama até que todo mundo desistisse e o deixasse em paz. Era infantil de sua parte, claro, mas ele tinha ataques de pânico que eram como galhos de salgueiro golpeando suas costas nuas. Todos sabiam disso. Sabiam que ele não aguentava.

Ele só aguentava a vida se olhasse para ela de esguelha e com cautela. Era mais fácil assim.

Thomas ficou de pé.

– Bora pra floresta. Pra árvore Wildwood. Lá vocês podem conversar.

– Não somos crescidos demais para subir em árvores? – indagou Dove.

– Jamais. – Thomas pegou o caderno de desenho do chão.

– Proibiram a gente de… – No entanto, Dove só suspirou e jogou as mãos no ar como se não tivesse tempo para brigar com Thomas sobre regras. – Tá. Acho que podemos passar escondidos pelo campo de futebol enquanto tá todo mundo distraído com o treino. Mas precisamos ser rápidos, tá? Marquei de estudar com a Lana.

Andrew não se mexera, e eles ainda não haviam reparado. Era o tipo de coisa que acontecia toda vez que Thomas e Dove estavam juntos. Conversas particulares com os olhos. Seus corpos se atraindo e se repelindo ao mesmo tempo. As palavras eram sempre afiadas e doces, com as implicâncias e as piadas alternadas tão rápido que Andrew sempre se sentia deixado para trás.

Ele observou o quanto os dois estavam próximos, a forma como o dedo de Dove tocou de leve as costas da mão de Thomas enquanto ele defendia que não era possível alguém ser velho demais para amar uma árvore.

– Não quero. – Andrew pegou a lição e se levantou. Sua pele pinicava por causa da grama, e seu peito estava apertado.

– Por favor? – Dove usou sua voz mais dócil e bajuladora. – A gente precisa conversar, os três. Sobre *nós*.

– Tô muito cansado. – Não era mentira. Seu cansaço denso de mais cedo tinha se tornado uma dor lamacenta em seus ossos. Muitas madrugadas estudando. Muito tempo sem respirar durante as provas.

A irritação invadiu o rosto de Dove.

– Eu tô literalmente implorando.

Mas o maxilar de Andrew tensionara e ele se virou.

– Podem ir vocês dois.

– Preciso que nós três… – começou Dove.

– Eu não quero ir com vocês. – Ele falou com muita rispidez, e Dove murchou.

Ela gostava de encurralá-los, seus garotos, seus dois melhores amigos. Na maior parte do tempo, Andrew ficava aliviado por poder segui-la obedientemente, por se sentir seguro sabendo que ela tomava todas as decisões e que ele não precisaria escolher nada. Porém, naquele momento, ele estava com muito medo do que ela podia perguntar.

Talvez ela pedisse Thomas, e talvez Thomas dissesse sim.

Ele era um furacão, e ela era o céu inteiro. Naquele mesmo instante eles conversavam veementemente com os olhos enquanto Andrew ia embora. Nenhum dos dois foi atrás dele.

Ao desaparecer por entre as cercas-vivas, ele ouviu Thomas dizer:

– Você precisa avisar antes. Tá cansada de saber que ele odeia confronto.

– Ele podia fazer algo por mim uma vez na vida. – Dove parecia exaurida.

– … vem, vamos logo.

Andrew se sentiu enjoado, seu estômago cheio de pedras. Seguiu para os dormitórios sozinho, estremecendo quando dois garotos esbarraram os ombros nele de propósito para que batesse na parede. Todo o ano letivo tinha sido daquele jeito – uma variação de comentários sarcásticos; empurrões casuais; seus livros sendo destruídos; mãos balançando a porta da cabine do chuveiro enquanto ele ainda estava dentro, trêmulo e assustado. Sempre era Bryce Kane agindo por trás. Andrew queria contar a alguém, mas Dove os denunciaria e o bullying certamente ficaria pior, porque na Wickwood os alunos riquinhos nunca recebiam mais do que um tapinha na mão. E Thomas ia... – bem, ele começaria uma guerra e espancaria alguém no chão pela honra de Andrew. E então seria expulso.

Por isso Andrew ficava de bico fechado.

Pelo menos seu quarto continuava sendo um santuário luxuoso e quieto. O sol lançava raios vespertinos dourados sobre a cama de Thomas, e Andrew não conseguiu resistir. Ele poderia roubar uma horinha, Thomas e Dove demorariam pelo menos isso, e Andrew poderia estudar os cartões quando voltasse do refeitório para agradar a irmã de novo. Ninguém o pegaria cedendo àquela indulgência – largando os livros na escrivaninha bagunçada, tirando os sapatos no meio do caminho e desabotoando a camisa para que, quando ele se deitasse na cama de Thomas, sua pele tocasse o espaço que o garoto ocupara. Era um jeito simples de sanar a vontade de algo pelo qual ele jamais poderia pedir.

Havia roupa suja e cobertores jogados sobre a cama de Thomas, e o calor macio embalou Andrew em um sono. Seus músculos relaxaram, a dor de estômago se acalmou. Ele colocou travesseiros sobre a cabeça para que seu mundo se calasse e só restasse o cheiro de roupa de cama macia, traços de tinta e o gosto quente e terroso de Thomas.

Em algum lugar, entre os lapsos de inconsciência, ele ouviu a porta do quarto abrindo e depois fechando. Mas não estava desperto o suficiente para se importar.

Uma mão fria tocou seu rosto.

Ele se desvencilhou do sono com brusquidão, sugando o ar como se estivesse submerso. Parecia que seu coração tinha parado. Que ele se perdera. Que ele estivera segurando um galho, mas então...

c r e c

Porém ele ainda estava enterrado nos cobertores amarrotados de Thomas, suado e confuso por ter acordado tão abruptamente. Alguém tinha acendido as luzes, e o brilho queimava seus olhos. Ele se sentou depressa, piscando com força.

A sra. Poppy o observava de cima, brincos tilintando de leve ao colocar a mão fria em sua testa.

– D-desculpa. – Ele falou arrastado. Sentia-se um morto-vivo, não desperto, como se tivesse dormido em um encantamento de mil anos em vez de somente durante a tarde.

O relógio na escrivaninha de Thomas anunciava 20h39. Droga, ele tinha perdido a hora de ir para o refeitório e a aula de reforço. Terem mandado uma professora atrás dele significava que uma detenção estava por vir.

– Querido, você está um pouco febril. – A sra. Poppy fez um som baixo e atarantado. – Pedimos para alguém vir procurar você, mas provavelmente não te viram embaixo de tantos cobertores. Preciso que me acompanhe.

O sono tinha deixado Andrew tão confuso que ele não conseguia encontrar palavras. Tentou pegar uma camisa, talvez fosse uma das de Thomas. Havia manchas de tinta na bainha.

– Desculpa – balbuciou ele novamente.

– Não vim te dar bronca. – Mas a forma como ela olhou para ele era de uma tristeza infinita.

Ele a seguiu pelas escadas, exaurido demais para manter a postura ereta. Tinha algo estranho acontecendo. O dormitório parecia contido, as brincadeiras barulhentas que sempre reverberavam da sala de recreação estavam abafadas, e todo mundo fitou os dois quando passaram depressa por eles.

Do lado de fora, a noite de verão parecia grudenta e alta, cigarras cantando da floresta e pneus amassando cascalhos no estacionamento. Não era tarde para visitas? Chegaram ao fim das cercas-vivas, e então ele as viu: viaturas e ambulâncias, as luzes azuis ainda piscando.

O pânico inundou os pulmões de Andrew de maneira cruel e selvagem.

A sra. Poppy o apressou a entrar na escola, murmurando algo que era para ser reconfortante, embora ele não conseguisse ouvir nada além do rugido em sua mente.

Alguma peça lhe estava

faltando.

Subindo as escadas para o andar dos docentes, eles precisaram abrir espaço enquanto uma das monitoras do terceiro ano passava com os braços ao redor dos ombros de Lana Lang, que tinha lencinhos de papel pressionados aos olhos inchados e a respiração quase descontrolada. Quando ela viu Andrew, virou o corpo todo e começou a chorar mais ainda.

Ele nunca tinha conversado muito com ela – sinceramente, a achava um tanto assustadora –, mas sabia que Dove a adorava. A presença de Lana sempre deixava Thomas arisco e ciumento, uma reação juvenil que Dove rebatia porque não tinha paciência com a inabilidade do menino para dividir. Mas Andrew o entendia. Thomas estava tão acostumado a ninguém gostar dele, a ninguém se importar que, quando acontecia, ele sempre tinha medo de que um dia a pessoa simplesmente parasse.

A sra. Poppy pegou a mão de Andrew e a apertou.

Na sala da diretora, pediram que ele se sentasse. Dois policiais conversavam com a diretora, e professores do último ano entravam e saíam do escritório, que parecia pequeno e claustrofóbico demais para tanta gente. Andrew achou que fosse passar mal; ele não fazia ideia do que tinha feito de errado.

Não conseguia parar de pensar na ambulância do lado de fora.

Em como não tinha visto Thomas.

A agonia o agarrou pelo pescoço e apertou com tanta força que rompeu a cartilagem.

A diretora estava empoleirada na poltrona de couro ao lado dele em vez de atrás de sua mesa, uma intimidade que deixou a situação ainda mais desconcertante.

– Andrew, tenho notícias difíceis, mas primeiro quero dizer que seu pai está a caminho. Até deixaríamos que vocês dois conversassem por telefone, mas ele decidiu pegar um voo imediatamente.

Andrew cutucou a tinta endurecida na bainha da camisa. A camisa de Thomas.

– Houve um acidente.

Ele se perguntou o que Thomas andara pintando, levando em conta que o garoto geralmente usava tinta e carvão para os monstros.

– Sua irmã entrou na floresta. Com base no que podemos afirmar, ela escalou um carvalho antigo e um galho se quebrou. Ela... bem, ela bateu a cabeça em uma pedra quando caiu.

Andrew não disse nada. Pensou que se estivesse em um desenho de Thomas, eles poderiam esfregar carvão em cima de seus olhos alarmados e de sua boca triste. Borrá-lo do mundo de vez.

– Ela... não resistiu. Eu sinto muito, Andrew.

Andrew olhou fixamente para os próprios dedos, contorcendo-se na camiseta.

– Não, o Thomas não deixaria isso... O Thomas Rye teria s-salvado minha irmã.

A voz da diretora saiu mais aguda que de costume, e ela precisou pigarrear antes de prosseguir.

– Lana Lang confirmou que viu os dois juntos perto da floresta. Parece que eles estavam discutindo, e então Dove entrou na floresta sozinha.

A diretora continuou falando. Andrew desejou que ela parasse. Devia haver uma quantidade finita de palavras no mundo, e ela as desperdiçara em uma litania sobre como os alunos eram proibidos de entrar na floresta sem a supervisão de um professor. Como uma lealdade imprudente fizera com que Lana não relatasse o sumiço de Dove até depois do jantar. Em seguida, a polícia fora chamada. Uma equipe de busca foi mandada para a floresta.

Thomas havia sido encontrado, sem saber do ocorrido, na sala de artes.

Tinham procurado Andrew também, mas ninguém o achou da primeira vez, debaixo dos cobertores, e então a sra. Poppy teve a ideia de dar uma olhada de novo e o encontrou dormindo.

Sua irmã gêmea tinha sido arrancada dele, e ele nem sequer estava acordado para sentir.

Indagaram se ele queria perguntar alguma coisa.

Não queria.

As pessoas ficaram dando suas condolências.

Ele tirou a tinta da camiseta.

Falou "não" uma última vez, baixinho, mas ninguém ouviu. Todos já haviam aceitado a verdade daquela história inventada – um conto de fadas obscuro e traiçoeiro, pior do que qualquer coisa que ele já tinha escrito.

Depois de um tempo, alguém falou:

– Ele está em choque.

Começaram a discutir as opções do que fazer com ele antes de decidirem mandá-lo de volta aos dormitórios.

O dr. Reul o levou até lá, fazendo comentários reconfortantes a respeito do quanto Dove era brilhante e amada, e de como ele entendia Andrew não querer conversar naquele momento, mas que, quando precisasse, havia pessoas na escola com quem poderia contar. Tudo o que o menino percebeu, ao passarem pelo estacionamento vazio, é que a ambulância já havia partido.

Levaram ela embora. Nem perguntaram a ele se podiam.

Acesas, só sobravam as luzes da copa. Todos os alunos tinham sido mandados para a cama, e o monitor aguardava o retorno de Andrew com chá de ervas e um semblante de pena. Thomas se sentou à mesa, encarando a caneca que esfriava diante dele. Quando levantou o rosto, sua expressão estava tão desolada e terrível que Andrew desviou o olhar. Haviam esfolado Thomas vivo, estava nítido. Se tirassem a camiseta que ele estava usando, será que restaria pele por baixo ou apenas músculos e ligamentos – vermelhos, sangrentos e latejando ferozmente conforme ele lutava para respirar?

Andrew não sentiu nada ao encarar o garoto com a devastação sangrando dos olhos.

Eles subiram as escadas até o quarto em silêncio, e se prepararam para dormir à luz de uma única luminária. Andrew tirou a camisa que roubara de Thomas e abriu o guarda-roupa para encontrar o pijama. Ver seu reflexo no espelho fino parafusado ao interior da porta lhe deu uma sensação turbulenta de vertigem – aquele garoto pálido e angular, com clavículas feitas de gravetos e quadris pontudos contra o cós da calça. Parecia ser outra pessoa.

Thomas pairou atrás dele feito um fantasma. Ele deu um passo à frente, o lábio trêmulo.

– Andrew, eu… eu sinto muito. Eu devia ter ido com ela. Eu nunca, nunca devia ter deixado ela ir sozinha…

– É. – A voz de Andrew mal passava de um sussurro. – Você devia mesmo ter ido com ela.

Thomas se encolheu. O que ele esperava? Perdão? Absolvição?

– É tudo culpa sua. – O jeito como Andrew falou aquilo cravou uma faca em Thomas e girou.

Ele encarou o espelho, o garoto que parecia Dove diante dele: seu cabelo cor de mel, os olhos castanhos calorosos, o inclinar teimoso dos lábios quando ficavam irritados.

Thomas secou os olhos e enfiou os dedos no cabelo, tentando acalmar a respiração ofegante.

– Desculpa. Eu faria qualquer coisa pra voltar no tempo e...

– Para de falar. – Andrew não reconhecia a própria voz, fria e áspera como as pedras de um rio.

– ... ficar com ela. Ela não teria morrido sozinha. Porra, ela *nem teria* morrido. Eu teria segurado ela ou levado ela pra alguém que pudesse ajudar e...

– Eu disse pra *parar de falar*.

Thomas engasgou-se com um soluço.

– Desculpa...

Andrew socou o espelho.

De novo, *e mais uma vez*, até que o vidro se estilhaçasse e o sangue sujasse seu reflexo. Ele não se parecia mais com Dove – era apenas uma mancha de vermelho em pedaços fragmentados. Bateu de novo.

Thomas gritava para que ele parasse, implorando com a voz aguda, vacilante e aterrorizada.

Ele pararia quando transformasse cada pedacinho de vidro em poeira estelar para cobrir sua língua e soprar um desejo mágico à floresta.

Traz ela de volta.

Braços envolveram sua cintura, tentando puxá-lo para trás. Andrew se debateu para se soltar e meteu a mão no espelho de novo. Não sentiu nada. Seus dedos pareciam gravetos partidos, tingidos de escarlate e polvilhados com pedaços de vidro enquanto ele continuava socando o espelho de novo e de novo e de...

A porta do quarto se abriu com força. Pessoas gritavam. A luz queimou o quarto e fez seus olhos arderem com tamanha brutalidade que ele gritou.

Mãos mais fortes o seguraram pelos ombros e o arrastaram para longe.

Vozes se sobrepuseram umas sobre as outras, discutindo, questionando. Portas se entreabriram no corredor, revelando rostos sonolentos se esgueirando para espiar o que acontecia.

Andrew se debateu contra as mãos que o prendiam – uma violência estranha e desgrenhada vazando dele enquanto ele rosnava entre os dentes cerrados. Aquilo não era ele. Ele nunca fora daquele jeito.

Não sabia como tinha acabado no chão, nos braços de Thomas, balançando lentamente. Os dois estavam sentados em um mar de cacos enquanto Andrew aninhava a mão machucada ao peito. A bochecha de Thomas estava pressionada às suas costas nuas, suas lágrimas marcando uma trilha na pele de Andrew.

– Desculpa… – sussurrou Thomas.

– Eu disse. – Andrew posicionou cada palavra como uma lâmina enferrujada contra a garganta pulsante de Thomas. – Pra parar. De falar.

Thomas não falou mais. Ele abraçou Andrew e chorou para compensar o fato de que o amigo não derramara uma lágrima sequer.

Tudo dentro de Andrew havia sido removido, deixando-o uma coisa oca e impossível de preencher.

Dove surtaria quando visse o que ele tinha feito com a mão. No café da manhã, ele explicaria a ela como aquele tinha sido um ano difícil, estressante, e que por um instante ele perdera a cabeça.

Não tinha sido por mal. Foi só que ele pensou ter visto um monstro no espelho e seu instinto foi matá-lo.

TRINTA E DOIS

A mente de Andrew era um pavio aceso, uma detonação catastrófica iminente, e tudo dentro de seu crânio pulsava e retorcia como se quisesse sair, *sair*, SAIR. Suas pernas não o sustentavam, e ele se ajoelhou às folhas com as mãos em concha sobre as orelhas. Um guinchado agudo escapou de seus lábios ensanguentados e ele sentiu espinhos se curvarem mais fundo, mais firmes na carne macia atrás de seus olhos. Ele precisava pensar, mas não conseguia.

Alguém estava mentindo para ele.

Olhos amarelos piscavam ao redor dos dois, as sombras curvadas de monstros se enfiando entre as árvores e as raízes ao umedecerem os lábios e esperarem o momento certo de atacar.

Thomas engoliu em seco, seu olhar alternando dos monstros à espreita na escuridão densa para Andrew encolhido.

– Eu não entendo como você não... – Thomas parou, soluçando. – A Lana disse que achava que você não soubesse, como se de alguma forma você... tivesse bloqueado, ou algo assim. Mas não entendo. Você tem que saber. Você... precisa. Tentei não falar de Dove porque você também não falava, e eu não queria te machucar. – Ele levou o punho aos lábios, pressionando com tanta força que seus dentes fincaram nos nós dos dedos. – Eu me sinto culpado *pra caralho*. Era para eu ter ficado com ela, e tenho medo de que você ainda... me culpe.

Andrew enfiou as mãos nas folhas até que suas unhas atingissem algo duro e afiado. Não eram pedras. Eram dentes.

– Eu já falei. – Cada palavra saía trêmula com Thomas tentando conter as lágrimas. – Acho que um dia você vai me odiar.

Ele estava entupido de culpa, infectado com ela. Andrew a via se desenrolar ao redor dos olhos de Thomas e escorrer como lágrimas salobras por suas bochechas. Ouvia a forma como os monstros salivavam por ela, as garras rasgando a casca das árvores, os dentes batendo contra ossos na expectativa da próxima oportunidade de saborear sofrimento. Queriam que ele pegasse um punhado de agonia e a enfiasse na boca de novo e de novo até que estivesse tão cheio de folhas apodrecidas, de musgo e da pele morta e putrefata das árvores. Seu lugar seria o solo.

Mas nada daquilo era culpa de Thomas,

era?

Thomas passou uma mão suja de terra pelos olhos.

– Ela nunca teria entrado na floresta se não fosse por minha causa. Odiava quebrar as regras. E-e-e eu fiz ela entrar. Nós discutimos... Que a gente brigou você já sabia, mas foi por você.

Andrew levantou a cabeça, a boca manchada de sangue.

– O quê?

– Eu ia chamar você pra sair. – Thomas parecia destroçado. – Eu estava criando coragem, e de algum jeito ela *sabia* disso. Acho que ela percebia como eu olhava pra você, apesar de você mesmo... você não reparava. Ela não queria que a gente mudasse, nós três. Tinha que ser *nós três*, ela falou, mas eu nunca teria excluído ela. Eu só queria te beijar. Eu ainda... – A voz dele tinha ficado tão aguda e rouca que continuava falhando. – Eu ainda quero te beijar, o tempo todo. Começamos a discutir antes mesmo de chegar à floresta porque ela disse "Eu proíbo" e e-eu surtei. Falei que ela não era sua dona.

Os dois tinham brigado *por ele.* Andrew quase não podia acreditar. Ele imaginou que Dove estivesse cansada dele, de cuidar dele, de catar seus pedaços e de manter seus ossos bambos de pé quando ele sempre estava à beira de se desmantelar.

– Eu fui embora puto, e ela entrou na floresta sozinha. Não sei por quê. Ela estava tão irritada. Acho que ela só queria um lugar onde pudesse espairecer e extravasar. E aí... – Thomas parou de falar, tomado pela tristeza. – E aí ela caiu. E eu não estava lá para segurar. Eu nem senti. Eu devia ter sentido ou ter estado lá ou ter *corrido até ela.* Amava a Dove como se ela fosse minha família. Mas eu amo você... como se você fosse meu mundo inteiro.

– Para. – Andrew encarou a terra que se acumulava entre seus dedos, as cicatrizes feito teias de aranha e renda em sua mão esquelética. – Você... tá mentindo. Ela não...

Ele não conseguia falar, porque não podia ser verdade. Precisava vê-la, tinha que...

– Mas não seria muita babaquice da minha parte – falou Thomas, rouco – te beijar depois de ela ter morrido? É por isso que a Lana me odeia tanto. Ela acha que eu vi o fato de a Dove... ela acha que eu vi uma oportunidade de ficar com você, mas *não foi isso*. Eu preferiria morrer a ser assim. Eu só não quero mais ficar sozinho. Eu... eu tenho tanto medo de ficar sozinho.

Ele caiu de joelhos. A energia despencou da pele de Andrew, e sua testa tombou contra o ombro de Thomas, que segurou seu rosto e o forçou a olhar para ele.

– Me escuta. – Um terror febril iluminava os olhos de Thomas. – Não acho que os monstros vão pegar leve com a gente desta vez. Se é que vão nos deixar escapar com vida. Você precisa sair daqui.

– Mas eu não posso – falou Andrew, sua voz tão fraca e distante que parecia abafada a sete palmos do chão. – Eles querem o príncipe e... sou eu. Não você. Nunca foi você.

O fato de Thomas não o corrigir revelou a Andrew que ele já sabia disso.

Que talvez ele já soubesse havia muito tempo.

Andrew, que não tinha dormido quando o devorador de sonhos apareceu.

Andrew, que narrara um conto de fadas sombrio sobre um lobo que co-mia os pais de Thomas.

Andrew, que nunca parara de escrever, embora Thomas tivesse parado de desenhar.

Ele era um garoto que fazia monstros, ou talvez ele mesmo fosse o monstro. Tudo porque não conseguia encarar o fato, a culpa, a tristeza, a raiva, de sua irmã ter

morrido.

O mundo tombou para a esquerda, e a dor causou uma pontada atrás de seus olhos em uma lança fervente de agonia excruciante. Ele não aguentava. Rasgaria a própria pele.

Monstros saíram de detrás de árvores com máscaras de arbustos de amoras e dentes vis curvados sobre os maxilares, seus membros acoplados a árvores rebeldes e as garras estendidas. Intestinos perfurados, líquidos grotescos e víscidos e putrefação sem fim saíam de seus corpos côncavos. Em seguida, Andrew percebeu o contorcer entrelaçado de videiras saindo do chão, espinhos em gancho e sujos de sangue, corpos serpenteando feito cobras. Tentou rastejar para trás, mas uma trepadeira verde se enrolou em seu calcanhar. Num lampejo, ela apertou como um torniquete.

– *Thomas.* – O nome saiu de sua boca como uma súplica, uma oração.

Thomas pegou o machado e meneou a arma com força, cortando a trepadeira no meio. Larvas e besouros pretos peçonhentos escaparam da carne partida. Porém, mais uma videira já agarrava seu calcanhar, subia até seu pulso, enrolava-se no quadril com folhas brotando em um verde tão inflamado que a cor se destacava feito um grito no escuro.

Os garotos se entreolharam, e o luto era tão visceral, tão brutal, que um grito escapou da garganta de Thomas.

Ele cambaleou para ficar de pé, instável e bêbado com a própria devastação, chutando as trepadeiras à medida que cada vez mais surgiam da terra, com espinhos sedentos para se cravar em pele. A floresta sentia cheiro de sangue. E queria mais.

– P-para – ele praticamente gritou. – Não é ele. Sou *eu*. É *a mim* que vocês querem!

– Andrew, cala a boca, *porra* – Thomas mandou, frenético, e tentou cortar as videiras que sufocavam seu corpo. O machado escorregou de sua mão e fez um corte em sua coxa, mas ele não pareceu se importar. – Não vou deixar eles pegarem voc...

– Eu sou a oferenda – declarou Andrew, a boca cheia de tinta.

Thomas gritou no mesmo instante em que a floresta fincou os dedos no rosto de Andrew e *puxou.*

Algo escorregadio e vívido explodiu do olho de Andrew, crescendo grosso e rápido por sua bochecha em uma chuva de terra quente. Ele tentou tocar o rosto conforme as raízes rasgavam tecido macio e pele. Estava gritando; não conseguia parar. A dor explodiu, perversa, sangrenta e vermelha.

Com os dedos tremendo, ele tocou as pálpebras e sentiu rosas cheias de espinhos abrindo suas pétalas. Elas pingavam a gosma viscosa de seu olho perfurado. E cresciam. *Desabrochavam.*

Ele não estava mais enxergando.

Alguém gritava seu nome.

Mas ele não enxergava.

Não deveria ser surpresa alguma que a floresta superara os limites de seu corpo magro e frágil e quisesse se esticar. Ele costumava ser um garoto vazio, impossível de preencher.

Mas, naquele momento, Andrew estava cheio de monstros.

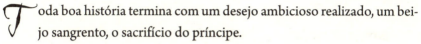

TRINTA E TRÊS

Toda boa história termina com um desejo ambicioso realizado, um beijo sangrento, o sacrifício do príncipe.
– *arranque um coração* –
e enterre-o na floresta.
Mas ele já sabia disso.

A parte mais difícil não era o que ele precisava fazer, era se afastar de Thomas conforme as trepadeiras se contorciam ao redor de seus pulsos e abriam os botões de sua camisa outrora branca para encontrar o buraco que os monstros tinham feito – que Andrew tinha feito – e que era impossível de preencher. A parte mais difícil era ouvir a forma como Thomas gritava, o terror devastando-o por completo ao assistir à floresta devorar Andrew.

Mas ele não tinha escolha senão ir embora.

Alguém tinha que terminar de contar a história.

A noite deslizou uma língua preta sobre a floresta enquanto ele andava, como se quisesse engoli-lo. O peso dela apertava seu peito, afogava seus pulmões, sufocava quaisquer choramingos patéticos que escapassem de sua garganta ensanguentada. Ele tropeçou nos nós das raízes e na relva espinhosa, mas não sentiu nada com seus ataques. Atrás dele, Thomas parou de gritar.

Não pense, não *pense*.

Andrew não se permitiu chorar; ele nem sabia se conseguiria daquele jeito, com os espinhos das rosas cravando mais fundo na pele fina sob seus olhos. Pulou um tronco caído repleto de fungos bioluminescentes sob os feixes prateados do luar. O garoto sentiu aquilo se esfarelar, a carne úmida e podre grudando em sua pele.

A noite toda fazia sentido de um jeito frágil e circular. Ele respirou fundo e sentiu o ar entrar molhado e pegajoso em sua garganta, uma estranha sensação de calma cobrindo seu corpo. Andrew se perguntou se alguém perceberia que eles tinham ido para a floresta e não deram mais as caras – se alguém se importaria. Após aquilo, todas as coisas estranhas e atípicas que aconteciam na escola teriam fim.

Uma sombra tremelicou atrás de uma árvore, e o mundo pareceu cristalizar ao redor de Andrew, que prendeu a respiração. O ar estava gélido o suficiente para que sua respiração formasse um globo branco diante dele. Ele parou e enfiou as mãos no bolso.

– Apareça – mandou.

O silêncio se estendeu por uma batida do coração, depois duas.

Foi então que Dove apareceu por detrás das rosas. Ainda vestia o uniforme de verão da Wickwood, a última coisa que Andrew a vira usando, embora o rosto da irmã começasse a mudar – como se a necessidade de passar a impressão de ser a Dove certinha e maçante tivesse acabado. Crescia musgo em suas bochechas, pequenos tentáculos verdes pulsando no canto da boca, e os olhos castanhos haviam sido substituídos pelo verde nítido e implacável da floresta.

– Tira o rosto da minha irmã. – Sua voz não vacilou.

– Ela queria proteger você – disse a floresta, baixinho.

– Ela queria que tudo continuasse igual – rebateu Andrew. – E não podia ser assim. Não foi assim. Deixamos o amor que tínhamos uns pelos outros nos dilacerar por inteiro.

– Você não trouxe caneta.

Andrew precisou de todas as forças que tinha para não chorar.

– Não é esse tipo de história que vou contar desta vez. Agora tira o rosto dela.

O monstro recuou de volta às árvores, a escuridão ocultando os traços de sua irmã e os desvendando. Andrew observou o bicho crescer, como se sua pele tivesse se tornado casca de árvore e seus dedos se transformado em gravetos finos. Ele cresceu mais e mais, até que seu corpo imenso bloqueou a lua. Sua mandíbula abriu e exibiu dentes, perversos e longos, e quando ele levantou os pés do chão a terra se abriu e raízes explodiram à liberdade. Em seus dedos esguios havia um caderno com mofo por toda a capa estragada.

Andrew secou o sangue da boca e tirou seu caderno de contos de fadas sombrios da mão do monstro. Ele assentiu uma vez para agradecer.

Eles entraram na floresta, o monstro enorme e terrível atrás do garoto, sombras e podridão maligna reluzindo em seus galhos. Andrew pulou troncos caídos e deixou musgo sujar o espaço entre seus dedos e manchar o joelho de sua calça. Ele tirou o blazer e o derrubou pelo caminho. Depois foi a camisa, imunda de terra e com marcas de folhas da floresta. Ele a deixou enrolada no matagal espinhoso.

Do bolso, tirou o estilete.

Como esperado, o lugar onde a árvore Wildwood costumava ficar estava vazio. Ela soltara suas raízes e saíra andando, compactando o próprio corpo para parecer uma garota com cabelo cor de mel e um nome que remetia a pureza. Uma parte distante dele ponderou quanto do sangue de Dove a árvore bebera enquanto ela morria quieta e sozinha embaixo de sua copa.

Ele aninhou o caderno nas folhas a seus pés. Em seguida, traçou os dedos pelos sulcos de suas costelas expostas, pelas cicatrizes de mordidas e arranhões de monstros, até que sua palma pousou aberta no abdômen, onde videiras cresciam sob sua pele.

Ele cortou tão fundo que atingiu madeira. Molhou os dedos com o próprio sangue, sentindo o quanto era quente e acobreado.

Ele começou a escrever, as pontas dos dedos na pele, cartas sangrentas em garranchos turvos, porque ele não conseguia parar de tremer.

O monstro da árvore Wildwood encaixou as raízes de volta no espaço oco, depois se esticou para o céu da meia-noite salpicado com pontas lascadas de diamantes. A forma como olhava para ele não era cruel nem vingativa, mas delicada, como se percebesse que ele tinha corrido o mais longe possível e sua exaustão fosse esperada.

Sua voz tinha ficado grossa, melódica e arcaica.

– Você nos despertou, agora sacie-nos. Uma única oferenda jamais bastaria.

Andrew começou a escrever.

Era uma vez um príncipe que enfiou uma faca no peito e se dilacerou de dentro para fora, deixando à mostra as costelas como raízes de árvore cobertas de musgo; seu coração não era nada além de uma coisa machucada e miserável. Ninguém ia querer um coração como o dele, mas ainda assim ele o tirara para dar a outra pessoa.

Ele imaginou ter ouvido alguém gritar seu nome, distante. O frio agarrou suas escápulas nuas e fez um arrepio percorrer sua espinha.

Ele deu o coração ao garoto de outubro com mil e uma sardas e o cabelo de folhas de outono. Entretanto, quase de uma só vez, seu coração começou a corroer, e o príncipe se transformou em um monstro. Eles deveriam enterrá-lo, o príncipe determinou, e ver o que brotaria dele.

Andrew pintou palavras nos seus braços, no peito, no pescoço. Um melaço lento e entorpecente começou a se derramar em sua mente, e também foi muito difícil manter os olhos abertos.

Ao longe, alguém corria.

O ar entrava rasgando nos pulmões.

Um grito quase o alcançou.

Decidiram enterrar o coração bem no centro da floresta, pois monstros eram coisas esfomeadas nada dignas de confiança. Só daquela forma o garoto de outubro ficaria seguro.

O sangue escorreu do braço de Thomas e respingou no caderno. Ou talvez fossem lágrimas dando um jeito de driblar as rosas que preenchiam seu olhos.

Fundo no chão, o coração se transformou em uma árvore, e o monstro viveu entre os galhos e se esqueceu de que um dia fora um príncipe. Porém, o garoto de outubro não fugiu. Ele escalou a árvore e beijou o monstro solitário até que ele o devorasse por inteiro.

Andrew pegou um punhado de terra molhada e folhas apodrecidas até cavar um buraco raso, mas com profundidade o suficiente para guardar o caderno. Sobrou espaço para encaixar um coração pulsante. Ele soltou a respiração, lenta e cuidadosa, e ficou de joelhos ao pressionar a ponta do estilete ao peito.

Sua boca tremia.

A floresta o observava, quieta, e os monstros permaneceram imóveis por respeito, embora a fome em seus olhos continuasse terrível.

Arrancar o próprio coração era na verdade
um ato tão
irrisório.

– Tudo acaba – sussurrou ele – depois disto.

Algo o atingiu.

Andrew caiu nas folhas com um baque, todo o ar se esvaindo de seus pulmões. Seus dedos apertaram o estilete para protegê-lo e impedir que voasse de suas mãos, mas alguém agarrou seu pulso e o prendeu ao chão. Ele tentou se soltar, lutar brava e vitoriosamente, mas lhe restava pouca força.

– Andrew, *espera*.

Ele bateu a cabeça no rosto de Thomas, que tombou para trás com as mãos sobre o nariz, reprimindo um soluço. Andrew se pôs de pé, o estilete queimando em sua mão como uma lâmina feita de dente de dragão, forjada por príncipes que usavam coroas de flores. Ele pairou sobre Thomas, a costela se mexendo de maneira irregular, observando o garoto de outubro se contorcer no chão com uma mão cobrindo seu nariz sangrento.

O mundo tinha começado a clarear com uma manhã cinza para a qual ele não estava preparado. O tempo estava se esgotando. A árvore Wildwood esticou os galhos em direção ao céu, sua paciência minguando.

– Arranque um coração e enterre-o na floresta.

Andrew não se deu conta de que tinha falado em voz alta até que Thomas levantasse o rosto para ele com os olhos inchados e brilhantes e perguntasse:

– Tem que ser o *seu* coração?

Ele parecia arruinado – suas roupas rasgadas e com sangue escorrendo de dezenas de cortes em seu braço, onde as videiras cheias de espinhos se agarravam para o prenderem ao chão. Thomas provavelmente tinha se soltado com o machado e corrido numa velocidade absurda para chegar ali a tempo, porque ele também se lembrava da história que Andrew escrevera no verão anterior e enfiara em seu bolso de trás.

Andrew levou a palma da mão ao olho bom e apertou até o mundo recuperar o foco. Uma luz poeirenta reluzia como pó de fada a seu redor, pintando as margens da floresta em um tom sépia suave. Parecia impossível que eles tivessem passado tanto tempo com medo da floresta.

Thomas ficou de joelhos no chão e continuou assim, um suplicante diante de seu príncipe. Ele poderia desfazer Andrew se quisesse; poderia destruí-lo com o formato gentil de sua boca. Mas esperou.

– Eu sei que a floresta quer um coração – falou Thomas, rouco –, mas não precisa ser o seu.

Os dedos de Andrew roçaram os malares lindos de Thomas, a curva de seu maxilar perfeito, depois tocaram o sangue denso e grudento que escorria de seu nariz até os lábios. Em seguida, ele envolveu o pescoço de Thomas com os dedos.

Era como eles eram – ossos quebrados e com remendos tortos, um enlaçado com o outro. Andrew pensou que talvez fosse possível amar tanto uma pessoa a ponto de arruiná-la e depois arruinar a si mesmo.

– Se dilacerar meu peito – a voz de Andrew estava destroçada –, vai encontrar um jardim de podridão no lugar do meu coração.

Thomas inclinou a cabeça para cima, e a forma como olhou para Andrew foi carinhosa e valente, cheia de uma idolatria destemida.

– Não ligo para o quanto o mundo seja obscuro pra você. Vou manter a mão estendida até que você a encontre, e então não vou soltar.

Fitas de sangue traçaram os pulsos de Andrew e se enrolaram no estilete. Se ele ignorasse o que a floresta exigia, aquilo tudo nunca teria fim. Os monstros continuariam atacando e mais pessoas morreriam. Eles tinham fome de culpa, de luto e dos dois garotos que os alimentavam sem parar. Então, na verdade, aquele momento fazia sentido.

– Mas saiba que – falou Thomas, lutando contra as lágrimas – a morte da Dove foi um acidente, e ela jamais teria se vingado assombrando você. Isso é tudo criação sua, e você poderia contar uma história diferente se quisesse. É forte o bastante pra isso. É corajoso o suficiente.

Andrew lentamente afastou a camisa imunda de Thomas para exibir a pele trêmula sobre seu coração. Ele tocou o calor, sentiu o latejar e a batida sangrenta. Quente e feroz e vivo vivo *vivo*.

Eles não precisavam de dois corações. Poderiam compartilhar o de Andrew, ainda que fosse uma coisa machucada e sofrida. Os ossos de suas costelas se uniriam para formar uma rede que os protegeria do pior do mundo, e eles sempre estariam juntos; nunca deveriam se separar.

Ele começou a cortar.

TRINTA E QUATRO

O amanhecer tingia a floresta nas nuances mais dóceis de cobre e dourado. O ar estava fresco na ponta da língua – fumaça de lenha e de pinheiros, o almíscar de terra recém-remexida. O sangue manchava as folhas e reluzia em pequenas poças, um vermelho tão forte e escuro que, se alguém enfiasse os dedos, tocaria outro mundo.

Andrew cobrira o buraco de terra e apalpara com força antes de jogar folhas em cima. O estilete também fora enterrado, colocado gentilmente sobre o caderno que guardava suas histórias mais decadentes, amáveis, cruéis e macabras. O caderno era seu tudo, seu bem mais precioso, seu coração no formato de papel.

Diante dele, a árvore Wildwood voltara a parecer um carvalho branco velho, com galhos que se estendiam em um arco amplo e folhoso, além de sulcos e nós na casca com a altura perfeita para suportar mãos caso alguém ousasse escalar. Um galho estava partido.

A floresta nunca tinha estado tão imóvel, tão plácida.

Ela adormecera, exaurida até a alma.

Andrew sentou-se e ficou parado entre as raízes do carvalho, sua pele ainda coberta de cortes e letras sangrentas de uma história de repente borrada demais para que alguém pudesse ler. Pétalas de rosas caíam de seu olho, e as videiras cobertas de espinhos tinham ficado frágeis com a escassez de sangue. Sua pele nua havia se tornado um alabastro frio – os dedos longos e delicados traçando sem perceber os galhos que nasciam de seu estômago escancarado.

– Logo vai parar de doer – disse para a quietude entre as árvores.

Elas não responderam; tinham voltado a ser apenas árvores. Dos monstros sobravam apenas os dentes espalhados entre as raízes. Um único desejo ambicioso fora realizado.

As criaturas devoraram umas às outras na floresta – não souberam deter aqueles garotos, tão famintos, desafiadores e chorosos. A forma como Andrew amava Thomas era terrível e eterna, porém ele não conseguia se lembrar de já ter dito isso em voz alta.

– Lembra que você me ama. – Suas palavras pareciam pequenas e sonolentas demais em contraste com a manhã na floresta. – Todas as minhas histórias são sobre você. Elas sempre vão ser sobre você.

Ele passou os dedos pelos cachos de Thomas, seus movimentos lentos e cautelosos para não comprometer o jeito calculado como posicionara a cabeça dele em seu colo. Estavam ambos tão cansados, precisavam daquele momento para apenas descansar.

Com cuidado, Andrew colocou sua mão na de Thomas, e entrelaçou seus dedos, cicatrizes contra sardas, ambos manchados de terra da floresta e sangue. Ele beijou as costas da mão de Thomas, carinhoso e sedento. Os dois eram maravilhosos juntos; eram mágicos e monstruosos, e haviam criado um mundo inteiro de vingança entre eles.

Andrew baixou a cabeça e aproximou a boca do ouvido de Thomas.

– Acorda. Preciso que você me diga se somos reais.

Thomas não abriu os olhos, mas seu rosto tinha suavizado; toda a raiva feroz e o medo solitário haviam sido deixados para trás.

– Me beija, então – pediu, a voz baixa e sonolenta. – E aí você descobre.

AGRADECIMENTOS

Deixei um pedaço do meu coração neste livrinho sinistro. Se você virou a última página e agora está olhando de cara feia para a parede, então tudo aconteceu como deveria. Sugiro não chegar perto de árvores por um tempo e tomar cuidado com os olhos.

Este livro existe por causa de muitas pessoas, a quem devo profunda e humilde gratidão. Agradeço a Emily Settle por amar estes garotos horríveis e maravilhosos; tenho muita gratidão por poder trabalhar com você. A Claire Friedman, Jana Heidersdorf, Meg Sayre, Aurora Parlagreco, Helen Seachrist, Raymond Colón, Jackie Dever, Zhui Ning Chang e Tara Gilbert, por todo o seu trabalho para tornar este livro o melhor que podia ser.

Também agradeço muito a Maraia, Melissa, Kelsea e Samantha por me dizerem para ter coragem, por me ouvirem, por lerem; não sei o que eu faria sem vocês. E aos meus pais, por me apoiarem tanto.

E a você, que está lendo agora, obrigade. Que esta história te assombre.

SUA OPINIÃO É MUITO IMPORTANTE

Mande um e-mail para **opiniao@vreditoras.com.br**
com o título deste livro no campo "Assunto".

1ª edição, maio 2025

FONTES Mrs Eaves Roman All Small Caps 20/16,1pt;
        Arno Pro regular 11,5/16,1pt;
        Aspera ITC Std Regular 11,5/16,1pt
PAPEL Pólen Bold 70g/m²
IMPRESSÃO Geográfica
LOTE GEO060325